# 美国小说的文化传统与现代精神研究

张 岩 王 双 著

延边大学出版社

图书在版编目（CIP）数据

美国小说的文化传统与现代精神研究／张岩，王双著.—延吉：
延边大学出版社，2018.6（2025.1重印）
ISBN 978 – 7 – 5688 – 4906 – 7

Ⅰ.①美… Ⅱ.①张… ②王… Ⅲ.①小说研究—美国
Ⅳ.①I712.074

中国版本图书馆 CIP 数据核字（2018）第 129740 号

美国小说的文化传统与现代精神研究

--------------------------------------------------------------------------------

著　　者：张　岩　王　双
责任编辑：孙淑芹
封面设计：胡　丽
出版发行：延边大学出版社
社址：吉林省延吉市公园路 977 号　　　　　邮编：133002
网址：http：//www. ydcbs. com
E – mail：ydcbs@ ydcbs. com
总编办电话：0433 – 2732435　　　　　传真：0433 – 2732434
编辑部电话：0433 – 2732845
印刷：三河市天功达印刷有限公司
开本：170 毫米 ×240 毫米　　1／8
印张：12.25　　　　　字数：210
千字版次：2018 年 6 月第 1 版
印次：2025 年 1 月第 2 次印刷

--------------------------------------------------------------------------------

定价：32.00 元

# 前　言

　　当代美国文学作品一般都带有典型的美国文化烙印。面对令人困惑与不安的现实社会，大多数作家以现代思想为武器，探讨人类的前途与归属、人在社会的命运与地位以及对"人类必须沟通"的努力。现代精神是美国小说精神的一部分，是一种闪耀着智慧光辉的创作意识，从某种意义上来说，它是美国小说的精神传统与方向指引。

　　我国学者对美国小说的研究已经持续了很长一段时间，研究的方向和角度十分全面，各种研究流派百花齐放，出现了一批高水平研究成果，这说明了我国文学研究事业的繁荣。学术无止境，作为从事文学研究的一分子，虽人小言微，亦希望自己的思考和观点能为大家知晓并认同。基于这个目的，本着学习、交流的态度，我们将自己对美国小说的感悟和理解进行梳理，撰写了本书，并希望能够为从事美国小说研究的各位同侪提供新的思路，为我国文学研究工作的发展贡献一份力量。

　　本书共分八章对相关内容进行阐述，第一章对美国现实主义小说的精神内涵进行了分析，选取了豪威尔斯、马克·吐温以及海明威等作家的作品作为切入点；第二章是美国自然主义小说与理性精神，通过弗兰克·诺里斯作品的分析，阐述了美国小说中的理性精神；第三章为美国后现代小说中的人道主义思想，通过对约瑟夫·海勒的作品以及《孤独鸽》的分析阐明了其中的人文关怀；第四章是西部小说与英雄主义，通过对牛仔价值观与形象的剖析，揭示了其中的英雄主义情结；第五章是成长小说的精神内涵，通过不同的作品对美国成长文学体现出来的家庭情感和精神情感进行了分析；第六章为女性小说与反抗精神，以女性作家作品为切入点，对美国人骨子里的反抗精神给予了阐释；第七章是族裔小说中的精神意识，通过黑人小说、印第安文学以及亚裔作家的作品对三种不同的精神意识进行了分析；第八章为科幻小说所体现的现代精神，通过帕特·卡蒂以及威廉·吉普森的创作来揭示美国小说的探索意识。

在撰写过程中，本书力求做到：

1. 理论分析贴近生活。本书注重理论知识体系的完整性、逻辑性，并对文学作品的选用悉心斟酌，力求以普及度高、受众面广的作品来诠释相关的理论分析与阐述，贴近生活。

2. 观点新颖、学术性强。本书从美国小说的文化传统向度出发，对美国文学中渗透的勇敢、探索、平等等现代精神以作品为载体，进行了深入的剖析。

本书第一、三、四、五、六、七、八章由张岩撰写，第二章由王双撰写。本书在编写过程中参阅了大量有关美国小说研究的著作和论文，并引用了许多专家和学者的研究成果，限于篇幅限制，未能一一列出，在此我们对这些专家、学者表示诚挚的歉意。由于时间仓促，加之作者水平有限，错误和不当之处在所难免，恳请广大读者提出宝贵意见，以便本书日后的修改与完善。

作者

2017 年 11 月

# 目　录

# 导论：美国小说的文化传统与精神向度综论

回顾历史，在欧洲现代精神发展的鼎盛时期，现代精神提倡以人为核心，与封建宗教神学思想水火不容，现代精神代表着人类文明的进步。至17、18世纪，启蒙运动出现，现代精神发展更趋理性，但与封建宗教神权思想依然是冰火两重天。全球化日益发展的今天，现代精神渐渐被视为国家文化的核心部分，各国纷纷倡导现代精神与发展理念。现代精神始终是一个与时俱进的话题，其本源的一面体现了人类以实现自我价值为目标的自我关怀、关爱并尊重生命、倡导人与自然和谐相处的理念。然而究竟何为现代精神？至今仍未有定论。这里我们简要将现代精神的本质特点概括如下：首先提倡人性、尊重人（包括其价值和任何尊严）；其次尊重科学、尊重自然。

现代精神对于充实人的精神品质、构建和谐社会、促进人类文明发展都有着强大的推动作用。为比，现代精神也成为许多社会责任感强烈的文学家们进行文学探索的目标。外国文学作品中，较深刻表现现代精神的有文艺复兴时期的英国戏剧大师莎士比亚和20世纪初的美国文学巨匠海明威。其中海明威笔下的现代精神更趋向理性思考，面临困难重重的环境仍保持最初的信念不被摧毁，面对他人的不屑与冷落依旧坚持维护自己的人格尊严。这种纯挚的人文品质在今天依旧值得我们去探讨与学习。

概览美国小说，我们可以发现，美国小说从开始就闪耀着现代精神的光芒，在现实主义小说、自然主义小说、西部小说、女性小说、科幻小说以及其他类型的作品中，我们可以发现美国精神的基本特质：理性、浪漫、勇于探索和冒险，同时怀有强烈英雄崇拜情怀。20世纪，欧洲国家受到两次世界大战的影响，经济凋落，美国顺势崛起成为世界经济和文化交流的中心，可谓是美国小说发展的黄金时期，这一时期人文精神经历了思考和批判的过程，既承载了20世纪以来的创新颠覆思想观念，又开始重视与人民大众相互交流，逐步向着大众主义思想发展。

从20世纪之前一直到20世纪中期，美国小说的发展呈现出现代主义特征。所谓的现代主义，主要是指美国文学创作者多具有的反传统思想。这种思想的产生源于美国社会的发展。从 19 世纪末西方的文化思想传入到美国后，资本主义社会的阶级矛盾以及战争环境的激发，使得美国人对社会和人性有了更加深刻的认识。从整体上看，这种日渐发酵的社会思想最终会转变为一种文化思想，通过一定的形式爆发出来。在文学领域，小说由于篇幅长、体裁多样，成为人们释放情感的重要文学形式。第一次世界大战使得美国的经济呈现出一片繁荣景象，然而这并不是说人们的思想文化也像经济发展一样蓬勃有力。实际上，此时的美国社会陷入了唯金钱论的泥沼，保守势力对新兴势力的压迫和排挤使得许多优秀青年选择远走他乡，逃避现实，"迷惘的一代"以其自身的叛逆和反抗表达了对社会准则的不满。随后的经济危机引发了一次巨大的失业潮，美国社会陷入了发展低潮，进步思潮以维护正义、追求平等为口号抨击社会的不公平现象，此时现实主义文学甚至成为文学的主流形式。第二次世界大战的爆发使得更多的人开始反思传统思想文化观念，战争的残酷甚至让人们开始怀疑，不仅怀疑人的本性，还怀疑未来发展的方向。此时很多荒诞的小说作品出现，许多年轻作家以一种怪异的视角看待社会，通过虚无的故事反映人们对生活的迷茫。

后现代主义则主要产生和兴起于第二次世界大战之后，各种新兴的文学思潮和文学流派被统称为后现代主义，和现代主义之间呈现出一种继承和反叛的关系。后现代主义产生于资本主义晚期，此时社会面临着科技、人口、环境、资源等经济压力，也面临着道德沦丧、精神涣散的文化道德压力。后现代主义在思想上，对现代主义中的贵族化思想进行反驳和批判，反思人类生存价值的荒谬思想；在表现上形式多样，小说作为后现代主义文学形式的代表性文学体裁，为人们带来精神上的惊醒。20 世纪 60 年代的黑色幽默，20 世纪 70 年代后现代形式的文学，80 年代新现实主义的文学等，都是对现实的反映，但是这些文学从现实中脱离出来，以一种虚构的、"存在于头脑"中的形式反映历史现实。

总体来说，20 世纪美国小说表现出来的精神特征反映了美国青年在理想与现实之间出现巨大差距时价值观遭受重创，进而怀疑传统、渴望打破传统的精神状态，而现实主义与荒诞派、黑色幽默的间歇出现也反映了美国作家反理性与重归理性的反复发展态势。20 世纪的美国文学整体上反映出的正是一种反传统、反理性的精神走向；到了 20 世纪 80 年代，美国文学又开始回归现实主义，并力求创新发展。

本书虽然从总体上对美国小说的精神向度进行了探索，但所选作品以 20 世纪的美国小说为主。20 世纪风云变幻，人们的思想在战争和科技的推动下产生了几次大的转变，思想的变化造就了这一时期美国小说的精彩纷呈。20 世纪由传统小说继承而来的美国精神和传统情怀在流派纷呈的美国小说作品中不断发酵，小说家对人性的关注越来越多，作品的哲学内涵越来越丰富。有人说这是文学的退步，因为以个人情感和欲望为创作对象的文学作品，对人类智慧的提升并没有积极作用。实际上这种说法忽略了个人情感对社会进步的作用，也忽略了文学形象的代表作用。马克思主义哲学认为整体与部分是相互联系、相互作用的有机体，任何个体在整体中都发挥着特定的作用，整体的优化正是从个体的积极转变开始的。小说对个人情感和欲望的剖析是基于警醒这一正面功能的，如果人们能够通过阅读小说对人性和欲望有更深刻的认识和了解，警醒人、改造人的目的就会不同程度体现在阅读群体身上，这对社会的进步是一个积极信号。文学作品具有代表性，小说中的主人公往往是某类人的典型代表，甚至主人公的性格和行为在社会中是一种普遍现象，小说通过典型的个例来启发读者，告诫读者。

美国文学作品中的人文主义是始终以人的精神为主体，具有社会科学性，并且倾向于对人们现实生活和人类社会命运的一种反思与理性思考。就社会科学性而言，人类是有思想有大脑的高级动物，他们有追求真理的权利和能力。海明威在其小说《老人与海》中就充分地彰显了主人公的这种真挚理性下的人文主义品质，正是这种精神品质让其成为了最终的赢家。尽管海明威和莎士比亚所生活的历史时期不同，两人对人文精神的思考都各持己见，但对于人的价值则有许多相同的见解。《老人与海》中老人桑迪亚哥将捕鱼视为自己此生的信念。每次出海都并非只为生存，更多的是在为信念、为自己的存在价值而拼搏。面临一次又一次的失败，他毫不退缩，并且坚信，只有不放弃才会获得成功。印象最深的画面是在与海鲨进行了整整三天的殊死搏斗依旧毫无结果时，老人非但没有丝毫气馁，而且依然乐观地说，"人宁可被毁灭，也不能被打败"。正是这句简单而又纯朴的话语塑造了老人坚毅伟岸的形象。整部作品都是围绕老人在恶劣的生存环境下不屈不挠、乐观向上的精神品质和坚毅果敢的性格展开的。除了这些外，海明威向我们呈现的还有其在追求创造完美文学艺术的无限想象力与创造力。本已是风烛残年的老人，面对艰险毫不动摇，在人生路上始终坚定自己的信仰，顽强拼搏永不言弃，对美好未来始终保持一份热忱。

从美国小说的发展进程来看，欧洲思想及文化对其影响深远。20世纪的美国文学在欧洲哲学思想的影响下出现了现代主义文学和后现代主义文学，在后来的发展过程中，现代主义文学并未消退，而是与后现代主义文学相互交叉、相互影响。这些成就对世界的文学发展都产生了重要影响，只有充分研究分析美国小说的发展历史，并从中吸收借鉴有益元素，才能不断推进世界小说的发展。

# 第一章　美国现实主义小说的精神向度研究

## 第一节　美国与现实主义

### 一、美国的现实主义

1865 年至 1918 年间的美国文学在美国文学史上称为现实主义时期。这一时期的美国文学是美国精神的表现，尤其是美国小说。现实主义是对浪漫主义的一种反驳，它正视现实，不尚空想。现实主义文学又为现代主义文学铺平了道路。

经过内战以后的美国社会为现实主义的兴起和发展提供了肥沃的土壤。自内战到第一次世界大战的 50 年，美国历史经历了巨大变化，无论是政治、经济、文化还是宗教。这一巨变彻底改造了美国社会的性质和观念。首先，内战给该国的社会价值观带来了很大影响。美国已从杰斐逊时期的农业国向工业化和商业化社会转变。蛮荒之地得到了文明的开发。这场战争还给美国经济带来了明显的变化。新的组织和管理方法大规模运用，促进了工业的现代化。1869 年第一条洲际铁路建成。电力大量使用，电话等新的通讯给日常生活的诸多方面带来了革命。各种矿藏的开采有助于国民经济的发展。在工业生产上的投资得到了四倍以上的回报。工厂的就业率成倍增长。工业产值呈几何级数上升，农业生产也迅速上涨。迅速增长的经济和工业加速了城市化的发展。美国城市发展如雨后春笋，到第一次世界大战结束，美国有一半人口都是集中在十几座城市里。

然而，这些变化也有不利的方面。工业化和城市化带来了劳动人民的无数痛苦。在农村，越来越多的农民被挤出土地，到城里去谋生，造成劳动力过剩，工资低。资本家不去改善男女老幼工人的劳动条件，致使贫富两极分化。权利和财富的集中产生了冒险家、巨头。而另一头则是贫民窟。就思想意识而言，人们处于动摇的状态。他们怀疑人性和上帝的善。西部开拓的精神已经一去不回了。美国之梦已不复存在，代之而来的就是马克·吐温所称之为的"镀金时代"。

内战以后的文学界也与之前大不相同。人们对内战的痛苦记忆，对英雄形象的幻灭和实际生活的无情现实使浪漫主义无立足之地。美国人对浪漫主义思想已感厌倦。新一代作家不满于老一代的浪漫主义思想，生发了新的创作灵感。他们对现实生活产生了浓厚的兴趣，企图对生活的各个方面作出他们的解释，主张客观现实，摒弃主观偏颇、唯心主义和浪漫主义的色彩。人们的兴趣现在已转到了日常生活的方方面面，注意到现实的野蛮、肮脏，直接公开描写阶级斗争，这时的作家已能描写人物在各种条件或环境下的反映，描述远西（Far West）、新移民和劳动阶级的斗争，这些作家受到广大读者的欢迎。这一注意现实生活的创作倾向形成了美国现实主义时期的文学。

这种反映人类现实的主张在豪威尔斯的《批评与小说》一书中讲得最清楚。他说："我承认首先关注运用反映人类现实的标准来判断一部有创造性的作品。在任何其他标准之前我们要问作品是真实的吗？是真实地反映男女实际生活、反映他们生活的主旨、他们生活的脉搏和他们生活的原则了吗？"现实主义作家就是以这种忠实反映现实的原则来处理当时社会问题和政治问题的。他们的作品写的不是彬彬有礼、衣冠楚楚、说话斯文的中产阶级青年，而是工人、农民、雄心勃勃的商人、流浪汉、妓女和普通士兵。他们的作品反映了内战以后的各种职业、各个阶层的社会生活现实图景，反映了人们的内心感受。

## 二、美国小说中的现实主义

安布罗斯·比尔斯——我们那位先于门肯的愤世嫉俗者，在他的《魔鬼词典》一书中给读物下的定义是：

供阅读的东西的总称。在美国通常包括关于印第安人的小说，用方言写的短篇小说和用俚语写的幽默作品。

其实，他说的是地方色彩作品，这些东西只能使他觉得滑稽可笑；而现实主义则是另一回事，他说现实主义是：用蟾蜍的眼光来描写自然的艺术。鼹鼠所作的风光旖旎的画幅，或是尺蠖写的故事。这是污蔑之辞。事实上，这正是对自称为现实主义者最有代表性的谩骂。而现实主义者则发表声明回击，通常用的字眼是"现实性"（以别于理想主义，浪费主义，伤感主义）、"真实"（往往不事粉饰）、"诚实"和"准确"。他们自称是如实描写生活的真相。以这些说法作为定义，实难使人满意，因为究竟什么是"生活"和"现实"尚待解决。小说家对题材的取舍，可以使我们更清楚了解什么是"现实主义"。

"耐心的读者，请再宽恕我一次，如果我写的既不是上流社会的悲剧，也不是时髦和有钱人家的风流韵事，而只不过是一个不配当主角的女子的小故事。"这段话说得非常谦逊，可以推断是出自早期作品。原来出自 1861 年出版的一部短篇小说，作者是英格兰的罗斯·特里·库克。一二十年后，这类说明作者用意的话越来越多，语气远非如此谦恭。这么说来，现实主义要求作者写他熟知的环境，严格注意这个环境在语言、服饰、风物、行为上的特点。在某些方面，应有美国特色。詹姆斯同意比尔斯的看法，他也认为"美国时下的小说中"使用方言太多，而"英国、法国和德国的同类作品"则不然。不过，在他看来，"最近也有一股偏好粗俗的潮流在英国文坛上风靡起来，来势汹汹，竟使拉迪亚德·吉卜林其人应运而生，顿时身价百倍"，而滥用方言恰为这股潮流的一脉。

以入世情怀为特征的美国现实主义似乎是起源于地方色彩文学的一个流派，后来又让位于自然主义——自诞生之日起，一直和浪漫主义流派小说家争论不休。浪漫和现实是对立的；表现为上层社会生活和下层或中层社会生活、异国情调和乡土风味，耽于幻想和面向现实，伤时感世和豁达务实之间的对立。这虽有急功近利之嫌，但也并非完全不对，因为当时的小说家如豪威尔斯等人，都信誓旦旦地自称是现实派，向他们的对手宣讲自己的信条，支援自己的盟友，并使用诸如阵地战、散兵战、阵营、战役之类的比喻来论战，好像真在打一场文学战争。其中也有像克劳福德那样的作家，即使不曾以浪漫派自称，也明目张胆反对豪威尔斯和他的门徒。他们之间确有分歧：伯内特的《小方特洛男爵》与豪威尔斯的《小阳春》，同在 1886 年出版，但观点与情调判然有别；翌年出版的佩芝的《在古老的佛吉尼亚》和柯克兰的《朱里，斯普林县最卑劣的人》，亦复如此。

但是仔细观察一下，这场战斗套用文学史家与豪威尔斯最喜欢用的比喻来说，只是一场同室操戈的混战，参战者并非人人全付武装，也不是个个都明确作战目标。如若必须分个清楚，比尔斯该算哪一方？詹姆斯最初与豪威尔斯鼓吹现实主义，可是 1886 年那时住在英国，写了《卡萨玛西玛公主》，他又该算在哪一边？一位批评家说，马克·吐温（他的《哈克贝利·费恩》已于 1884 年问世）"他的《镀金时代》帮了现实派一个大忙之后……又和浪漫派作家打起交道来了"，我们可以同意他的见解吗？这位批评家还说和马克·吐温合写《镀金时代》的华纳，是位"态度温和的评论家"。此话可谓恰如其分，那么，我们又该怎样来评价华纳呢？拿他来和道斯·帕索斯相比，似乎可笑；可是他确像道斯·帕索斯那样写过一部三部曲，描写攫取不义之财的悲惨后果。此外，还有浪漫派的首领克劳福德，他以 15 世纪的威尼斯和 14 世纪的君士坦丁堡为背景编写过三十多部小说；不过他也以当时的美国为背景写过七部小说，其中之一《一个美国政客》（1884）是写镀金时代的腐败；而且，尽管他没有始终如一，还是在 1893 年对一位采访者说，美国为小说家提供了全世界最丰饶的笔耕园地。假如说要做浪漫派作家，就必须写过去的事情和遥远的地方，难道我们就该责备斯蒂文森和吉卜林吗？豪威尔斯倒对这两位的作品推崇备至。或者，我们再举个例子：当时有西德尼·卢斯加其人，豪威尔斯在 1888 年说他"非常讨人喜欢，是最热心皈依现实主义的人"。卢斯加是青年作家亨利·哈兰的笔名，他的小说描写纽约的犹太移民。谁料到他几年后不再隐姓埋名，竟跑到欧洲去住，还在那里主编《黄皮书》，大写其优雅的消闲之作，如《灰玫瑰》（1895 年，此书名最足以概括被称之为 19 世纪 90 年代颓废的一面）、《红衣主教的鼻烟壶》（1900）和《我的朋友普洛斯帕罗》（1903）。这是怎么一回事呢？是皈依之后又叛变了？还是新兵（且借用一回比喻）叛逃去了敌方？

　　不错，在某种程度上确实如此，可是如果我们夸大其词称之为胜利或背叛，那就会忽略了现实主义的本质。现实主义是一个必不可少的标签，有助于归纳 19 世纪后期一大批小说的某些共性。然而和别的标签一样，很容易被人包揽下来，说得天花乱坠。具体一点说，反而会引导我们去寻找文学上最微不足道的共性，而忽略了更重要的因素。也许这就是豪威尔斯何以要推崇克莱思的《街头女郎梅季》（一部谁都不屑一顾的正统派自然主义小说），而不喜欢他的《红色英勇勋章》的原因（这部小说要好得多，深受读者欢迎，只是难以给它贴上个什么标签）。也许是因为豪威尔斯急于向战友道谢而不及仔细追究他们参战的目的。如果他认真一番，大概就不会那样相信哈兰了，因为他所写的纽约犹太人，基本上并非受压迫的穷人，而是把他们当作异族，用来增添几分美国所渴求的色彩和想象力。

　　其实现实主义和浪漫主义都是他们那个时代的表现。豪威尔斯在为诺里斯辩护的一篇文章里说他的小说是为迎合时代而作，"小说家之生于某一时代，必有其道理"。他随之否认这一道理也适用于异想天开的历史小说家；可是他错了，他的追随者就曾有意或无意地在他们的作品里这样说过。诺里斯也认为真正的浪漫主义寓于现实主义之中，他这样说并非仅仅在玩弄文字。

　　豪威尔斯的评论，表现了那个时代特有的自我意识，这种意识在美国比在西方其他地方更明显，尽管在以艺术上的新感受和新见解为特征的"现代思潮"方面，美国实际上还在欧洲领导之下。1886 年，《小方特洛男爵》问世，狄更斯悄然去世，芝加哥发生了秣草广场惨案，就在这一年钢铁大王卡内基出版了《得意洋洋的民主》，书里写道："地球上的老国家像蜗牛那样爬行，而咱们这共和国则像火车那样隆隆急驰"。

　　美国当时正以惊人的速度发生变化，这一点他没有说错。从 1860 年到 1900

年，美国人口从 3100 万猛增到 7600 万，并开始从农村向城市集中，城镇在一夜之间兴起，不到十年就扩建为大城市。芝加哥最引人注目：1833 年还只是个仅有 300 多人的村落，到 1870 年，已增至 30 多万人；1880 年又增至 50 万；1980年竟超过百万大关，发展速度之惊人，似乎已无法以常规来衡量。庞大的工业刚一兴起，就被更庞大的工业吞并，置于千头万绪的金融资本控制下；少数几个豪富如卡内基、弗里克、范德比尔特、洛克菲勒等显然是靠别人养肥了自己，加剧了亨利·乔治在《进步与贫穷》（1879）一书中所说的"贫富之间的悬殊"。无依无靠的无产阶级移民拥进纽约、匹兹堡、芝加哥、底特律等十几个城市的贫民窟，其中有许多人来自中欧和东欧。意大利来的纯朴农民和波兰贫民区来的犹太人，乍一来到新世界，茫然不知所措。拉札勒斯在她那首铭刻在自由女神基座上的十四行诗里，欢迎欧洲来的疲顿的贫民。自由移民一词听起来冠冕堂皇，实际上并非如此，这也是难免的；美国土生土长的人也不能对此泰然处之。种族如此复杂，国家又如何能统一？人口必然会有个饱和点，美国人口难道还没有到达这个饱和点？长期旅外的詹姆斯，在 1904 年到 1905 年间重返美国时，见移民入境后暂时集居的埃利斯岛，大吃一惊，说它"显然是我们国家和社会贪婪无度的明证"。"外人竟然大言不惭要求平起平坐"，使詹姆斯顿生"喧宾夺主"之感，不禁感叹"瑞士人和苏格兰人那种亲切、融洽、统一的国家意识着实令人神往"。

美国的暴发户把女儿嫁给欧洲贵族，眼花缭乱的移民把选举大权交给操纵选举的当地政客的时候，民主的理想也就无非是挂羊头卖狗肉而已。贪污腐败并非仅仅是地方当局的通病，在州政府甚至联邦政府里同样猖獗。在美国农村，农民和城市贫民一样不满现状，且农民不断涌往城市，贫民人数递增。一度被杰斐逊奉为英雄的农民，昔日俨然是男子汉大丈夫，而今却一落千丈，成了乡下人、庄稼汉、乡巴佬。农业漫无节制地发展，甚至发展到了雨水稀少的洛基山脉一带。干旱、蝗虫、草原上的野火蔓延，运费的昂贵，粮价的低贱，信贷的紧缩，更加剧了民不聊生的程度；弄得有田产的人无不怨声载道。到了 19 世纪 90 年代，美国人发现昔日人烟稀少的大片边疆地区已不复存在了。当美国西部边境还是以密西西比河为界的时候，杰斐逊就曾恭贺他的同胞"有了一块得天独厚的国土，足使千百代的子孙享用不尽"。然而不到百年，似乎就没有发展余地了，至少已不能无限地向西开拓了。

美国人对于本土的迅速变化大感迷惑，他们在寻根究底并设法补救。他们的有些想法可以从乌托邦小说中看出来。人们现在还记得贝拉米的《回顾：2000 - 1887》，这本书为广大读者所称道，其中包括马克·吐温；书中的主人公睡了 113 年，在波士顿一觉醒来，发现一切愚昧和苦难已经一扫而空，生活合情合理，世风纯正古朴。不过这本书颇有远见，厚道中对当时（1887 年）社会上的积弊也颇多针砭，比如说把旧社会比作坐驿车旅行，富人是乘客，穷人是拉车的夫役。公元 2000 年的波士顿，下雨时人行道上有防水布篷遮雨。女主人公说：

父亲最喜欢以私人的雨伞来比喻过去人人只关心自己和家庭的那种生活方式。美术馆陈列着一幅 19 世纪的油画，画面是一群人遇雨，人人都在自己和妻子的头上撑着伞，却让他人去领受从伞上流下的水滴。他说这张画的用意，在于讽刺作者所处的时代。

男主人公被拉去参加一个晚宴，赴宴者人人自鸣得意，喜形于色。有人问他最近去过什么地方，他大声说：

我到过基督被钉死的地方，看见人类被钉在一个十字架上。难道你们竟没有人知道太阳和星星在我们这个城里看到了些什么，还这样若无其事，顾左右而言他？

贝拉米的小说在 1888 年出版，洛威尔在同年发表这一首诗，在抚今追昔的诗句里，流露出更忧郁不安的感伤情绪：

人们觉得旧制度在分崩离析；

生活黯淡得成了一个谜，

宗教曾把谜底揭开，但它已经

失掉了——科学找到了吗？——解谜的秘诀。

许多人认为，科学在达尔文的进化论中找到了解谜的秘诀。经过斯宾塞的解释和推广，公众和青年作家，如加兰、杰克·伦敦和德莱塞，对进化论的印象特别深刻。它并不是使人人都安心的启示，但至少好像很切合事实。生存竞争的自然现象除了适用于工商界和熙熙攘攘的城市街道外，还解脱了人们的内疚心理。如果人类行为取决于遗传和环境，那么犯罪就不再是罪恶。当然也没有必要把斯宾塞的达尔文主义解释为悲观消极的学说。如果进步是必然趋势，那进步的方法是预定的说法，也就无关紧要了；只要适者确能生存，在试验与失误后确能臻于完美，就可以承认达尔文主义在科学上证实了朗费罗《向更高处攀登》一诗中的真理了。

说真的，对大多数美国人而言，不管是否求助于斯宾塞，他们的时代特征确是生气勃勃，不平则鸣，除旧布新。破产农民和待遇菲薄的劳工光景最差，但也不低于欧洲社会里同类的人，而且对子女的前程也是有指望的。然而变化太快了，固然令人兴奋，也使人不安。"共和国像火车那样隆隆飞驰"，抢到了美国人的前头，甩下了他们儿时宁静的农村，剥夺了他们心中的遗产，展现了更动荡的明天。对某些人而言，反倒更缅怀起往事来，既快慰，又伤感。在许多地方色彩作品中都流露出这种情绪；人们也显然立意要把转瞬即逝的此日此景描绘下来。美国南部几乎长期眷恋着"战前时代"（托马斯·纳尔逊·佩奇著有同名小说），但也引起了全国共鸣，念念不忘昔日的闲情逸致，耿耿难忘黑人的悲惨遭遇。

依然眷恋昔日的田园，

怀念故乡的老人。

这是斯蒂芬·福斯特写的歌词。他是北方人，只去过一次南方，而且时间不长。但是他可以深深感觉到黑人的哀愁，从被遗忘了的非洲发配到了美国（就像美国白种人从被遗忘了的欧洲发配来一样），现在他们第二次被流放，远离肯塔基老家，前往陌生地方。往事就像从卡内基的快车瞭望车厢看出去的景色，不断消逝；美国人对此不无眷恋，他们喜欢浴室里的现代味，但也留恋书室中的旧世界。至于说到美国，住在偏远西部的则迷恋和羡慕新英格兰，既抱怨这个国家因循守旧，又暗自庆幸总算还有一些自己的古迹文物。

## 第二节　豪威尔斯（William Dean Howells）现实主义小说的精神内涵

豪威尔斯的一生体现了现实主义成长的各阶段，但并不讳言早期对新英格兰的向往。他生于俄亥俄州，小时便爱读书，决心要当诗人。二十三岁东游波士顿，当地的《大西洋月刊》刚发表了他的一首诗。编辑洛威尔请他吃晚饭，在座的有霍姆斯和出版商菲尔兹，都挺喜欢这个年轻人。豪威尔斯高兴极了，写信给父亲描写饭桌上的情景：

这顿饭吃了四个小时，我喝得酩酊大醉，脸色绯红，像莱茵河的葡萄酒。洛威尔和霍姆斯对我循循善诱，到喝咖啡的时候，那位出版界的巨子竟谈起如何衣钵相传来了。

内战时期，他在意大利当美国驻威尼斯领事（这是犒赏他在林肯竞选总统时为他写了一篇传记）。尽管他直接接触到了当时的欧洲文学（此后他毕生都在注意欧洲文学的发展），欧洲还是使他吓了一大跳。过去他很欣赏狄更斯、海涅等欧洲作家，新的看法却使他的敬意大打折扣。1862 年他在威尼斯写信说：

书上说欧洲的生活更轻松愉快，欧洲人也更喜欢交际应酬，这些全是谎言，也可以说是傻话，都不对……我们从美国无拘无束的社交生活中得到的是纯正的乐趣，在欧洲就成了罪恶；虽说有见识的男男女女对此略有所悟，不过他们本人也并不干净……我对这些问题考虑了好久，我衷心祝祷，美国千万不要越来越像欧洲就好了。回国后我想在俄勒冈州住——尽量住在欧洲文明影响达不到的地方。

豪威尔斯写这封信的时候，一定非常想家；因为这封信是写给姐姐的；可是他回国后并没有住在俄勒冈，而是去了波士顿，当《大西洋月刊》的助理编辑。不过从中可以看出豪威尔斯笃信美国道德。他认为美国人杰地灵，最了不起的是美国女郎，乐观而明达。例如，他见到俄亥俄州有一位温女士，当他起身告辞时，这女士对他说：

"别走啊，豪威尔斯先生，我正打算给你唱歌呢，尽管你并没有请我唱。"她是位好歌手。我曾在史密斯博士家里听她唱《向更高处攀登》，大受感动……于是她坐下唱了起来……

我们可能会觉得可笑，而豪威尔斯确曾说过一段贻笑大方的名言："我们的小说家所关心的是生活中笑盈盈的一面，那正是美国的特色。如实描写富裕的现实，即使被认为平淡无奇，也是值得一读的。"门肯把豪威尔斯贬为"专事粉饰之徒"，说他是"穿上长裤的艾格尼丝·莱普丽儿"。然而19世纪60和70年代正是豪威尔斯的主张在逐渐成形的时候，这番话确出于至诚，对他而言，简单得很，这些话就是真理。

这些话还是他为现实主义立论的依据，从而将当时欧洲小说家令人厌恶的高谈阔论，和他由衷赞同的基本原则加以区分。由于美国社会的性质比较单纯，比较"平凡"，现实主义描写的物件无非是日常的芸芸众生。这些非凡而又普通的美国人，当然不是杀人凶手、诱奸犯、小偷、妓女，也不是假扮的王子和福从天降承袭了大宗财富田产的嗣子。他们生活中的机缘并不多，即使有一两次，也是顺理成章的，绝非一味虚构。既是年轻人，当然要恋爱，往往由相爱而结婚。但并非情投意合的一对准会白首偕老。他的主人公既可相恋，也可失恋，如《邂逅》（1873），他们的婚姻可以陷入悲惨的结局，如《一个现代的例证》（1881），也可以像《明目张胆的阴谋》（1897）里一场成功的婚姻却反使夫妻双方的朋友感到气愤。除开恋爱与结婚，豪威尔斯觉得周围的美国人还为职业和地位担忧——因为他从来没有骗人说美国不存在阶级。《邂逅》的情节是一个年轻的波士顿男子，不能脱出他的生活圈子去和一个他称为乡下人的姑娘结婚。他笔下的美国人，都有真正的道德问题需要解决，尽管是形形色色的家庭琐事。女子应不应该有自己的事业，从《布林医生》（1881）和《一个女子的理性》（1883）来看，显然不该有。年轻女郎《小阳春》（1886）应不应该嫁给中年男子？结果是，她抛弃了他，找了个年龄相当的伴侣。

豪威尔斯一旦打定主意要写小说，他笔下的世界就是如此——主要是女人世界。他写小说好像不费吹灰之力，其实他无论写什么都轻而易举：他时有诗作，又写戏剧，涉猎甚广，书评和论文也洋洋可观，在《大西洋月刊》刚工作了五年，就升任主编。他最初出版的两本书，是意大利游记；最初的小说也都是写游客的，或写美国人与威尼斯人的关系。他在这个阶段和詹姆斯过从甚密，两人终生相契，也能互相批评。1880 年，他们被人称作"一对不相称的连体孪生兄弟"。

可是豪威尔斯不久就专写起美国的风土人情来了，甚至还委婉地和詹姆斯争论，说他不该以欧洲为家。19 世纪 80 年代初，豪威尔斯所提倡的那种现实主义，在某些方面已经定型。凡是自称为现实主义者的人，他一概支援。尽管他说过，"左拉的作品，只要能搞到手的，我都一一拜读"，却又在 1882 年写道，"新小说在形式上是受了法国小说的影响，……但只是取法于都德的现实主义，而不是风靡一时的左拉的现实主义，它有自己的精髓，不是像法国小说家那样主要去描写兽性勃发的男人如何去追逐女人"。他对不能向家人朗诵的小说一向心存芥蒂，因此觉得没有必要去解释何以不模仿左拉，美国生活和美国趣味要比巴黎高雅得多。他的写作手法是选择几个人物，不靠情节渲染，而是提出并解决问题（他坚信，现实主义小说的首要原则是诲人而不是娱人），干净利落地阐明主题，用对话，但不要像萨克雷那样过多以作者口吻插进来对读者讲话（他对此极反感），尽力如实刻画背景和人物的言谈举止。所有这些，使豪威尔斯成为最精通本行的作家和宽厚的批评家，只是有点儿婆婆妈妈。除了他，还有谁能与气质各异的马克·吐温和詹姆斯都成为莫逆之交呢？这样一个人——才气横溢而又热心奖掖后进，关心本国的道德水准——必然对美国的罢工和贫民窟不能熟视无睹。

他最成功的小说《塞拉斯·拉帕姆的发迹》（1885），写于创作能力最旺盛的时候，当时美国工业化的景象还没有引起他的反感。拉帕姆是个白手起家的生意人，跟妻子和两个女儿（佩内洛普和艾琳）住在波士顿。拉帕姆绝非世家，虽然论教养和风度，两个女儿更胜过父母。科里一家则是波士顿名门，父亲是个风趣的艺术爱好者，母亲有点装腔作势，儿子汤姆是个"精力充沛的青年……有那么一点点灵气，刚好使他不流于平凡"（豪威尔斯喜欢用平凡这个词，他视之为尺度，而不是批评）。进入商界的汤姆到拉帕姆的公司任职，后来又爱上了拉帕姆家的一位小姐，两家就结为亲家。不同的门第正是豪威尔斯最理想的主题，拉帕姆一家参加一次晚宴，初次跻身科里的社交圈子，他把这雅俗对照的场面写得妙趣横生。但另一段情节就逊色了，汤姆大献殷勤，艾琳误以为汤姆爱的是她，因而以心相许，其实汤姆只是钟情于她姐姐。在这里，豪威尔斯有点拘泥于他所谓的无损于形象的现实主义手法，他认为这样做并无大碍。实际上这是画蛇添足，不大能使人信服，即使人们对此略有微词，豪威尔斯却一口咬定这些人是少见多怪。

这部小说还有另外一个主题，豪威尔斯在书名中也有所提示，即拉帕姆在经济拮据时的内心斗争。在濒于破产之际，他是否该把一份自己明知不久将不值一文的产业，卖给蒙在鼓里的对方，借以自救？结果他战胜了诱惑，保持了道德上的清白，自己却破了产。或者说，这一回他因对往事有愧而幡然悔悟了，原来他妻子曾屡屡告诫他，使他不胜内疚。

不过光谈这部小说的主题，还不足以看出其技巧的高明。说它高超，绝非过誉，行文流畅，观察精细，语重心长，确是大家手笔。霍姆斯当年爱才，说他可以继承衣钵，可谓独具慧眼。因为在豪威尔斯身上体现了接近黄金时代的波士顿。在当时的条件下，豪威尔斯具有波士顿佼佼者的各色特点，博学多才（少年时代除工作外，同时学会了五种语言），热心创作，为人信实，明于知己。

可是豪威尔斯竟在19世纪80年代辞别波士顿去了纽约。卡津称之为"美国现实主义早期历史上一件象征性的大事"，因为豪威尔斯的出走表明波士顿已不再执美国文坛的牛耳了，纽约已后来居上。《北美评论》于1878年迁往纽约；当地的报章和出版社十分兴旺；豪威尔斯对一个朋友说，纽约"有许多有意思的青年画家、作家，那地方可自由哪"！身为《哈珀杂志》编辑又是杰出的小说家，豪威尔斯可以随心所欲发议论，洗耳恭听的大有人在。

他继续作为现实主义的代言人，抨击浪漫主义和一个新的敌人——资本主义。浪漫主义只是美国生活优越性的一层薄薄的面纱，他大可心安理得地去揭露它。可是，难道资本主义也是一种优越性吗？当年在费城进行的宪法辩论，既动听又深刻；后来关于蓄奴制的争辩，也曾使整个美国冷静思考道德和社会价值问题。可是内战结束后，豪威尔斯开始认为崇高的动机已经消失；当时没有什么大问题能够激发理想主义者的想象和道德主义者的良心，只有改革文官制度之类的小事。战后，我们有了可以专心做生意、贱买贵卖的机会，这是世界上其他国家的人所没有的。早年激起他提倡现实主义的那个纯洁、简单的美国，已是弊害丛生了；现在美国的生活，已经成了"一场人自为战，以寡敌众的战争和赌博"。当时的大工业凶相毕露（如1892年之镇压霍姆斯特德罢工），这使他十分反感；而在秣草广场惨案中，以莫须有的罪名，就把无政府主义者枪杀了，这是"一件疯狂的暴行，将使我们在历史上永远蒙羞"。他成了一个社会主义者，师事托尔斯泰。他在力作《新财富的危害》（1890）里，描写了竞争性社会中的道德沦丧，并且发展了托尔斯泰的观点，认为在逆境中人人都是"同谋犯"。《安妮·基尔本》（1889）一书的主题就是这个，他称之为"正义的呼声"，他在同一类型的乌托邦小说《来自奥尔特鲁利亚的旅客》（1894）里倡导社会主义；可是正如这一理想国的名字所暗示的，倒还不如说他的目标是利他主义，不是光靠赞成某一政治方案所能实现的。

豪威尔斯从不否认向往社会主义；他谴责1898年美西战争的帝国主义性质，甚至在1907年写过另一部乌托邦小说《穿过针眼》。但是他并不喜欢当时的思想，和产生这些思想的社会不安。他喜欢用托尔斯泰的口吻振振有词地说"归根结底，作家只不过是个工人"。一个作家开始为自己的职业辩解时，他的前程也就有限了；不过豪威尔斯亦没有对自己的职业始终如一。正如他在评论中有所流露的，作为美国最有名气的现实主义者，他为身负重任而忧心忡忡。他虚构了个好得不能再好的普通美国人的形象。在19世纪90年代的一片混乱中，这个普通美国人好像失踪了；文学作品所描写的现实，是贫富两极化，掠夺者与被掠夺者之间的悬殊。他对于两个集团都无计可施。他是有教养的人，而书中描写的人物大多缺乏教养，不过这种缺乏教养，只是缺陷，绝非不可改变的本质。达尔文的比喻对他的震撼是很大的，然而并没有激发他照此写作。一提到为现实主义奋斗确似乎浑身是劲，但一想到人生是场搏斗，就又免不了丧气起来。

豪威尔斯于是取中庸之道，按自己闯出来的路子走（他迁居纽约后写的大部分小说都与达尔文的斗争无关）同时提携后进，尽管他们开出来的药方是一剂苦药，也照吞不误。但情况并非永远如此：现实主义之兴起，从多种意义上说，使年轻作家欣喜若狂。如从社会角度说，现代和美国的道德观念大相径庭，但见诸于文学的，却大都拥护这种道德观念。如前所述，美国作家一向主张应以自己的语言写自己的国家，可是在实践上却没有做到。文字似乎不大对头，时代又过于一般，谁都不愿意以天下为己任，只身去冒风险。地方色彩的小说曾力挽狂澜，即便如此，在一个重要的方面，十之八九未能真实写出美国的典型形象。他们费尽气力也不能把男女主人公写成惠特曼笔下的小人物。男女主人公可以是家境贫寒，但是必得受过教育，一副文质彬彬的样子。

## 第三节　马克·吐温现实主义小说的精神向度研究

### 一、马克·吐温笔下的现实主义

（一）批判美国庸俗的社会习俗

马克·吐温是美国批判现实主义文学的奠基人，世界著名的短篇小说大师。他经历了美国从"自曰"资本主义到帝国主义的发展过程，其思想和创作也表现为从轻快调笑到辛辣讽刺，再到悲观厌世的发展阶段。他的创作活动与当时美国生活中许多重大的社会现象密切联系。当时的美国以高速度的自由资本主义向垄断自由资本主义转变。社会工业化的经验似乎给人这样一种印象。《汤姆·索亚历险记》中汤姆喂猫药，姨妈开窍中揭露了作为美国庸俗社会习俗代表的人物的性格特征。姨妈对于强身、健体等之类的保健药品都要先试为快。波莉姨妈使用极其庸俗的办法来洗净汤姆的灵魂。即汤姆所谓的"要让污泥秽水从每根毛细管中流出"。汤姆把姨妈喂给他的药强迫喂给姨妈的猫咪彼得，姨妈发现后和汤姆之间的对话正是马克·吐温批判美国庸俗社会习俗的体现，"我是可怜它才给它吃药的。你瞧，它又没有什么姨妈""关系多着呢，它要是有姨妈，那肯定会不考虑它的感情，给它灌药非烧坏它的五脏六腑不可！"汤姆的说法让她开了窍。

马克·吐温在黑暗现实中追求自己的梦想，探索人的世界。他的作品表现出对美国民主的幻想与追求，并且真诚地相信过这个民主繁荣昌盛的可能。他在作品中表现出他对人，特别是对儿童与少年的关注，关注人的本质以及人性的、良知的发展与完美。马克·吐温通过汤姆和姨妈的故事揭露了美国繁荣社会下掩藏的庸俗，对于美国社会所谓的现实主义进行了无情的讽刺和抨击。

（二）批判美国伪善的宗教仪式

马克·吐温站在人道主义立场上，尖锐地揭露了美国民主与自由掩盖下的虚伪，批判了美国作为发达资本主义国家固有的社会弊端，诸如种族歧视、拜金主义、封建专制制度、教会的伪善、侵略扩张等，表现了对真正意义上的民主、自由生活的向往。鲁迅评价马克·吐温"成了幽默家，是为了生活，而在幽默中又含着哀怨，含着讽刺，则是不甘于这样的缘故了"。马克·吐温的幽默讽刺不仅仅是嘲笑人类的弱点，而且是以夸张手法，将它放大了给人看，希望人类变得更完美、更理想。

马克·吐温在《汤姆·索亚历险记》中写到主日学校大出风头这部分时，

描述了孩子们为了得到《圣经》所付出的代价。玛丽足足花了两年的时间和心血得到两本《圣经》；一个父母是德国人的男孩子居然得到了四五本《圣经》，他有一次竟然一口气连续背诵出三千节《圣经》。这个男孩却成了校长给自己捧场的工具。主日学校校长是宗教中备受尊敬的人物，《圣经》是宗教信仰中信徒全心信赖的文本，而在马克·吐温笔下却成为了讽刺的对象。宗教仪式成为了满足主日学校校长虚荣心的工具，《圣经》成为了主日校长在孩子们面前施展权力的中介。马克·吐温通过引人入胜的故事情节犀利地讽刺和鞭挞了19世纪美国伪善的宗教仪式。

（三）批判美国陈腐的学校教育

马克·吐温对于小说中的景物和人的心理活动描写细致入微，充分表现了儿童时期所特有的欢乐、恐惧、追求刺激的特点，对儿童天真、活泼、自由的性格进行了非常细致的描写，这些描写也为讽刺美国陈腐的教育体制，呆板的学校课堂做好铺垫。他的幽默对其后辈文人产生了巨大的影响。批评家对此亦高度重视并就此提出了不同的阐释。然而，幽默在马克·吐温后期的作品里非但未消失殆尽，反而被辛辣讽刺所取代。《汤姆·索亚历险记》中，汤姆很顽劣，一有机会就逃学，姨妈罚他去把墙刷白，汤姆把刷墙说成是可以放纵的艺术，过路的孩子都眼红了，情愿把心爱的东西交给他，以换取刷墙的机会；汤姆想利用牙疼逃学，姨妈把他的牙拔了下来，他没有借口逃学；小说的主人公为了摆脱繁重的作业和呆板的课堂，用冒险实现自己的理想，用探险改变自己的环境。在冒险的过程中体现了孩子的聪明、勇敢、正直、乐观，同时更体现了当时陈腐的学校教育对于孩子的摧残。马克·吐温对历史真实的描绘通过一幅幅精彩的画面表现了出来，其对于时代生活细节的极端重视使人惊叹，跟我们心目中的杰克逊时代的美国非常吻合。

马克·吐温独树一帜的文学创作风格，对美国文学甚至世界文学的巨大影响是不容置疑的。《汤姆·索亚历险记》是马克·吐温具有代表性的一部儿童作品，小说对汤姆的性格进行了分析，从他的性格中挖掘对我们有积极上进和乐观影响的一面。马克·吐温在作品中通过场面描写的清新自然、优美，人物心理描写的细致入微，语言简洁生动、幽默来反衬当时美国社会的庸俗腐朽。整部作品给人以明快、轻松愉悦之感。可爱的汤姆活泼好动，有领导才能，聪明而勇敢，正义而又有同情心和责任感，他充满梦想，并为之坚持努力，最终获得成功，这也是马克·吐温对于当时美国的教育、宗教的一种讽刺和挑衅。马克·吐温在美国文学史和世界文学史上树立了一座永志纪念的丰碑，他将作为人类的巨大精神财富而永驻人间。他作品的宽广视野、诗的质地也都与拓荒地区的大森林、大河和大草原密不可分。德沃托指出，西部也有坏的方面，凶杀、赌博、宿怨、格斗等等时有发生，这些也在马克·吐温的作品中出现，所以马克·吐温表现的是大西南地区整个的文明，是美国的全面形象。

## 二、马克·吐温小说的精神内核

### （一）马克·吐温的种族关怀

马克·吐温的很多文学创作都蕴含了反对种族歧视、提倡平等和谐的观念。但这样的观念不是他自小就形成的。很多研究者通过大量的资料调查发现，马克·吐温在关于种族与平等的观念上是有过矛盾和纠结的态度的。

1835 年 11 月 30 日，马克·吐温出生在美国密苏里州的一个普通家庭里。在这样的时间和出生地，给马克·吐温产生了最初期的种族观念。因为废奴运动在美国历史上的记录是从 19 世纪 30 年代初期在美国北部陆续发起的，密苏里州则仍然是蓄奴区域。

到了青年时期，马克·吐温离开了故乡，到过很多非蓄奴地区，但是少年时代形成的固有观念让他对黑人表现出排斥和反感。到了 1853 年，马克·吐温 18 岁了，他一个人来到纽约谋生。他看到黑人的优越生活状态时曾经在给母亲的信中这样写道，"我觉得我最好把脸抹黑，在东部这些州，这些黑鬼的待遇比白人还要好"。8 年后的夏天，他陪伴自己的兄长去地处美国西部的内华达州政府任职。在任职期间他经常使用侮辱性的语气称呼"黑鬼"，语带嘲讽。由此看来，马克·吐温在那个时候提倡种族平等和谐是不可能的事情。

在后来的经历中，他受到自己的妻子奥利维亚一家的感染，认识了很多当时的开明人士，同时也接触到各种逃亡黑奴，他渐渐意识到了种族制度的不合理。在 19 世纪 70 年代，马克·吐温就开始反省自己前期的种种言行，他把那些评价为"一意孤行、知觉愚钝、无知、狭隘"。根据派迪特的研究，到了 1867 年，马克·吐温对黑人的观念已经转变。在他的文学作品中，他取消了"nigger"这样有明显歧视色彩的词语，而用了比较中性的词汇"colored""freedman"等。1880 年，马克·吐温在黑人聚会上发表过慷慨激昂的演讲，并且资助一名黑人完成了耶鲁大学的学业。1901 年，马克·吐温写下了《私刑合众国》，文中强烈地谴责了密苏里州曾经轰动一时的私刑残害黑人的案例。

事实上，在美国建国初期颁布的《独立宣言》中，就已经强调人生来平等的原则。但在 19 世纪中期，南方的白人一直不承认黑人的社会地位，在当时的观念里，肤色与血统直接决定了个人的社会地位，这些观念根深蒂固，在各行各业都影响着很大一部分美国人。

在《哈克贝利·费恩历险记》中，他以自己约翰农庄的黑奴姨父为创作原型，塑造了小说的人物吉姆，并借此表达了自己对种族歧视的思考。虽然文中没有明确表明自己的观点，但小说中白人代表哈克并不比黑人占有更优越的地位，甚至在很多方面并不如吉姆。作者还通过设计哈克与吉姆在密西西比河上一同漂流的情景表达出不分种族和谐共处的美好愿景。在这次旅途中，吉姆与哈克感受到了人与人之间相互扶持坦诚相待的友情，在某种程度上体现了固有观念的转变。最后这对患难兄弟打破了种族偏见，和谐相处。这正是马克·吐温表达人生态度的一种文艺手法。

从上述可以看出，马克·吐温种族平等的观念是在成长过程中逐渐转变过来的。研究者们曾经提到，作为在美国南方出生和成长的孩子，在畜奴社区长大，马克·吐温的一生都在与少年时期就开始接触的种族偏见做坚决抗争。

（二）马克·吐温与哈克

马克·吐温在创作《哈克贝利·费恩历险记》以后，很多研究者一直在探讨和思考这部作品有多少描述是作者本身的自传。经过大量的考察和研究发现，马克·吐温在小说里借用了哈克的眼睛去看世界，在某种程度上来说，哈克的想法就是作者本身的观点。通过哈克的经历，作者实现了自己的期许，并将心声和希望通过小说的形式表达出来。所以一定程度上来说《哈克贝利·费恩历险记》是马克·吐温心理的写照，我们可以在哈克身上看到作者自身的原型。

马克·吐温深受浪漫主义思潮的影响，他的精神和笔触中有一种深厚的儿童情结。自4岁起，马克·吐温随父母移居到密西西比河边，他拥有了一段十分美好的童话般的童年生活。但不幸的是，马克·吐温的父亲早逝，让马克·吐温早早地担负起生活的重担。为了宣泄和表达出这样的情感，他运用哈克之口描述了和吉姆一同在密西西比河上的漂流旅程。故事里吉姆和哈克有着父子般的情感，这正是马克·吐温对父爱的向往和渴望。马克·吐温的父爱情怀经常在文学作品中以童心童趣的形式表达出来，同时也体现出童心的纯真世界与生活。在《哈克贝利·费恩历险记》里马克·吐温从始至终都是在以孩童的视野对待生活，同时也在以孩子的口吻叙述故事。到底是什么因素使得马克·吐温选择儿童的形象来作为小说的主角呢？在马克·吐温看来，儿童处于生命的初期，很多观念都没有形成，也没有受到外界环境的熏染，儿童们保留着一颗纯洁的内心和天真的本性。所以小孩子相比起成年人更容易感悟到自然和宇宙的神秘。除此以外，马克·吐温对于儿童的描述还表达了他对自己童年生活的渴望与向往。小说里马克·吐温用孩子的眼光代替自己的眼光，用孩子的语言表述自己的思想，在理想上从哈特福德回到了故乡汉尼拔，实现了自己重回童年的梦想。

哈克与作者马克·吐温的相似之处可以分为三个方面。

第一，哈克是正义的、善良的、疾恶如仇的抗议者，哈克所具备的反对种族歧视倡导平等的思想正好体现了作者富有同情心的天性。马克·吐温的一生都在与恶势力作斗争，他十分有正义感，并且与一切伪善欺诈的行为作反抗。

第二，哈克勇于探险追求自由，而从十二岁就开始环游世界的马克·吐温正是富有执行力、喜爱幻想、外向热情的性格，他尝试过印刷工、报童、排字工、领航员、水手等很多职业，他期待着去体验亚马逊河的神秘探险，这都与哈克十分相符。

第三，哈克与马克·吐温一样都是在美国南方长大的，那里还留存着蓄奴制。在儿时的经历中马克·吐温形成了坚定的种族歧视观念，但随着生活阅历的不断丰富，他不断地审阅自己的言行，最后转变了自己最初的观念。在小说中的哈克时常无法主导自己的命运，为了追逐梦想的自由，他不断地逃避以摆脱"文明"社会对自己的束缚。小说的尾声部分，哈克逃离了文明社会毅然决然地投入了朴实无华的荒原，这是作者再一次表现出自己对自由生活的期待和追求。哈克的选择就是马克·吐温的人生理想，表达出作者对现实生活的逃脱心态。

# 第四节　厄内斯特·海明威的
# 现实主义小说与海明威式英雄

## 一、海明威的人文主义

美国文学作品中的人文主义是始终以人的精神为主体的，具有社会科学性，并且倾向于对人们现实生活和人类社会命运的一种反思与理性思考。就社会科学性而言，人类是有思想有大脑的高级动物，他们有追求真理的权利和能力。海明威在其小说《老人与海》中就充分地彰显了主人公这种真挚理性下的人文主义品质，正是这种精神品质让其成为最终的赢家。尽管海明威和莎士比亚所生活的历史时期不同，两人对人文精神的思考都各持己见，但对于人的价值则有许多相同的见解。《老人与海》中老人桑迪亚哥将捕鱼视为自己此生的信念。每次出海都并非只为生存，更多的是在为信念、为自己的存在价值而拼搏奋战。面临一次又一次的失败，他毫不退缩，并且坚信，只有不放弃才会获得成功。印象最深的画面是在与海鲨进行了整整三天的殊死搏斗依旧毫无结果时，老人非但没有丝毫气馁，而且依然乐观地说"人宁可被毁灭，也不能被打败"。正是这句简单而又纯朴的话语塑造了老人坚毅伟岸的形象。整部作品都是围绕老人在恶劣的生存环境下不屈不挠、乐观向上的精神品质和坚毅果敢的性格展开的，此外，海明威向我们呈现的还有其在追求创造完美文学艺术过程中的无限想象力与创造力。本已是风烛残年的老人，面对艰险毫不动摇，在自己的人生路上始终坚定自己的信仰，顽强拼搏永不言弃，对美好未来始终保持一份热忱。

## 二、《老人与海》作品中的精神内涵

### （一）越挫越勇，始终坚持的进取精神

面对失败，永不言弃始终是一个人通往成功殿堂的金钥匙。小说一开始，桑迪亚哥就是一个憔悴不堪、伤痕累累、已经八十余天连一个鱼子儿都没收获的"失败者"，甚至他连吃饭都要靠男孩救济，而他始终没有为霉运而退缩，反而越挫越勇，依然坚持黎明到来前撑起桅杆决心向胜利的曙光驶进。在遇到真正的大鱼时，尽管熟知自己的力量大不如对方，他依旧不肯甘愿认输并以"我跟你奉陪到死"的态度与大马林鱼展开殊死搏斗。待鲨鱼再度袭来，他仍然是尽己所能地去与其战斗，鱼叉丢了用小刀桨把，刀子断了用短棒，短棒丢了他便直接用舵。到最后所有的鱼肉都被鲨鱼吃尽，但老人顽强拼搏的坚韧意志却更加坚定。支撑他不惜一切去战斗的就是他的信念和他证实自己能力的决心，出海打渔只是他证明自己生命力的一种方式。所以他才不会被前八十多次的失败而击垮，而是做下一次的尝试和战斗。他明白，生命的路途上困难重重，也许更大的困难和失败还在后面，而自己要做的就是绝不放弃拼尽全力获取胜利。如作品中所言"他的希望和信心从来没有消失过，现在又像微风初起的时候那样清新了"。主人公桑迪亚哥的品质与精神不仅是海明威自身人格的外显，更是此时美国社会的社会精神所在：不言弃、不认输、坚持到底。

### （二）正视自己、勇于挑战自我的斗争精神

《老人与海》中所有的人物都是一个个活生生的"硬汉"形象，如果生命是一张任自己去挥写的画板，那么他们的画作应该命名为奋斗，他们毕生都在与海鲨与暴风骤雨甚至大海不屈不挠地战斗着，并以此向社会展示其活着的价值。他们大都有着令人敬仰的过去，但却并没为此在这些曾经的丰功伟绩上流连，而是更加勇猛，更加器重，始终活在奋斗中。小说中主人公桑迪亚哥一面因八十余天未捕到鱼而遭受同行的冷嘲热讽，甚至连小孩子也无奈，最终失望地离他而去；另一方面，他年事已高，精力有限，体力不足，在精神上还顶着几十次失败带来的巨大压力，生活环境可谓是内忧外患。对此，他只有两个选择：放弃或者坚持

奋斗。放弃就是认输，从此在众人的讥讽下生活；坚持奋斗或许会成功并赢回尊严，但也可能会一直失败，最终在别人的羞辱中死去。两个选择对此时的桑迪亚哥而言都近乎绝境，但只要有一丝希望他都勇于挑战自己的极限，毫无疑问，他选择后者。作品中老人这种敢于向自己发出挑战的斗争精神是当今构建社会主义核心价值观的重要元素，仍然值得我们去学习。

（三）顽强拼搏，不畏强敌的牺牲精神

桑迪亚哥老人每天面对的工作无疑就是狂风怒吼的海面和凶恶残忍的海鲨。每一次收获都要经历这震撼人心的搏斗。破陋的渔船、孤独的老人同成群的马林鱼和鲨鱼之间对比强烈，彼此间一次次的竭力斗争更是作者此生对理想的追求和与社会抗争的生动写照，同时也是20世纪怀揣美好美国梦的青年志士们顽强拼搏的一个缩影。这种顽强拼搏，不计个人安危，敢于牺牲的精神在小说中有两处体现较为突出，首先是老人和马林鱼抗争的时候，连续三天的搏斗体现的不仅是老人的英勇气概，更是对其坚忍不拔的毅力、超强的承受力和过人的胆识与智慧的考验。这种环境下，孤身一人的桑迪亚哥面前的对手不仅是巨大的马林鱼，还有自身体力严重透支后的饥饿困乏等身体条件。对此他没有妥协或认输，而是以死搏斗，最终取得了胜利。其次，老人和大鲨鱼之间的较量。这场斗争中面对体形庞大、尖牙利齿又极其凶残的鲨鱼，老人有的只是鱼叉、小刀桨把、短棒等不能称之为兵器的物件和过人的胆识与智慧、不放弃的信念。尽管最终他没能战胜成群的鲨鱼，并且迎来了小说中的第八十五次失败，但在读者心中，大多数人都坚信老人是最后的赢家，首先他战胜了自己，一无所有却能与鲨鱼群过招并且杀死鲨鱼，其次以一敌多、以弱抗强，这本身就是一种胜利。海明威笔下的桑迪亚哥这种不畏强敌的牺牲精神在全球化的今天，是各个国家发展进步都不可或缺的精神动力。

（四）英勇不屈的英雄血性与乐观平稳的心理品质

整部小说除了对敌对双方力量严重不平衡的展示外，还有主人公敢于斗争的勇气与精神气节让我们为之动容。首先，广袤无垠的碧海蓝天下，消瘦不堪的老人撑着一艘破败的小船与体形是他几十倍的马林鱼和"每一颗牙齿都比其手指还长"的鲨鱼群较量，这是老人英勇气概的体现。其次，先是被嘲讽的对象最后却成为受人敬仰的大英雄，这一变化正是整个社会人文气息所在。一个有信念有理想，并且不为通往理想和信念之路的艰难险阻所屈服的人，一个立足当下努力活出自我价值、永不言弃的人，一个放眼未来内心充满希望的人，无论其最终的成败如何，他都是一个值得尊敬的人。可以说，主人公桑迪亚哥身上所折射出的饱含了人类的自信、自尊、自强的精神品质是千百年来人类在危机前的鲜活写照。另外，需要清楚的是，海明威笔下的老人勇敢顽强、敢于斗争，但他并不是一个只晓得去拼杀的人物形象。智慧、平和、遇事不急不躁，处理问题井井有条也是其人格魅力所在。小说借助老人的形象与事迹告诉我们，无论是个人目标的达成还是整个人类文明的演进，除了具有在困难面前不低头、勇于挑战、顽强拼搏、不畏牺牲的精神品质外，还要保持积极向上、健康平稳的心态。作品中老人在出海捕鱼之前总是"宁肯把什么都安排得分毫不差"，因为只有这样才能不会错过时刻都可能降临的好运气；在与马林鱼抗争中他坚信"一个人在海上决不会孤单"，并最终靠着智慧和坚忍不拔的毅力取胜；和鲨鱼抗衡时，老人怀揣希望全力拼杀，并在鱼群来袭时明白"斗也不会赢了"这一事实。面对败绩，老人首先从自身找原因，只怪"走得太远"。成功总结经验、失败反思自己，老人始终对未来抱有希望。坚毅的人文精神与桑迪亚哥乐观平稳的心理品质是分不开的。现实生活中的作者亦是如此，以积极乐观的心态去处理生活中的事情是我们应当学习并具备的良好性格品质之一。

如今，始终被视为国外文学精华的人文精神逐渐成为值得我国文学作品借鉴的亮点之一。从国外经典著作中剖析其人文精神，有助于为进行社会主义精神文明建设服务。在全球化浪潮中将中国推向世界，适应多元文化发展是每个青年的使命。《老人与海》作为一部展望未来的著作，饱含了对人类的关爱和对人类未来发展的关注。小说中作者面对人类、社会及未来所倡导的人文精神值得我们深刻思考和学习。

# 第二章　美国自然主义小说与理性精神

## 第一节　自然主义小说中蕴含的理性精神

### 一、理性精神的酝酿——达尔文的自然主义

英国著名的生物学家达尔文出于对自然科学的挚爱，通过广泛游历考察动物群、植物群以及地质构造，研究生物的进化过程。

这些经历决定了他生命的轨迹，为他的许多基本思想奠定了基础。达尔文分别于1859年和1871年根据研究的成果撰写了《物种起源》和《人类的起源及性的选择》。他不容置疑地指出，一切生物，包括人，都是由几种极其简单的机体，也许只是单机体，经过漫长的逐渐变化，改良发展而成的。同时，他还提出"自然选择"的理论，用来解释这种发展变化的过程，并说明这种变化的必然性，特别解释了"物种递变"的原理以及"适者生存"的理论。达尔文首先以比较解剖学、胚胎学、许多动物机体构成的一般发现及贝类生物的地质分布研究数据为基础，对取得的进化证据作了详尽的分析和研究，发现一切生物机体都必然经历过遗传性的变异过程，由此提出"自然选择"是生物进化过程的原动力，是进化必然性的根本原因。自此，达尔文的"自然哲学"诞生了，在世界哲学史上留下了光辉的篇章，而达尔文则把自然规律广而用之，引起了生物学、哲学、神学乃至社会学领域空前规模的争论，产生了"新自然哲学"。达尔文进化论的产生，不仅充实了科学研究的方法，拓宽了科学研究的视野，而且在人对自然，以及人对本身的概念意识上引起了革命性的变化。从此，人类便以新的方式看待自然，以新的方式看待生命，更新了社会的概念。

"自然选择"是达尔文进化论中最重要的理论，而"自然选择"并非达尔文首创。用达尔文自己的话说，他在进化论中阐释的中心思想，是在1838年读完托马斯·马尔萨斯的《人口论》之后形成的。在《人口论》中，马尔萨斯认为，人口是按几何级数增长的，即1、2、4、8……而食物供应量却以数学级数增长，即1、3、5、7……根据这个理论，自然对物种的无限制增长存在着很明显的制约

作用。达尔文写道，"根据对动植物生存习惯的长期观察，我早已注意到处处存在着为生存而进行的搏斗，因此这种理论立刻使我明白在这种条件下，劣势变种便可能被消灭，其结果就是新物种的产生。换言之，既然自然不能维持所有生命，必然产生为生存而不断进行的搏斗，结果就是适者生存"。

达尔文于1859年出版的《物种起源与自然选择》一书，充分阐述了进化论的实质。他认为，影响生物进化过程的机制主要有三种，即：自然选择、性的选择以及个体机体有生之期所获得特性的遗传，其中，达尔文最强调的就是"自然选择"。"自然选择"是达尔文读了马尔萨斯的《人口论》后，在航行中，特别是在厄瓜多尔西部的科隆群岛考察时发现生物群地区差异而形成的观点。一般来说，自然选择是与性的选择、获得特性遗传机制交织进行的，但是机体的有些特征却只能通过自然选择发展形成。

达尔文对自然选择的叙述可以归纳如下：

第一，动植物群体与个体都显示出各自的变异。这种变异首先与生活条件有直接的关系。自然生活条件迫使生物不断进行自身调整以求适应，从而引起对生物机体全部或部分的影响；机体部分的运用与闲置，以及生活习惯的不同，对机体变异也产生一定的影响。

第二，在为生存而进行的搏斗中，有些机体变异可以产生胜于其他机体的优势，这种优势变体必然将优势特性遗传给后代。机体的改良或灭绝，和它本身的某些特征有极大的关系。在生存搏斗中，任何变异，即使微不足道，只要能显示出相对于其他机体与生存条件较为有利的关系，必然使带有这种变异的机体得以生存，然后又将这种优势变异传给后代。它们的后代也因此获得有利的生存机会，因为在许多个体机体中，只有小部分能够生存。

第三，既然生物产生的后代大大超过自然环境的承载力，优势变体及其后代生存的比例便大于劣势变种的生存比例。正如马尔萨斯指出的那样，生物母体产生的后代数量呈几何级数增长，而环境的承载能力则相对增长缓慢。因此，为了生存，某个物种内的某个个体必须与本物种的其他个体或其他物种的个体进行竞争。在竞争中，带有优势变异的物种及其个体的死亡率将比劣势变种低得多。

第四，一切生物可能在一系列持续的进化过程中，产生各种优势变种和劣势变种，劣势变种及劣势变体逐渐消亡，优势变体的遗传产生新的、更先进的变种，这就是物种的起源。因此，达尔文的自然选择法可以定义为生物两个变种间的死亡率差数，即适境变种与不适境变种的死亡：率差数。

自然选择的理论基础主要是两个事实：其一是生物的几何级数繁殖能力；其

二是后代虽然基本接近父母体，但与父母体又有细微的差异。后代在数量上总是远远超过父母体，然而世界上的生物却不能逐年增长，因此，为了生存的搏斗永远是不可避免的，问题在于孰生孰死。很明显，地球上的生物有强有弱，强者更容易适应生活环境，就有更多的生存希望，而弱者则容易被自然淘汰。

达尔文进化论的第二种机制是性的选择，即雄性为争夺雌性的竞争。达尔文认为，性的选择对于比较低级的动物作用很小。因为它们尚未形成发达的感觉器官及智力，还没有产生爱与嫉妒的感情。但是随着动物级别的升高，性的选择的作用就越来越大。一般而言，雄性总比雌性强壮、高大，都具有勇气及凶猛等特性。因此，性的选择就是雄性之间的竞争选择。性的竞争选择主要有两种：其一是同种个体之间为了拥有同一异性，必须赶走或杀死对手；另一种是同性个体之间竞相吸引雌性，这时选择的主体便是雌性，选择的目标就是得到更加合适的伴侣。而在竞争中，由于选择需要的努力，爱与嫉妒的影响，以及对声音、颜色的美的欣赏，某一性别的动物便会间接地获得诸如勇气、凶猛、毅力、力量、体形及其他优势特性。这些获得特性以遗传的形式传递给后代，从而推动动物的进化。

达尔文进化论的第三种机制是获得特性的遗传。获得特性的遗传是和自然选择、性的选择同时进行的。自然选择与性的选择中产生与保存的优势变异和特性以遗传的方式在后代的身上得到再现，经过不断的选择与遗传，逐渐产生新的变异和物种，从而构成进化的过程。达尔文认为，机体变异的产生是环境对原生质的作用，以及机体本身运用与闲置影响的结果。例如，一只动物由于太阳暴晒而皮肤变黑，就可能导致内部原生质变化，其后代也会带有黝黑的肤色；再如一匹狼由于长期追逐兔子而形成了发达的肌肉，其小狼便会继承相对发达的肌肉。这种机制不仅可以解释在自然选择和性的选择条件下的进化，也可以解释不存在自然选择与性的选择条件下的变异与进化。

根据进化论，人类就是由比较不发达的机体进化而来的，和低等动物一样受到自然的选择、性的选择与获得特性遗传规律的作用。低等动物在漫长的变异与遗传过程中慢慢进化，最终形成具有思维能力的人类。因此，人类在生存方面也不断地和各种因素做斗争，也就引发了人与人之间、人与自然之间的生死搏斗。

达尔文进化论的诞生，在科学界、哲学界以及神学界无疑都是一场革命，是对传统神学及理想主义神学的全盘否定。传统神学认为，人类是上帝最高级的动物。据《创世纪》记载，上帝根据自己的形象创造了人，又为人的需要创造了其他的动物。因此，人类相对于其他动物，具有至高无上的独特地位。而达尔文的进化论则取消了人在自然界中的"独尊"地位、认为人只是动物进化过程的延续，人与一般的动物具有相同的起源，人与动物一样受制于自然的规律，甚至人赖以区别于其他动物的思维能力、道德能力以及其他精神品质，也都是进化的结果。因此，人与其他动物一样都是自然的一部分。达尔文以人的动物本性取代了人的神圣地位。其次，传统神学认为人是上帝设计制造的结果，强调了上帝的作用。而达尔文进化论则认为人是动物进化过程的结果，认为这一系列的进化过程是机械的，无须上帝的作用。因此，达尔文进化论又取消了上帝设计师和创造者的地位，进而强调了人类产生过程的机械性以及人类进化过程的因果循环性。

达尔文进化论对 19 世纪后期的社会思想产生了巨大的影响，被用于解释道德、经济以及政治问题，形成了"社会达尔文主义"。首先，社会达尔文主义者把社会的发展与自然的进化进行比较，认为社会的发展也是一个进化的过程，而且适者生存的自然选择也可以解释社会发展的进程。他们认为，社会的发展也是人与人竞争的结果。在社会竞争中，"适境"而生存的人一定是冷酷无情、想象丰富、勤奋节俭的人，只有这种人才能击败其他的人，登上社会的顶峰。这就是"社会选择法"。因此，每个人的背后都有一只生存需要的"无形的手"，人必然同时受到自然选择与社会选择法的制约。

达尔文的进化论打破了传统哲学与神学对神及人类的理想主义概念，产生了悲观、忧郁的新自然哲学。在新自然哲学中，人不再是上帝的产物，而与一般动物一样属于自然的一部分，是漫长的自然进程的结果。人类的命运不是由万能的上帝决定的，而是由机械的、盲目的自然力量控制的。在茫茫宇宙面前，人显得非常渺小，对自己的命运无能为力，人的命运是由遗传因素及生活环境决定的。同时，新自然哲学又指向自然的残酷。自然是一座对人类遭遇无动于衷的庞大机器，人类在自然中必然要为生存而相互竞争，而且部分人的毁灭是人类进步不可避免的伴侣。

此外，英国哲学家赫伯特·斯宾塞的社会学以及美国内战后的社会状况，对自然主义在美国的产生和发展起到了极大的作用。斯宾塞把科学的含义运用到社会思想和行动上，把生物进化论的一般规律运用到社会思想和行动上，运用到社会研究之中，变自然选择法为社会选择法。他甚至在达尔文之前就提出"适者生存"的观点。他认为社会也是一个机体，虽然社会机体与生物机体有所不同，但是它们发展的规律却是一样的。推动生物进化的自然选择法也是社会发展的动力，因为在社会中也存在着为生存而进行的斗争。只有通过技术、智慧、适应能力的竞争，选择精英生存，才能促进社会的进步。因此，他首先提出"放任主义"政策，呼吁自然权利，主张只要不损害别人相同的权利，每个人都有权利做自己喜欢的事；政府的作用是多余的，只能限制自由，因为道德发展的过程就是人适应生活条件的过程，适应过程不断发生作用，最终会淘汰邪恶。所以他崇尚土地私有权、妇女和儿童权利，蔑视国家的权利。斯宾塞甚至反对国家帮助穷人，因为他们是"不适者"，应该从世界上清除掉，为"适者"创造更多的空间。穷人失去生命的原因是愚蠢、邪恶与懒惰。如果他们有足够的能力，就应该生存；如果没有足够的能力，就应该灭亡，这就是自然规律。在自然规律下，任何人都要经历严峻的考验。

斯宾塞的社会学是英国工业革命的产物，但是内战后美国却给斯宾塞社会学的发展和传播提供了适宜的土壤。19世纪后半期，随着美国内战以北方军的胜利结束，劳动力和市场问题得到解决，工商业得到空前的发展，美国资本主义经济蓬勃发展。随着疆土的迅速扩张，整个国家的经济似乎处在全盛时期，恰如马克·吐温描述的"镀金时代"。在经济发展的背后，战后的美国却极像达尔文主义"为生存而斗争、适者生存"的人类漫画。在追求金钱的过程中，竞争异常激烈，人们一夜之间可以变成百万富翁，百万富翁也可以在一夜之间倾家荡产。整个国家就像弱肉强食的丛林。在这里，每个人为了生存，都在与他人进行殊死搏斗，为了地位、荣誉和财富与他人进行残酷的竞争。在这里，传统的理想主义被抛弃，社会习俗、道德习惯都被置之不顾。而成功的商人则本能地接受了达尔文和斯宾塞的思想观点，以便于辩护自己的行为。他们认为，商业残酷的竞争就是"适者"与"不适者"的竞争，甚至铁路公司的财运也是由"适者生存"的规律所决定的，在竞争中获胜是因为他们具有超人的适应能力。

美国内战后的资本主义发展，还产生了另外一个问题——商业竞争。商业的竞争往往是不公平的竞争，大公司不择手段击溃并吞并小公司，成为工业巨头，但是工业巨头的成功一般是以广大工人的贫困为代价的。资本家不惜一切手段榨取工人的劳动成果，因此，资本家积累财富的过程便是中产阶级纷纷破产，工人阶级被剥削加重的过程。于是，美国的贫富分化日益严重，工人运动此起彼伏，显示了美国社会潜伏的危机。而且，周期爆发的经济危机及通货膨胀，也给资本家造成较大的损失，其直接受害者其实只是工人阶级，其结果就是工人的大批失业，工资大幅度下跌，以及由此产生的极度贫困。

这些思潮以及社会现状对当时美国文学的发展产生了巨大的影响，直接导致以宿命论为基调的自然主义文学的产生和发展。当时的主要作家放弃新浪漫主义，甚至超出一般的社会批评现实主义，他们接受了达尔文的生物宿命论以及马克思的社会学，形成了社会经济宿命论。他们认为人的发展过程就是生物的发展过程，从而强调人的动物本性。美国文学自然主义者认为，人同时受制于自然环境与社会环境，因而遗传因素与社会规律的力量远远强于人的自由意愿，人的自由意愿是微乎其微的，甚至是不存在的。其次，自然主义者认为生存是人类活动的最高目标，而动物求生存的过程是暴力相见、相互残杀的过程。只有通过弱肉强食的斗争，才能保证具有竞争优势条件的"精英"继续生存。这一切都是由自然规律决定的。于是，自然主义作家着意刻画暴力，试图通过对暴力斗争的描绘显示和强调人的自然本质。同时，自然主义者往往把人置于庞大的自然或社会背景之中，从而显示其渺小、脆弱以及无可奈何。人与一般动物一样是自然的一部分，因而在自然主义文学中已经不存在人的道德良心问题。为了充分表现这一观点，自然主义作家往往在小说中用客观的观察取代纯粹的想象。

## 二、理性的呼唤——左拉的自然主义理论

左拉是一位工程师兼数学家的儿子，自幼丧父，母亲带着他过着艰苦的生活。他做过很多不同的工作，当过店员、雇工，后来从事新闻写作，报道一些社会现象，这使他有机会接触到劳动人民，了解下层人民的疾苦。这段经历给他一生的创作带来了极大的影响。左拉喜欢雨果、巴尔扎克和福楼拜等文学家的文学作品，并认真解读他们的作品，从中汲取文学养分。左拉深受这些作家的影响而接受了现实主义。但同时他又接受了泰纳的理论，也受到了贝尔纳的实验生理学的影响，以后创立了实验小说理论和自然主义理论。

自然主义是时代风尚的产物。19世纪中后期，自然科学在众多领域取得的成就，极大鼓舞了人心。特别是达尔文的进化学说造成了强烈的冲击和震荡，于是科学主义作为一股思潮盛行于世。正是在这种时代的社会风尚撞击下，左拉构建了自然主义小说理论。左拉是自然主义文学的鼻祖。在他文学生涯的早期，他深感生活的残酷和人的弱小地位。这种强烈的社会意识激励他悉心寻觅一种哲学思想以充实他的文学作品，使之获得深刻的蕴涵。科学主义对自然主义的影响是整体性的，又是多方面和多层次的。在观念方面，左拉热切地要把文学纳入科学的领域。左拉曾这样表白"我的目的首先是科学方面的"，"我仅仅怀着科学家的好奇心"。以后在《实验小说论》等论著中，他对此作了再三强调。左拉以自然科学的具体成果为理论基础，特别是以实验方法为依据，论证了文学成为科学的可能性与可行性，并进而认为这是文学发展的必经之路。左拉的论证逻辑简单而实在。科学方法，亦即实验方法既然已经从应用于对非生物的研究发展到应用于对生物的研究，引导人们认识了肉体现象，那么实验方法也就可以引导人们去

认识精神和心理现象。既然贝尔纳运用实验方法把医学从技艺变成科学，那么小说家为什么不可以运用相同的方法把文学变为科学呢？

从科学的角度认识文学，以科学的态度对待文学，真实性便理所当然是首要的问题。左拉把真实看成文学的生命，看成小说唯一应该追求的目标。他说，当今时代，小说家最好的品质就是真实感。为此他痛斥浪漫主义飘浮的想象，赞赏巴尔扎克和司汤达高度的观察与分析能力。可以说，真实是自然主义的最高原则，是它的出发点与归宿。正是在这一点上，人们轻易而又理直气壮地把自然主义收缩到现实主义旗帜下。其实不难发现，自然主义与现实主义在真实观上是有所区别的。不错，一般而论，两者都追求客观的真，两派作家都重视原始材料的累积，特别是细节的展示。但在更深的层次上，两者的分化就出现了。现实主义执着于典型意义上的真实，执着于社会生活本质意义上的真实；而自然主义的独特追求在于追求科学意义上的真实，也就是真理性的认识。科学的目的并不仅仅是告诉人们客观的存在或现象，它更重要的任务是揭示存在或现象背后的规律、揭示事物之间的联系、揭示之所以是此事物而不是彼事物的根本原因。自然主义正是在这样的层面上强调和追求小说的真实性。尽管科学和小说所面对的对象不同，但出于对事物可认知性的坚定信念和对科学方法的无比热忱，左拉相信，非生物和生物、生理现象和心理现象都有其内在成因。"路上的石坎和人的大脑都由相同的决定因素支配"，就是"未被认识的真理，未经解释的现象"，因此小说家的任务不仅仅是对事物进行客观、准确的描绘，还必须探究其内在规律。换言之，小说家除了反映或再现，还要揭示和说明"我们的领域并非仅仅体现人性永恒的感情，因为我们还要说明这些感情的真正根源"。"对思想和感情的规律进行阐述"，"找出人类和社会现象的决定因素"。而为了保证其科学意义上的真实和精确，小说家必须运用科学的实验方法。很明显，自然主义的真实观有其自身的特定内涵，左拉是以此来指导和规范自己的创作的，也是以此为标准去评价其他作家作品的。

对科学真实性的追求，左拉不仅认为是可能的和可行的，而且还赋予小说高度的价值。左拉认为社会和人一样是有机体，各部分之间存在着有机联系，某个部分的损害将危及整个机体的健康运行，自然主义小说家的任务就是找出这个损害部分并揭示其受损原因，以便让立法机关和执法的人或迟或早地注意并解决这些现象，从对人类是否有益的角度发扬那些好现象，减少坏现象。因此，描写家庭生活，再现家庭生活，进而指导家庭生活，就是自然主义小说的目标和功用。自然主义小说家从事的就是最高尚、最道德的工作。自然主义只不过让情感倾向从属于真实，藏在真实之下罢了。

在倡导"科学的文学道路"、弘扬真实性的时候，左拉面临一个无法回避的问题，即科学性与文学性的关系。左拉很清楚，小说之所以是小说，就在于它展示了人物的命运，而要让人物活起来，让人物获得真正的生命，关键就是对人物进行真实的描写。左拉写道，"我们既不是化学家、物理学家，也不是生理学家；我们仅仅是依靠科学的小说家"。所以左拉力图把文学性与科学性两者统一起来。但左拉在论及描写时又有这样的话，"现在，我应该说，我们不一定严格遵守科学的精确性"。这种说法，与其坚守的科学的文学立场明显相矛盾。不过，如果我们结合他对几位作家的评析来解读，就不难理解这是左拉在强调文学性，并想把文学性与科学性统一起来时所用的一种表述而已。把人物放在特定的环境中来描写，突出环境对于人的影响，这是科学真实性所要求的，即便如此，左拉认为也需把握一种度，度的标准就是环境描写必须有助于凸显人物，而不能淹没人物。

强调真实、找寻现象的规律和成因，左拉既表现为理论上的自觉，也体现在创作方面的执着。科学意义上的真实，只能遵循科学主义的路线来认识。必须特别指出的是，科学主义的认识路线，并非仅仅指借用具体学科（比如生理学）的成果，它同时强调科学的精神，即主体在对对象的认识过程中所具有的理性品质、求是态度、对真理的热爱和探求普遍规律的坚韧。

左拉既否定关于人的宗教解释、否定对人的理解的自然、非理性倾向，同时也质疑关于人的抽象的、形而上学的认识路线。受自然科学成果的启发和鼓舞，他把人放在生物层面来探究。他坦言，自然主义小说是以生理学为根据的。尽管贝尔纳认为文学涉及的是人的思想和情感，不适合使用实验方法。但左拉坚信，人的思想、情感与人的肌体一样，同样有规律可循，并且这种规律必须也只能深入到人的生理机制中去找寻。左拉被当时自己的思维兴奋点和所了解的科学知识所牵引，他强调了"遗传问题对于人的精神和感情行为有巨大的影响"。后来他读到法国著名心理学家贝尔纳（1813—1878 年）的名作《实验医学研究导论》，如获至宝，认为他从贝尔纳对科学实验方法的叙说中得到了灵感。他在著名的《实验小说论》中提出创作实验小说的主张。他指出，实验小说的作者应像一位实验科学家，审视和记录小说人物在既定的遗传和环境背景下的特定反应。他笃信遗传和环境两种因素对人类和人的命运的决定力量。他认为他所提倡的这种自然主义文学应注重资料参考和客观描写，资料要翔实，描绘要准确真实。显然，左拉的理论也源于达尔文的进化论。在这种理论指导下写出的文学作品经常表现人的原始冲动。既然人的行动都由他所不能左右的外部压力决定，他的理智便失去了应有的作用，他和动物也就相距不远了。于是，自然主义文学又经常把人描绘成一个无可奈何的动物，生活没有意义、没有希望，任凭自然力量折磨和宰割。

结合左拉对自然主义文学的解释，可将实验小说的创作过程归纳为这样的公式：观察——实验——观察——记录。首先是观察，要求观察者不带任何先入之见、任何偏见和任何先验的思想，必须客观、冷静地观察，就像摄像师那样摄取一切进入视线范围的物象，当获取一定的事物或现象之后，自然会产生相关的想法，提供某种解释。例如某个人物所以这样行动而不那样行动的解释，这种解释在逻辑上还只是假设。接下来，就为这种解释或假设安排实验，所谓实验，就是按假设的要求为人物提供种种条件和环境，也就是展开情节，将人物安放在设置好的情节中去。如此，实验者的任务宣告完成，观察者重新出现。第三个环节的观察，指察看人物在具体的情节中是如何行动的，按左拉的说法，人物的行动将必然循着其决定因素所规定的那样进行，但观察者仍被要求不偏不倚、全面客观。最后，将观察所得记录下来就大功告成了。

这里，程序性、可操作性的特征是一目了然的，一切都似乎遵循科学的严密和规范来进行。正是怀着这份自信，左拉宣称自然主义小说家是关于人及其情欲知识的法官。整个操作程序中特别需要加以检讨的是实验环节。左拉认为，这部分最能体现一个作家的才华和创造性。实验的前提是想法，实验必须建立在作者对现象的理解、把握和解释的基础之上。而想法的提出本身，就检验着作者的才华。既然把创作视同科学实验，有一套操作的程序，那么左拉是如何面对个性风格及虚构等问题的呢？我们知道，左拉一向重视作家的个性表现，在早期的文艺思想中，就高度强调个性，以致为了凸显个性可以不惜牺牲真实，"如果谎言是出自一位气质独特、才华横溢的艺术家之笔，真实与否自得其明"。显然，早期理论中，左拉把个性追求与真实表现看成了一对矛盾。

在以《实验小说论》为代表的理论成熟时期，左拉寻求打通个性与真实两者之间的关系、试图统一两者的努力是很明显的。他从贝尔纳的论述中得到启示。认定个性蕴含于对真实的独特追求中，而不是通常认为的那样，表现为文法、修辞的刻意。作家观察事物，客观但不漠然，只有牵动热情的事物，才可能倾注全部心血。而对现象内在规律的探求，更需融入整个的生命，个性风格就于其中自然流泻而出。左拉对都德创作个性的评述相当清晰地展示了这种观点。关于虚构，左拉认为它在自然主义小说中并不重要，"虚构在整个作品里就只占微不足道的地位"。理解这个问题,必须联系左拉的理论。具体地说,左拉是在反对浪漫主义故事中的过度虚构。换言之,他反对的是毫无根据的浪漫想象。因此,所谓虚构的不重要,就应该理解为左拉对故事之日常普通的强调。其实左拉早就说过,实验本身就包含着变化的意思,实验过程(展开情节)就是改变人物的生活条件和环境,并观察、记录人物在决定因素作用下顺乎规律的行动与结果。这里的一个原则是"改变自然,但又不脱离自然"。即一方面不是把生活现象照相式地搬到作品中,另一方面所作变动又要求符合自然规律,符合科学的真实。

通过实验方法而达到真实的认识,左拉对此无疑怀着真诚的信念。只是,科学的实验与小说的实验毕竟不同。这种不同除左拉认定的研究对象的差异之外,更主要的还表现在实验结果上的出入。科学的实验,其结果是在于实验者的客观、自然的呈现,实验结果验证实验者认识的真伪。而小说的实验,其结果只能呈现于作家的大脑屏幕上,真伪的判定仰赖什么呢?这似乎是自然主义的"目的",是自然主义的致命点所在。

左拉的自然主义理论集中阐述在他的《实验小说》(1880年)和《自然主义小说家》《文学资料》等著作中,其理论可以概括如下:

关于创作主题,左拉认为小说家的文学作品的取材不应限于一个人物或一种风俗、一段故事或一段经历,还必须广泛涉及社会、经济、文化等方方面面。单单关注上层社会或者某一层次的生活是远远不够的,还必须关注各层次的各种生活领域的人物,这样的文学创作和文学作品才能更丰富多彩,才能引起读者和社会的广泛关注和热爱,才能让作品生气勃勃。他曾经这样评价自己的作品:

"我的作品,社会的成分没有科学的成分那么多……我的作品要描写的不是一个现代社会,而是一个家族,而且要表现亲属和环境关系的交错影响……对于我更重要的是做一个纯粹的自然主义者……我要表现现实,而且要寻找现实内部隐藏的基础,而结论我是没有的。"

关于创作的理由,他认为作家应从观察与实验的更深一层认识社会现实,从科学实验的角度去证明自然法则和社会法则,主要从种族、环境、时代去分析、探索、挖掘人类生活,用遗传学的理论来阐明人的生存空间、环境和命运。他用宿命论和悲观论来统领作品,他的这种创作理论对当时欧美作家有较大影响。

关于创作方法,左拉接受了实证主义哲学家和泰勒的文艺批评理论的影响,主张小说要亲自观察事物,亲自观察社会包括环境、事件、现象等,然后不折不扣地把生活的本来面貌创作出来,要"如事实发生时那样再现出来"。他在《自然主义小说家》一文中指出："这里不要夸张，也不要强调，只要事实，值得赞颂或值得批评的事实，作者不是一位道德家而是一个记录者，他只要说出他在人类尸体里发现了什么就够了。"他又说，"仅仅一点一滴关于人的资料，比起无论怎样的想象都会深深感动人的肺腑的。不需要什么穿插，也不需要什么结局，只要一些简单的研究，一个年代的生活分析，一次情欲的历史，一个人一生的传记，关于生活的一些逻辑分析记录，就算大功告成了"。

从这里我们明显地看到自然主义的这些理论抛开了典型化的艺术方法，强调对于点滴的、琐碎的、现象的、偶然的事件进行录像式的描写。他们再现生活的本来面貌，创作的作品也会有很大的局限性，这也许是自然主义文学存在时间不长的一个原因。在 19 世纪 80 年代和 90 年代的美国文学界，人们最感兴趣、最喜闻乐道的就是法国的埃米尔·左拉，他对美国自然主义作家的影响最大。他以全新的技巧和创作思想影响了 90 年代美国文坛的一代人。19 世纪末，俄国作家屠格涅夫、托尔斯泰及陀思妥耶夫斯基等在美国也享有盛名。屠格涅夫的《父与子》深层蕴涵的悲观主义哲学，他作品中软弱的犹疑不决的人物爱情失败、不能自立，对克莱思、诺里斯等人的影响极深。托尔斯泰极可能是在当时美国最受推崇的俄国文豪，陀思妥耶夫斯基的魅力也得到了普遍承认。

美国自然主义小说受 19 世纪法国小说家左拉提出的自然主义文学理论的影响很大。左拉根据文艺理论家们提出的关于文学是种族、时代与环境等各种决定力量产物的理论，提出了"试验小说"的理论。左拉认为，自然主义小说家应该选择可以用于实验的真实例证，把小说作为用于求证自然与作用于人的各种力量的实验场所。左拉强调生物决定论，认为人的行为受其生物本能支配。另一方面，左拉又注重环境的影响，认为社会环境决定人的善恶成败。左拉关于自然主义文学的理论以及其他自觉地按照这一理论进行的小说创作对于诺里斯、克莱恩和德莱塞等美国自然主义小说家起了启蒙作用。美国小说正是从这一时期起开始更多地接受欧洲大陆国家的文学影响，而与英国文学传统逐渐疏远的。罗伯特·斯皮特指出，"美国文学这种新自然主义，在以后的美国文学历史中，乃至在世界文学的历史中都是重要组成部分"。

## 第二节　美国自然主义小说先驱：哈姆林·加兰

哈姆林·加兰（1860—1940 年）在美国文学史上往往被列为"地方色彩"作家，但他独特的经历和艺术见解，使他的现实主义小说较早表现出自然主义创作倾向。作为现实主义文学的一个重要分支——地方色彩的文学与自然主义有着太多的相同点，无论从写作风格，还是写作手法，乃至写作题材都有很多相同之处。因此，加兰在文学创作方面体现了早期自然主义文学的特点和风格。在这里我们把他列为早期的自然主义文学作家。《哥伦比亚美国文学史》谈到，19 世纪最后 20 年，美国作家詹姆斯·A. 赫恩（1839—1901 年）在创作中进行现实主义和自然主义的艺术实验，如此形成了包括加兰在内的一种文学流派——自然主义文学。

哈姆林·加兰 1860 年 9 月 14 日生于威斯康星西部农场一个叫新萨勒姆的村庄。为了生计，全家迁往明尼苏达州和衣阿华州的一个草原农场，1875 年落户在衣阿华州的奥萨基，加兰入当地的教会学校学习，1881 年毕业后又随全家移往南达科他州。童年的加兰喜爱西部广袤的草原和清澈的蓝天，但是越来越讨厌边疆农村单调乏味的生活。乡野和农庄构成加兰的幼年及青少年时期的自然生活环境，造成了他根深蒂固的"中部边地"地理文化意识。加兰自幼参加农庄劳动，加之父亲专横粗暴，家庭缺乏和谐温暖，他在记忆中留下了边地生活艰难、孤寂的印象。加兰喜欢读书，仰慕文化发达的东部，为了摆脱贫困与愚昧，受母亲的影响他想做个教师，却因家境捉襟见肘，缺少正规教育而无法实现。由此，他萌生了逃离边地农村的念头，但又割舍不下对故乡的依恋，这种无可奈何的矛盾心境，在他日后描写的一系列人物身上得以体现。

1884 年，加兰在 24 岁时才下定决心告别落后的农村，终于迈出了他人生道路上的重要一步。他来到美国当时的文化中心波士顿，刻苦自学，奔波在剧场、作家、演员、艺术家之间，尤其是耐得贫寒，3 年里几乎天天泡在波士顿公共图书馆，阅读莎士比亚、霍桑、惠特曼的作品和欧洲的新小说，如饥似渴地吮吸着知识的养料，潜心研读达尔文、斯宾塞、赫姆霍尔兹的著作，深受进化论的影响，并对平民党人亨利·乔治的主张感兴趣，拥护单一税制，认为它反映了中西部平民的利益。与豪威尔斯的结识，对他从事文学活动产生了最直接的影响。他从一开始就表现出对豪威尔斯美学原则的好感以至亲近，尤其接受其如下见解：现实主义小说不同于历史传奇式或者感伤的情节小说，它必须表现自己的时代和地区，运用自己的观察，采取客观的自描和叙述手法，再现普通人的习俗和行为。这决定了加兰的创作是从现实主义起步的。不久，他兼职当教师，做讲座，写文艺书评。他虽然身无分文，写出的作品又不受报刊重视，但却为新思想所鼓舞，感到文艺革命迫在眉睫、充满跃跃欲试的热情。

从理论上讲，哈姆林·加兰认为"只有生长在当地、了解内情的作家才能表现那个城市或那个地区的真实色彩，只有自幼在贫民窟玩耍的人，才能写出贫民窟的小说"。在他回家探亲时，发现"城市与农村的对比处处都变得尖锐起来"，便开始写中西部农村的小说。他提倡"真实主义"以有别于只写社会表层的"现实主义"。他触及资本主义发展过程中的贫富悬殊现象。资产阶级报刊宣传西部农民"家家有钢琴、户户有地毯"，加兰极为反感。他对于到西部去开荒谋生的农民生活深有体会。他说，他深知干农活绝不是在"月光底下"唱唱"农家乐"，因此"我不管土地商和政客们怎么宣传，我要把西部农场生活真实地写出来"。他就是要告诉广大的西迁移民西部的真实生活状况。

个人闯荡的初步成功代替不了对故乡的魂牵梦萦。1887、1888 年加兰带着日益自觉的文化意识回乡探亲，对那里依旧如故的贫穷和衰败深感震惊。1887年，加兰从波士顿到南达科他州探望阔别 6 年的双亲。尽管他在农场长大，但越往西部走景象越荒凉，使他第一次深切地感受到农民生活的困苦，感受到从未有过的压抑和难过。见到母亲生活在困苦之中，他的压抑感变成满腔的愤懑，促使他写出了《大路条条》。这部短篇小说集收录了 6 个短篇小说，后再版多次，渐次增补篇幅，所收入的作品，均属加兰短篇小说中的佳作。它的标题融注了作者对中西部边地人生活和命运的体验。他说，"西部的大路延伸着，绕过喧闹之地，穿过浅滩的河流……但总的来说，它漫长而令人生厌……就像各式各样的人走过的人生大路，主要体现的是疲惫和贫穷"。以此作为主题曲，加兰将故乡之行的观察与感受化成一幅幅凄凉、惨淡、民不聊生的艺术画面。

《来到库利》说的是在剧团工作的麦克兰决定返回西部看望母亲和兄弟格兰特，发现他们住在贫瘠的小农庄里，而且这个农庄也抵押了出去，不再是他们的财产。母亲很热情，但格兰特却责怪麦克兰没有及时帮忙保住农庄。麦克兰承认自己不对，表示要赎回农庄。兄弟虽然重新和好，但小说结尾时格兰特却拒绝接受麦克兰的帮助。这个故事结构也是加兰大部分故事的结构，即主人公都会遇到各种困难和挫败，但最终大都能渡过难关。这些故事都采用比较的手法，来最大限度地表现主人公脑海中的家乡和实际家乡之间的巨大反差。如《退伍还乡》里的内战老兵史密斯，在返乡的路上想象着离家时家乡的欣欣向荣，但见到的却是满目疮痍、土地荒芜、农民饥寒交迫。当然，或许仍然受到豪威尔斯的影响，加兰的失望感、愤懑感有一定的限度，因为小说毕竟在结尾时都显示出希望，如史密斯显然相信通过苦干可以使农庄恢复旧日的繁荣。但加兰笔下的不少农民已经灰心丧气，变得完全逆来顺受，使作品带有悲怆凄凉的气氛。加兰对西部农村苦难现实的描写也动摇了美国人对西部边疆田园美景般的浪漫幻想。《在魔爪下》是加兰短篇小说的佳作。故事里一个佃农像奴隶一样苦干了 3 年，投入1500 美元改进一个每况愈下的农场，原打算花 2500 美元买下它，但在即将成功之时，农场主却告诉他价格已经升到了 5500 美元。此时佃农已经债务缠身、精疲力竭，因没有签下文字合同，3 年的辛苦劳作分文未获。说到这部小说的社会意义时，豪威尔斯赞扬加兰"有足够的勇气留给读者一个未加遮掩粉饰的事实，这在盎格鲁－撒克逊作家里极为罕见"。他在《哈柏氏月刊》评论道，"如果有人还不知道如何解释西部农场主的反抗……我劝他读一读《大路条条》，读过后他就会明白了"。为了生动地展现平民党所反抗的社会现实，加兰在故事里施放了"风暴"和"污泥浊水"。豪威尔斯敏锐地看出这种现实主义表现手法的颠覆性，他说"这些故事里充满了日常生活中的痛苦、燃烧的尘土和被践踏的泥污，过这种生活的人无望痛苦地创造着财富，这些财富使游手好闲的人穷奢极欲，使生产者贫困潦倒"。

《在山沟里》的霍华德·麦克兰，阔别故乡 10 年，今日带着西部人的自豪回归。但首先映入他眼帘的是"连一棵树和一点引起美感的调剂都没有，街道是没有铺路面的，淡褐色的破屋显出一副可怜相"，小镇到处是残破的景象。当霍华德经过发臭的积满了雨水的大桶，走进母亲面前那片幽光时，他目睹一个头发花白的老妇人两眼呆呆地望着昏黄的天空，她的神态中含着忧伤、听天由命的无奈和无言的绝望。农民们叹息"咱们比以往黑奴的生活又高出了多少？"霍华德想在经济上帮助家里，但是他饱尝生活艰辛的弟弟在精神上已经彻底崩溃了，"像我这样的人是无可救药的了。我活像一只掉在蜜糖桶里的苍蝇……越是想挣脱，越是会把脚都扯断"。农民不但生活艰苦，而且没有任何改善的希望，这些短篇小说中反复表现的现实都是作者亲身经历过的，人物的愤懑心情发自作者的肺腑，具有一定的感染力。霍华德所目睹的这些，不过是无数边地乡民家庭的缩影。

加兰除了无可奈何的愤懑心情外，也描绘劳动农民之间的互助友爱。例如《救命神鸦》写一个从城市回到农场的职员，一开始对"粗俗""落后"的农民很看不惯，觉得他们"不合潮流"，像"漫画中的丑角"。但有一次他晕倒在街上，经过农民们抢救护理，逐渐恢复健康，这时他才觉得自己"了解这些邻居们了"，他在原来认为"粗俗""落后"的人们中间找到了温暖。

加兰常常描写他亲眼见到和亲身感受到的东西，因此他的特点是真切的。他也善于选择细节，他的作品结构谨严，从环境描写到人物语言，都具有地方色彩。回家探亲，对贫苦农村的印象深深打动着他，西部边地贫穷的生活状况令他难以平静下来，也是他文学创作中的主题。多年后，他在《中部边地之子》（1917 年）中仍在叹息"人们的生活是那样缺少色彩、缺少欢乐，这使我感到痛苦……在双手如爪、靠租来的土地勉强度日的男人，以及他们终日忙碌于木盆和搅乳器之间的妻子的身上，我感受不到一点儿生活的意义、一点儿田园气息"。他由此而产生一种强烈的愿望，"拿定主意，不顾土地投机商或政客的反对，一定要把中西部农场生活真实地描写出来"。到 1891 年，他在当时颇有影响的《世纪》《竞技场》等杂志发表了近 30 篇这样的短篇小说，他将其中的一部分结集出版，取名《大路》（1891 年），其余的分别收入后来陆续发表的《草原上的人们》（1893 年）、《路边求婚》（1897 年）等短篇小说集中。

与《大路条条》同期发表的另一部小说《杰桑·爱德华兹：一个普通人》也是这种生活的真实写照。小说原在《舞台》杂志 1890 年 7 月号以剧本《车轮下》的形式发表。加兰在《前言》中表明了作家的政治观点，"首先要表现美国生活一个阶段的图景，其次要表现一个问题，因为仔细观察都会发现，任何生活阶段都会展现自己的缺陷、不公和苦难，让有思想的人陷入沉思"。小说主人公爱德华兹不堪忍受波士顿房租飞涨、工资削减的现实，携妻女迁往农场寻求自由土地。但那里的土地并不自由，而是掌握在债权人和投机商的手里，廉价到每公顷 10 美元。最终一场冰雹毁掉了爱德华兹的庄稼，使他身无分文、瘫痪在床，女儿爱丽斯只得嫁给沃尔特，他本人也只得跟随女儿、女婿重回波士顿。这部小说揭示了美国梦和美国社会现实之间的巨大反差，而且社会对于这种反差熟视无睹，正如小说里记者沃尔特所说，"人们想出了一千种产生财富的方法，却没有想出一种方法来恰当地分配财富"，因此"空气里充满了对现存秩序的反亢"。小说里爱丽斯和债权人的一段对话充分表达了加兰的感受：

"那么把土地拿走吧！"爱丽斯绝望地叫道，"我们只是佃农，不要欺骗我们什么土地拥有权。""可我们不想要土地"，法官解释道，"我们想要的就是利息。我们收回的土地太多，不知道怎么处理才好。"他说得很清楚。姑娘抬起头，脸上浮现出气愤的苦笑——"我明白了！让我们觉得可以拥有土地比付我们工钱更便宜。你们是对的——你们的制度完美无缺——也冷酷无情。它对我们及像我们一样的人意味着死亡。"她终于明白了整个的事实真相。

加兰深爱自己的母亲，对母亲一生的遭遇感到难过，因此他时常在中西部小说里反映妇女生活的单调乏味和孤独苦闷，引起当代女性主义批评家的注意。《罗丝》中的主人公罗丝和《大路条条》中的女性人物有所不同。她虽然生长在威斯康星农村，由鳏居的父亲拉扯大，但精神并没有被严酷的环境所压倒，不愿意屈从于单调的农村生活或做个贤妻良母。她去麦迪逊州立大学读书，然后去芝加哥实现当作家的梦想。她是个新女性的典型，有理想有追求，不屈不挠，不达目的誓不罢休。在这里加兰描写了下层百姓与周围环境、与命运抗争的过程，反映了自然主义的主题思想，表现了自然主义的创作倾向。

《中部边地之子》（1917 年）是加兰后期的代表作，也是他最好的自传作品。加兰第一次返乡时在芝加哥遇见小说家约瑟夫·柯克兰德，后者要他把返乡的感受写出来，1889 年加兰第二次返乡时坚定了写作的信心。19 世纪 80 年代，加兰就开始此书的写作，直至 1912 年基本完成，但被多家著名杂志拒绝。在豪威尔斯的鼓励下，加兰对它做过多次修改，1914 年终于在《科利尔》连载 6 章，1917 年出版全集。作品出版后获得好评，使他 1918 年进入美国艺术科学院。1922 年获普利策自传奖后，加兰的名声再起，有些出乎他本人的意料。豪威尔斯阅读了手稿的初始几页后说，"我认为你写出了世界上最真实最伟大的一部小说，除非前 24 页欺骗了我"。书中的"中部边地"指明尼苏达、威斯康星、内布拉斯加、达科他等地区，但传记显然具有更大的意义。后来豪威尔斯在《纽约时报书评》发表长篇评论，认为这是对一代人的纪念，对整个美国经验的纪念。它使你意识到，这是一首史诗，"其情调和气势迄今还没有出现过"。

《中部边地之子》忠实地记录了一个典型的美国家庭的生活经历，成为世纪交替时期美国的象征。传记的前半部描写加兰一家在西部边疆的艰苦生话，具有地域文学的鲜明特征。后半部是加兰本人的成长史，写他如何通过奋斗成为一个专业作家。加兰对生养自己的父母和土地怀有深厚的感情，自称为"中部边地之子"。伴随着这种感情的是作家的责任感，加兰要告诉美国人，边疆拓垦充满了冒险和艰辛，西部人为此付出了巨大的代价。这一切是通过感人的艺术形象和作者的深刻反思来加以表述的。如加兰的叔父大卫拉一手漂亮的小提琴，是儿时加兰眼中的英雄，却因终年的劳作和为生计不停奔波而耗去了一生。这是当时千千万万美国人的缩影，成为西进路上的纪念碑。加兰曾指出，这部作品既是自传又是小说，讲述的不仅是客观事实，还有个人的感受，因此具有"内在知识性"。但这部传记也因此带有加兰传记的通常缺陷：有时过于情绪化，事实不确切，而且叉枝旁叶过多。

　　加兰的作品在写真主义发挥最好的时候，能给读者产生巨大的震动，如果加兰恰到好处地使用这种手法，确实能收到意想不到的效果，如一位评论家所说，"加兰的叙事艺术很高，建筑在仔细复杂的安排，逐渐过渡到问题的解决。这种安排总是直接服务于主题。加兰充分利用自己对中西部生活的详细知识，但绝不做这种知识的奴隶……他不仅又是只关注道德问题的宣传作家，而是把思想和最可信的现实主义细节相结合，这些细节十分丰富，具有很强的生命力和重要性"。因此，《分崩离析的偶像》发表后，加兰和豪威尔斯一起成为美国文学新潮流的代言人。加兰写了50年小说。他的作品是"历史瞬间的产物"，毫无顾忌地触及生活中的现实，使人产生同情和震动。尽管这种震动的效果不长久，仍然对中西部文学做出了贡献，足以使加兰在美国文学史上占有一席之地。加兰有理想有抱负，但他缺乏豪威尔斯的那和坚定，不时为经济社会压力所左右，故被称为"蜡像作家"。正因为如此，批评界认为真正的加兰还是尊重传统、尊重雅士文化的，他的愤怒只是他个人对时代的感情宣泄。当时著名评论家门肯曾批评加兰的作品说教味太重，忽视审美形式，导致作品近似于文献，显得刻板平淡，"他对美的内在神圣，对美本身的理解，都超不过一个警察"。

　　加兰对美国文学的贡献在于他提倡"写真主义"的文学创作方式，真实再现边地农村生活的真实画面，揭露了资本主义制度下资本家和政府对农民的欺骗和剥削。他在作品中大量展现了地方风土人情，使"写真主义"脱离了豪威尔斯的现实主义。当他阅读了冠莱恩的作品后，他立即认识到这个青年人正在实现他的"写真主义"。因此在1893年，两位作家因为相同的文学创作观念坐到了一起，所以说加兰为美国早期的自然主义奠定了理论基础。

# 第三节　美国自然主义小说的开创者：弗兰克·诺里斯

　　受左拉影响最大、把左拉的自然主义介绍到美国的是弗兰克·诺里斯。他在大学期间研读了左拉的小说，并接受了人类进化论的思想，也接受了斯宾塞进化论的观点。这些思想在他的作品中得到了充分体现。与法国自然主义作家相同的是他强调遗传因素和环境的决定作用；所不同的是诺根斯的进化论是美国式的进化论。他认为，人类从最初的兽群经过不断进化，不断升级，变成有灵魂、有智慧的文明人。人类完全有理由希望文明的现代社会将不断向前进化，他的进化指的是社会整体的进化。在他笔下，个体的人还是充满希望，个体在整体面前还是无能为力的，甚至要有服务于群体进化的需要，甚至要做出自我牺牲。

对诺里斯来说，自然主义就是达尔文生物决定论和马克思经济决定论之和，使用遗传、本能、社会文化影响、环境作用等来解释人的行为乃至社会的发展。除此之外，他和左拉都具有史诗般的想象力，喜爱强烈的反差、夸张的情景和轰动效应。《麦克提格》和左拉的《小酒店》一样，都属于"堕落小说"。它们关心的是个人的命运，小说主人公从下层一直奋斗进入小资产阶级，取得超出父辈的成就，但由于"善良的结构后面有一条遗传性的邪恶暗流"，因此结局同样可怕。遗传的影响在小说女主人公特莉娜身上表现得尤其明显，她的祖先是瑞士日耳曼人，16世纪就从事雕刻业，因此她天生便会雕刻诺亚方舟上的动物，"把这项民族工业的技能传了下来，让它以这种奇怪的、被扭曲的方式重现"。瑞士人的内在品质也在她身上表露无遗，"节俭在她身上表现得很明显。农民的血脉仍然在她的血管里流动，山区民族的那种灵巧和吝啬是她的本能，毫不犹豫地节省，不考虑后果；为节省而节省，不明原因地聚敛财物"。诺里斯用形象的描写生动地展示了这种让人不寒而栗的吝啬。"一天晚上，她在床单上铺开所有的金币，然后脱衣上床，一整夜就睡在金币上，用整个肌肤去接触那一块块光滑扁平的金属，使她有一种奇怪的陶醉般的快感"。和左拉一样，诺里斯最常用的手法就是"达尔文式的双重存在"，即表面上传统、温顺，骨子里暗含兽性。如特莉娜去麦克提格的诊所看牙，屋里只有他们两个人，麦克提格看着麻醉后失去知觉的特莉娜：

突然，他身上的兽性萌动了、苏醒了，那种邪恶的本能冲了上来，喊叫着，叫嚷着。这是一个危机，一种突然之间产生的危机，他对此全然没有料到。出于一种非理性的抵御本能，麦克提格不知道为什么盲目地反抗它。他的身上又出现第二个自我，比兽性的麦克提格更好的麦克提格，双方都很强，充满他本人所具备的巨大原始力量。双方在争斗，在这个廉价简陋的"牙科诊所"里一场可怕的争斗开始了。这是一场古老的战斗，和世界一样古老——这个野兽突然跃起，张开嘴唇，露出獠牙，穷凶极恶，势不可挡。同时奋起的另一个人，那个更好的人不知为什么叫道："下去，下去"，他抓住那个野兽，拼命扼住它，想把它压下去。

这里，诺里斯和左拉一样，把"麦克提格这个原始野蛮的家伙。违反自然地置于文明的环境中"，再使用科学的观察，耐心地记录下由此而产生的生物学、社会学意义上的可怕现象。

诺里斯是一个自觉的文学艺术家。在垄断资本发展、艺术家显得无能为力的年代里，诺里斯感到，美国的作家必须竭力恢复他在社会上的道德威力，必须关心社会生活的动向。他必须熟悉美国现实生活的本质，了解美国人的民主理想。诺里斯对文学艺术家在现代社会中的作用有很独特的想法。他认为，在所有的艺术形式中，文学是最富民主性的。因此，在一个民主国家中，小说家的地位极其重要，他站立在他的时代中心，拥有较之牧师要大得多的道德力量和权威。诺里斯认为，小说能对现代生活产生巨大影响，小说的最高形式或他所说的"说教式小说"，应当正视现代资本主义的问题。大企业的发展，三产业之间相互制约的竞争，以及帝国主义的问题，是一切有责任的小说家应该注意表现的重要题材。只有努力了解社会，美国小说家才能期望成为它的发言人。我们阅读诺里斯的一些论文就会发现，他是一名极有使命感的小说家。他的一些重要评论文章后来收集在他的《小说家的责任》一书中。20世纪60年代又有文学评论《弗兰克·诺里斯的文学评论集》出版。

《凡陀弗与兽性》写成于诺里斯在哈佛读书的时期（1894—1895年），迟至1914年才出版。这部书尽管表现出文坛新手不可避免的缺陷，但是它的感人力量却是无疑的。这也是一部自然主义味道浓郁的作品，达尔文思想的影响处处可见。说它是关于人的变种与返祖的研究并不算过分。凡陀弗是个性格随和的人，他有志于学画，但同一女人相遇而变得懒惰，不能专心，后来女人自尽使他声誉受损，堕落由此开始。凡陀弗就读于哈佛大学，具备真正的艺术才能，但是他随波逐流，把宝贵的青春年华白白浪费，最后他富有的父亲死去，他的财产挥霍一空，绘画的能力也丧失掉了。你看他蜷伏在地，如狼一般嗥叫之状，不由得会觉得他已经蜕化成一只污秽可怕的野兽。凡陀弗缺乏人所具有的意志，他突出的特点是总能随遇而安，他像植物一样随着环境的变化而变化。遗传、环境和命运总是左右他的生活，于是他身上的"兽性"愈来愈强，他的堕落愈来愈深，以至后来竟满足于退化的状况，兽性占了上风，人的尊严丧失殆尽。凡陀弗蜕化的最后阶段恰如枯萎的植物逐步腐烂一样，溃败的结局是不可避免的了。《凡陀弗与兽性》就文笔而言各部分质量高低不等，写凡陀弗像狼一样叫的场面并不令人欣赏，而对他失去绘画能力的描述则妙不可言。

从一定意义上讲，《凡陀弗与兽性》也是作家某种心态的反映。由于家庭的影响，诺里斯直至大学时对未来应从事的职业依然举棋不定。这种状况使他感到忧虑和恐惧。他大概意识到，倘若自己举棋不定，不能在生活中担负起一定的责任，他极有可能成为一个凡陀弗式的人物，就如同笼中之鸟，环境的力量左右一切，普雷斯利就是带着这种思想离开加利福尼亚州的。

他的另外一部小说《麦克提格》是美国文学史上第一部真正意义上的自然主义作品，有人称它为自然主义流派的宣言。情节以现实为基础，描写的是作者对生活的认真观察和记录。正是那个力大如牛、浑身散发着兽性的麦克提格的形象，他原始的性欲和暴力行为，以及特莉娜躺在自己血泊中的惨不忍睹的景状，冲破了文学上的和风细雨、轻描淡写之状，为20世纪初叶年轻一代的"反叛"扫除了一些路障。诺里斯的同代作家德莱塞盛赞这部作品以色调暗淡然而逼真的笔墨再现了生活的真实。老一代作家豪威尔斯的评价就表现出某种保留态度，他觉得《麦克提格》真而不美。《麦克提格》的犀利笔锋刺痛了美国资产阶级，因而写成四年之后才得以出版。

《麦克提格》是一个悲惨的堕落的故事。原为矿工的麦克提格，未经充分正式训练而成为一名牙医，在旧金山的牙科诊所行医，过着有秩序的快活的日子。他生性迟钝，但力大过人，后来和好友马库斯的表妹特莉娜结婚，特莉娜中彩获奖五千美元。马库斯嫉妒心重，在酒吧和野餐时寻衅与麦克提格吵架，麦克提格盛怒之下折断了马库斯的胳膊。麦克提格夫妇婚后生活尚美满，但是特莉娜越来越吝啬。心怀恶意的马库斯向当局告发麦克提格的牙医训练不足而导致他失掉执照后，吝啬便成了夫妻反目的导火线。

麦克提格失去了平衡，从此变得一蹶不振。他开始酗酒并虐待妻子，向她索要钱财。在一次争执中他咬伤妻子的指尖，致使她手指化脓、血中毒而被迫截肢，她失去了玩具雕刻工作而成为一个幼儿园的看门人。把金钱摊在桌上观赏成为她唯一的乐趣。麦克提格气急败坏之下把她杀死，携款逃走。他回到幼时曾和父亲一起工作过的矿区，但深知此处并非久留之地，又动身去墨西哥，途中又停下淘金。他拼命穿越死谷，恰好和闻讯后一直追踪他的马库斯相遭遇。他打死马库斯，但后者在死前成功地把他和自己铐在一起，麦克提格头顶烈日一筹莫展。

《麦克提格》是一部典型的自然主义小说。特别表现出遗传对人的影响。自然主义流派认为，人性取决于遗传，家族中的恶习或疾病是代代相传的。比如麦克提格，他失业后的颓唐情绪为他身上潜伏的许多遗传因素发挥作用打开了大门。遗传因素之一是酗酒。他父亲是一名长年奔波在外的煤矿工人，嗜酒成性，酒后常兽性发作，最后因酒精中毒而死。在麦克提格的血管中"流淌着一股遗传的污浊的溪流，简直就像个臭水沟"，他父亲、祖父、上数第三代、第四代、第五代身上积淀的恶习与罪恶腐蚀了他。于是，他不可避免地要酗酒，要走上杀人的犯罪道路。麦克提格身上的另一个重要遗传因素是野性，这与他的出生地的自然环境有关。麦克提格出生在加利福尼亚州一处"蛮荒"之地，这里乱石林立，杂草丛生，荒山林立，河道纵横，整个地区散发着一种"野性"。荒山宛如巨狮，大自然残忍、沉闷，对人冷漠无情。出生在这种环境里的麦克提格，自然地继承了它的野蛮和残忍。他虽深居大城市，但得意时便常常回忆起那种带有"野性"的生活及在北斗星区度过的青年时代。他杀妻后逃往矿区，在矿区野蛮的环境下，他的思想和行为便会返回到人的原始和野蛮状态中。他和马库斯格斗见到耳朵上滴下的鲜血时，隐藏的兽性便突然迸发出来，他的呼叫声听上去已非人的语声，酷似一只受伤的野兽或大象的叫声。他和妻子口角时用针扎她，咬伤她的手指，后来又丧失理智把她杀伤，把她丢在血泊中使其慢慢死去——"她脸朝下，躺在血泊里，身体抽搐一下，血泊便动一下。快到清晨时，她在接二连三的呃声中死去"。其景状越发惨不忍睹，麦克提格的"野性"表现得便越发充分。在作者看来，遗传因素和社会环境使麦克提格折回到了人兽不分的原始状态。

麦克提格的妻子特莉娜因财而丧命的悲惨遭遇也是诺里斯用以说明遗传作用的又一个例证。他在描绘这个女人时指出，她的整个血管仍旧在流淌着纯粹的农民的血液，她具有乡民那种盲目为积财而积财的本能。这种本能是从其德国·瑞士血统的祖辈那里继承来的。她的祖辈爱财如命，视积累金钱为生活的唯一目的。她中奖后，这种惜财本性逐日膨胀，她成为一个十足的守财奴。有时，当她得知麦克提格出门时，就锁上门，打开皮箱，将她所有的积蓄取出，堆放在桌上，用手摆弄着这些钱币，或者把钱整个摞成一堆，躲在屋里最远的一个角落，歪着头欣赏着自己的杰作。她用肥皂和灰末把所有的钱币刷洗得雪亮，然后再用围裙小心翼翼地将肥皂和灰末擦净。她高兴地把一堆钱推到自己眼前，然后把整个脸靠在上面。那诱人的味道和双颊贴在光滑而凉爽的金属板上的感觉，使她心旷神怡。她甚至把小块钱币投进嘴里，弄得硬币叮当直响。她爱财已达到走火入魔的程度，于是，她拒绝付房租，拒绝帮助危难中的老母和家人，拒绝帮助丈夫摆脱困境。在某种意义上讲，她成为把麦克提格赶回森林去的社会因素之一。她对丈夫的指责笑着回答说"我知道我是个守财奴，可我身不由己"。遗传使她身不由己，最后也夺走了她的性命。在诺里斯笔下，她的死是咎由自取，遗传害了两条性命。

麦克提格所处的社会环境对他的堕落也极有促进作用。比如作品中所写的波尔克大街的景状便有力地衬托了主人公的性格发展。《麦克提格》开篇处，通过主人公的目光，向读者展现出这条波尔街的状貌：早晨7点钟，街上开始出现生气，报童、白班工人、管子工的徒弟、木工、清洁工、泥水匠、电车公司的售票员和调度员、药店店员、巡警们开始出现，行人熙熙攘攘，声音沸沸扬扬，7点到8点，波尔克大街上人们进早餐，学生开始涌现。从中午到晚上，街上站满了人，报童的叫卖声此起彼伏。然后，街上一片寂静，几乎没有一个人影，人们正进晚餐。近11点，街灯均熄。半夜1点，电车停运，整条大街顿时万籁俱寂。《麦克提格》几次详细描绘过这条街。它是主人公生活的环境，它的有条不紊或乱中有序恰恰表明主人公对一种有秩序生活的向往和追求。麦克提格在这条街上行医，每星期工作五天半，周六下午能够饱餐一顿，在诊所治疗椅上坐下来吸烟、饮水、小睡，偶尔拉手风琴，回忆在矿区度过的青年时代。这种文明生活提高了他的身份档次，使他获得某种心理满足和安定感。倘若生活照此进行，他或许能够克服兽性而成为文明社会的一员。如果仔细体味作家对波尔克大街的描绘，人们又会发现，出现在麦克提格视野内的人们多属社会中下层。管工的徒弟裤袋里装满各种零件和工具，木工们带的是硬纸片做成的饭篮，清洁工浑身黄土，泥水匠一身石灰，人们都在为生活而奔波。这种生活饱含着不稳定因素，麦克提格在内心深处感到一种潜在威胁。特莉娜和马库斯的出现使这种威胁成为逼真的现实。前者的吝啬及后者的妒忌导致了主人公的毁灭，但细究便不难发现，这些人之所以吝啬和妒忌也恰是因为他们本身也受到了社会威胁而不得不自保其身。社会环境导致了他们的堕落。

麦克提格是一位有姓无名的人物，他不识时务，完全按本能行事。诺里斯在展开故事时紧紧地扣住了环境、堕落的主题。理查德·蔡斯认为《麦克提格》是诺里斯的"最佳之作"，因为有几场"戏"作者"观察细致入微"，表现"充满戏剧性"，例如，麦克提格与特莉娜结婚，麦克提格残害特莉娜，麦克提格与马库斯最后殊死搏斗等。《麦克提格》从各方面都表现出诺里斯是一位"年轻的天才"。

《麦里提格》是诺里斯接受左拉影响后写的一部"在真实与力量上可以与左拉关于贫民窟作品"媲美的长篇小说。然而，《麦里提格》也有其不足之处。伊恩·奥斯比认为，这部小说"文体摇摆多变，故事进展起伏太大；作者对于小说的主要人物把握不太稳"。诺里斯似乎尤其吃不准如何处理主要人物的心理，这反映了诺里斯文学创作上不够老练的一面。

自然主义作品描写人的堕落，作为一种文学现象，是 19 世纪后半叶和 20 世纪初叶作家对资本主义文明摧残人的正常发展的一种反应。像诺里斯笔下的人物麦克提格和凡陀弗，都首先是他们所处时代的牺牲品，作者强调遗传或返祖等因素在这些个人悲剧中的作用。

1902 年 10 月 25 日，诺里斯因患腹膜炎去世，年仅 32 岁。这位很有前途的年轻作家的卒世，应当说是美国文学的一个损失。他生活在美国资本主义发展的垄断阶段，贫富两极分化严重。"美国梦想"随着经济恐慌的到来以及西部边界的封闭而骤然破灭。诺里斯对后世作家的影响也不容小觑。比如，威廉·福尔纳对污秽细节的描写、厄内斯特·海明威的故事有时表现出的残酷无情，以及托马斯·沃尔夫（1900—1938 年）的富有诗意的文笔都和诺里斯的作品内容与风格的影响有些关系。诺里斯的作品在今天读者不多了，但是他的名字将会永载美国文学史册。

# 第三章 美国后现代小说的后人道主义思想研究

## 第一节 人道主义与后人道主义解析

### 一、人道主义内涵

人道主义最初在西塞罗那里是人道精神的教育制度。自 17 世纪起的启蒙思想家不再局限在宗教领域的人道呼唤，而转到了政治领域内，在"天赋人权"旗帜下，反对"君权神授"，强调人与人之间的自由、平等与博爱，以此建立了一个理性标准下的理想社会。到了空想社会主义时期，同样在"爱人"的原则下，开始批驳资本主义的反人道主义的本质，要求所有人参加社会劳动，抨击现存的丑恶社会制度，提出了社会理想图景。这在价值观上来讲是思路一致的，但是没有在历史观上看到人道主义的"抽象人"的局限性，因而一直没有阐明一条科学的社会历史发展道路。这就是说，人道主义思潮作为"爱人"，应当是一切理论的终极关怀，但是作为走向"爱人"道路的人道主义出发点，"抽象的人"决定了其虚妄性。故而把人道主义划分为价值观与历史观，不仅在理论上为人道主义的评析划清了界线，而且在实践上也为人们寻求理想的社会找寻到了一条珍贵的道路。

人道主义是关于人的本质、使命、地位、价值和个性发展等的思潮和理论。它是一个发展变化的哲学范畴。人道思想是随着人类进入文明时期萌发的，但人道主义作为一种时代的思潮和理论，则是在 15 世纪以后逐渐形成的，最初表现在文学艺术方面，后来逐渐渗透到其他领域。直到 19 世纪，人道主义始终是资产阶级建立和巩固资本主义制度的重要思想武器。随着资产阶级革命性的丧失和无产阶级革命运动的高涨，这种人道主义理论和思潮逐渐失去了其进步的历史作用。在现代，西方的思想家们虽然没有放弃人道主义的旗帜，但他们的人道主义理论，或多或少都具有虚无主义或悲观主义的色彩。

人道主义的思想可追溯至 250 年前，比较权威的说明有 1973 年《人道主义宣言第二条款》，和 1980 年的《一个现世的人道主义宣言》。1980 年的宣言有超过 200 位著名学者签署。美国当代哲学家 Paul Kurtz 将人道主义归入以下七个原则：

（1）理性价值。即逻辑和经验是发展知识、检验断言的标准。到目前为止，还没有其他的思维方法能比逻辑和经验更为有效，更有利于人类知识的进步。

（2）自由探索的价值。人道主义反对任何形式的对人的思想进行独裁专制，这些形式包括教会的、政治的、意识形态的、社会体制的各种有可能对人的思想进行钳制的压迫形式。当然我们也主张对各种差异的容忍，尊重个人表达其信仰的权利，无论这种信仰是多么不入流，不主张用社会的、法律的和制裁的方式对其进行压制。

（3）个人尊严的价值。人的高贵和尊严是人道主义的核心价值。所以人道主义反对一切宗教的、意识形态的、伦理道德中的具有那种"贬损个人、压制自由，愚弄知识或非人化"的信条。人道主义坚信最大程度的个人自主性与社会责任感是和谐一致的。

（4）道德平等原则。这个原则贯穿于反对一切基于种族的、性别的、宗教的、年龄的、国别的歧视。这个原则的相应结果就是对一切人的智力和美德提供平等机会。

（5）自由的理想。人道主义总是捍卫自由的理想，它不仅仅是支持那些因为教会的、政治的、经济的利益而遭受压制的自由意识，而且也支持真正的政治自由、民主决定基础上的大多数人的意见，尊重少数人的权利和法律的规则。人道主义捍卫人基本的安全、自由和追求幸福的权利，人道主义提倡从宗教和强硬政府控制下解放的个人自由。

（6）宗教怀疑主义的价值。人道主义承认宗教在解释人的生活意义方面的作用，但不同意对它的迷信态度。人道主义认为宇宙是自然力机制作用的产物，可以有效地为科学所理解。人道主义坚持男人、女人对自己的命运负责，不必寻求超自然的救世主。

（7）伦理的本质和来源。人道主义赞同伦理的哲学传统，即这是一个可以反复探寻的自主领域。人道主义认识到道德在人的生活中的中心作用，但人道主义反对绝对价值观，保留对伦理价值不断发现的客观态度。

对于什么是人道主义，并没有一个明确的定义。20 世纪 30 年代末，美国学者拉蒙特教授曾经这样说，"人们用'人道主义'这个名词来指许多事物。它可能是早期人道主义者在希腊人中所发现的生活的合理平衡；它可能只是一种对古典文学或者纯文学的研究；它可能是一种以人为中心和由人来认可的哲学"。《美国哲学百科全书》的"人道主义"条目认为"凡是承认人的价值或尊严，以人为万物尺度，或以人性、人的限度、人的利益为主体的所有哲学，都被称作人道主义"。而《新大英百科全书》说"人道主义是一种把人的价值置于首位的观念，常被视为文艺复兴的主题"。《苏联大百科全书》说"人道主义是随着历史的发展而不断变化着的一种思想体系。这个体系承认人本身的价值，承认人有自由、幸福以及发挥和表现自己才能的权利"。对于人道主义，仁者见仁，智者见智，没有人能够成功地给出别人也满意的定义。尽管如此，通过上述多种解释，可以发现，人道主义蕴含着对人的深切关注。西方的人道主义拥有一个共同的核心，就是将人置于观察和处理问题的中心，强调"以人为中心"。

## 二、传统人道主义存在的问题

人道主义对于西方文明发展举足轻重，特别是科学和理性的昌盛，极大地改进了人类的物质生活，但在人类征服自然的同时，以人为中心的人道主义也造成了人与社会、人与物、人与自然、人与技术、人与神的关系都不同程度的扭曲和异化。

近代伊始，理性主义（首先是笛卡尔，然后是卢梭和康德）曾经建立了一种值得自豪的和辉煌的人的人格图像、关于人的内在性和他的自律，最后是关于其本质善的神圣不可侵犯而又令人忌妒的图像。但是，一个多世纪后，这种以人为中心的人格图像便遭到了毁灭性打击，以致迅速消亡。这种打击来自两个方面或两次科学的冲击。第一次是生物学界所发生的 19 世纪达尔文的进化理论。这种理论认为，人起源于类人猿，因而人仅仅被视为动物类漫长进化的产物，于是，"人的精神从何而来"便成了问题，最后人们不得不归于一个"万物之主"的创造，以人为中心的人格概念便不攻自破。第二次打击来自心理学方面，这就是 19 世纪末期弗洛伊德所发起的对人的伟大和精神尊严的一次无情打击。弗洛伊德的心理学使人成了纯自然本能的存在而变得毫无人格和尊严。这种世俗的以人为中心的人道主义由于它固执于物质性人类个体而疏忽乃至否认人的整体性和个人的精神人格，致使它颠倒了人的真正目的，用人的物质欲望满足代替他对人格完善的追求，作为至上目的和完善人格之化身的上帝成了手段；歪曲了人与自然的关系，以对自然的无情的帝国主义式的掠夺和对科学技术的外在崇拜取代了对人类内在生活的追求，上帝由一种工具进而蜕变为观念的假设；神化了科学技术力量，使人类自我对自然的侵犯恶化为对物质技术的迷恋和对神圣的蔑视，人由自然和科学的主人变成了从属于它们的奴隶，上帝也因之而成为空无。社会化大生产和科学技术的飞速发展，给人类带来了日益丰饶的物质财富和随之而来的优裕生活。但由于人们在社会逐渐工业化、商品化的同时，未能全面把握科学精神与人文精神、物质文明与精神文明、征服自然与保护自然等关系，造成了人与社会不同程度的扭曲和异化，在许多方面偏离了文明的轨道。启蒙所倡导的科学与理性把人置于君临一切的绝对主体地位，把自然变为可以利用的资源和材料，造成了人对自然永久的客体化与奴役，而人类对自然持续的剥夺与践踏则造成了全球性的环境危机。因此，启蒙在带来进步的同时，也造成了对自然的极端压迫，从而走向了反面，被彻底启蒙的世界却笼罩在一片因胜利而招致的灾难之中。

根据埃伦费尔德的看法，人道主义的主要假设非常简单，即"力量假设"。这个假设认为人无所不能，人能控制自己的心灵，能控制自己的身体，能控制周围的环境。人道主义宣扬理性主义，所以它不承认其他的力量，如上帝的力量，自然的力量，甚至不承认大自然纯属偶然的、盲目的力量。按照人道主义的说法，前面两种力量并不存在，而最后那种力量可以通过人类活动加以控制。人类理性是人类成功的秘诀，所以人道主义的主要任务是去肯定人类理智的力量，并且在它们受到责问和挑战时保卫其特权。人道主义的相关物之一是人类应该为自己而活着这个信念。因为我们有能力这样做，有能力享受这样的生活，有能力不为别的东西而活着。人道主义的另一相关物是对科学与技术的信仰。虽然该信念近年来有所动摇，并在人道主义者之中造成了许多混乱，但它仍然充满着我们的心灵，影响着我们的行为，就像白天永远跟着夜晚，水永远往低处流这些普遍的假设一样。

一切问题（不管关乎自然还是关乎社会）都是可以由人解决的，这就是人道主义的基本假定。其他人道主义假设或者比这条基本假设彻底，或者不如它彻底。不过，它们都缺少某种说服力。这些次要假设包括：许多问题可以由技术解决，那些不能由技术或不能只由技术解决的问题，可以在社会领域（政治、经济等）找到解决办法。如果情况危急，我们将会在为时不晚的时候共同努力，找到解决办法。有些资源是无穷的；一切有尽或有限的资源都有替代物。人类文明必将长存。迄今为止，这些假设都穿越了政治阵线，它们是最广泛社会意义上的人道主义。

辉煌灿烂的现代科学、文化和工农业，都是人道主义凯旋行进的活的见证。人们通常容易看到人道主义的这种积极方面，而不容易发现它所蕴含的消极方面。人道主义主张以人为中心来规划世界，最初的动因无疑是迫于生存的压力和反抗超自然的上帝的需要。但是，随着人类知识和力量的增加，人道主义那种以人为中心的观点就有可能破坏人与整个世界的和谐关系。人道主义是现代世界的宗教，它与以往的宗教极其相似。它的基本思想是相信人的力量，相信人的至高无上性。这种思想产生了严重的后果，甚至危及人类赖以生存的环境。

人道主义有一种毫不逊于上帝的傲慢倾向，即相信我们有能力随便摆布地球而又不必为此付出任何代价。正如克拉伦斯·格拉肯指出的那样，弗兰西斯·培根、康德、休谟和歌德都以不同的方式，在不同程度上警告过这一理论固有的弱点和危险，以及它将产生的问题。但这些声音没有引起重视。实际上，比起我们时代的其他理智观念，培根的著名箴言"只有服从自然才能支配自然"，即使在培根那种带有限制人道主义僭妄的前后文中，也可能在更多方面被更多人忽略了。大多数人依然坚称，人类能够解答一切难题，克服一切障碍，完成一切探索。文艺复兴晚期科学技术的成就，协力促成了人道主义者对我们的能力的傲慢信念。直到18世纪中叶，对人类控制环境的能力总有绝对的限度这一点，几乎人人都持怀疑态度。

这都是人道主义的神话。大量事实说明，我们即没有控制自己的心灵和身体，也没有控制环境。人道主义的力量假设实际上来自对人类理性的盲目信赖。笛卡尔用"我思故我在"这一命题宣告人的理性意识是绝对首要的，它不仅与迷信世界相对立，而且与所有未经证实的客体世界相对立。作为一个与客体世界相对立的主体，人是进行思维、观察、判断、推理进而实行控制的存在实体。理性主体与客体世界的二元对立结果便是科学，包括科学提供关于世界的可靠知识的能力以及使人类成为自然的主人的能力。在笛卡尔看来，科学、进步、理性和知识的确定性是与客观世界的机械论原则密切关联的。只要从头脑中清除了传统的偏见和迷信，运用正确的方法，人类就能够把握真理，并由此确立一个兴旺发达的理性世界。人道主义崇尚理性，贬低情感。但实际上，理性并非像它自认为的那样具有至高无上的权威。把理性当成人的本质不过是传统人道主义的一个虚构。人并不能够理性地控制自己的行动。弗洛伊德的精神分析学说已经证明，所为统一的理性的人是由自我、本我和超我三部分组成的。很多我们无法控制的力量决定着我们的行为，包括情感和欲望等非理性因素。正因为理性对自身能力存在过高的估计，看不见自身的缺陷，这才导致以其为基础的传统人道主义在实践中带来了一系列自己根本无法解决的不良后果，包括生态恶化、人口激增、贫富差距加大等。更重要的是，一直标榜价值中立的人道主义其实在性别、种族和阶级等方面存在严重歧视。人道主义只不过是披着理性的外衣来表现一个特定人群

（西方、基督教、白人、男性、中产阶级、异性恋者）的喜好罢了。也正是因为它有如此众多隐而不见的缺陷，才会招致后人道主义的强烈反思和批判。

　　人道主义作为哲学理论思潮形成于 15 世纪的西方，被新兴资本主义思想家用以指称文艺复兴的精神。它强调人的价值和尊严，推崇科学和理性，是冲击神学思想的有力武器。从古希腊文明、欧洲文艺复兴以来，无论是普罗泰格拉的"人是万物的尺度"、笛卡尔的"我思故我在"，还是康德的"人为自然立法"，这些哲学命题的提出确立了人的主体地位，成为传统人道主义的理论基础，也使得"人类中心论"成为西方价值观的核心。尽管传统人道主义对人性的高扬和对人类自身价值的追求在促进人类文明和社会发展方面发挥了积极的作用，然而20 世纪以来，随着科学技术迅猛发展，人类的自我意识不断膨胀，人道主义的"人类中心论"在实践中出了严重的问题，一些歇斯底里的历史狂人纷纷登上了历史舞台，人类重新陷入可怕的奴役和屠杀之中，纳粹集中营灭绝人性的暴行、两次世界大战的血腥杀戮、非洲黑人在被迫移民以及蓄奴制下遭受身心摧残……在资本主义所标榜的人道主义的阳光下，发生了那么多令人发指的有辱人类尊严的罪恶，人类原本拥有的勤劳、善良、正义、博爱等美好人性一一沦丧了。不仅如此，所谓的人类文明出现了一系列问题，人口失控、生态失衡，人与人关系冷漠，由于对基础权威和物质的过分崇拜，人异化成为"权利的手段和工具"、"消费机器"和"金钱奴隶"……这一切使得人们开始对人道主义高扬的人性和科学进行反思，后现代哲学代表人物米歇尔·福柯继尼采的"上帝之死"后宣称"上帝死亡的时代正在被人死亡的时代所代替"。这里所说的"人之死"并非指现实生活中的活生生的人的死亡，而是传统人道主义关于人的学说、观念和学科的死亡，是资本主义制度下的人，被异化的、不自由的机器般的人的死亡。

　　总之，自 16 世纪以来，以人为中心的人道主义使人与物、人与自然、人与技术、人与神的关系都逐渐扭曲了、颠倒了、恶化了。从人与物之目的与手段关系的颠倒，到人与自然关系的对立，进而发展成为人与物或技术之主奴关系的交换，以及使上帝由绝对的目的蜕变为手段、观念乃至于空无。这一系列的退化，都是以人为中心的人道主义所为，其实质是使人物化、使人格异化、使神虚无化。在马里坦看来，现代世界或文明只创造了一种物质文明，而失之于无序和非人性。因此，马里坦把它斥之为"非人的人道主义"。

## 三、后人道主义对人道主义的扬弃与发展

　　众所周知，人道主义一直是被自由资本主义极力标榜并引以为豪的事物，人们也一致相信在它的指引下，人类必将走向光辉灿烂的未来社会。然而也正是在

人道主义的幌子下，却发生了那么多卑鄙、肮脏和残暴的罪行，这是为什么？后人道主义的问题由此产生。在众多后人道主义者看来，在资本主义制度下所发生的一切罪恶并非仅仅源自执行人道主义原则时出现的偏差，而一定是人道主义这一原则本身出现了问题。这个问题也不是后来出现的，而一定是从来就有的。其中最大的问题就是作为人道主义理论基石的"人"的概念。事实上，至少自17世纪以来，所谓的人道主义就一直不得不依赖某些从宗教、科学、政治学中借来的人的概念。在后人道主义者看来，人道主义在其原则和理论本身上存在严重问题，因此需要对人道主义加以批判和修正，虽然尼采宣告了上帝的死讯，但他依然没能走出传统理性主义存在的哲学误区，因为他随后又创造出了一个新的象征——超人。所以后人道主义者便把传统人道主义的理论基石——"人"的概念作为首个进行攻击的对象。它决定把传统人道主义赋予人的一系列特权统统剥夺，包括先在性、中心性、绝对性、超验性、自主性等，进而宣告曾经被奉若神明的"人"的死亡。用福柯的话来说就是"上帝死亡"的时代正在被"人的死亡"的时代替换。

我们知道，形形色色的人道主义无不以"人"为其思想的根本出发点和落脚点，处处宣扬人性，也就是我们常说的"人类中心主义"。从古希腊哲学家普罗泰戈拉的"人是万物的尺度"，到康德所说的"人为自然立法"，再到萨特所说的"人是自我设计的动物"，都不过是它的变形。但在后人道主义者看来，这种人道主义自大狂，是由人类渴望把自身变成上帝的野心所致。依照后人道主义的观点，人不再是物质世界的中心，也不再是心理—精神世界的中心。用结构主义者的话来说"我"、主体，既不是自己的中心，也不是世界的中心——至今它只是自认为如此。但这样一个中心其实根本不存在。因为每一个中心都只是系统的一个功能成分，而系统又都并非是一个中心的，而是多中心的，它随意地和按照变化的需要，为自己创造着中心。所谓的自我也并非是唯一的"基本的实在"，它也不过是更大系统的一部分。在后人道主义者看来，人道主义所推崇的主体性也不是一个隐藏在表面现象下面的、由诸如心理学和社会学等科学研究的深层的哲学实在……它本身是一个没有深层结构或深层原因需要被解释的表面现象。在后人道主义这里，传统的作为中心的自我被作为一个幻觉、一个信仰的产物而遭到否弃，取而代之的是我们是非统一的、多元的存在。

"人性论"是传统人道主义的重要理论组成部分，而各种人性论的一个共同理论前提是坚信人是具有某种永恒不变的本质属性的自由个体，是一切意义和行动的源泉。虽然每个人生活的具体环境和经验不同，但都具有某种独特而又相通的本质，它们都是普遍人性的一部分。人的个性有可能随着时间和环境的变化有所发展，但不可能有根本改变。而现在，后人道主义则从根部彻底破坏了这一理论前提。因为对决意摧毁人道主义的虚假命题的后人道主义者来说，根本不存在什么普遍的、一般的、永恒的人性。后人道主义者坚持认为，人并不像人道主义者认为的那样，是一个具有特定本质的独立存在的实体之物，而是历史的产物，是各种社会的、政治的、经济的和文化的力量交织的产物。人文主义打着诱人的旗号却犯下无数罪行。它号召人们从一个无阶级、无性别、无种族、无利害的普遍主体位置上去面向世界，实际上却是用欧洲白人、男性、资产阶级殖民者的优势话语去遮蔽处于弱势的他者群体的声音，所以才会有人愤怒的如此声讨，直至今天，一切人文主义都是帝国主义的。他们嘴上说的是全人类，腔调却是出自一个阶级、一种性别或一个种族。

在后人道主义的冲击下，整个传统人道主义的核心假定（人是一个自由的、实在的、带有普遍性的主体）面临严重危机。早在后人道主义出现之前，马克思就曾深刻批判过这种人性观。马克思认为，人性并非是普遍和绝对的，它也是阶级观念，是一种资产阶级的意识形态。所谓的普遍人性不过是按照 17 世纪以来逐渐占据社会主导地位的资产阶级的形象塑造出来的。正如后来的阿尔都塞所说的"当'新生的'资产阶级在 18 世纪传播关于平等、自由和理性的人道主义意识形态时，它把自身的权利说成是所有人的权利要求；它力图通过这种方式把所有人争取到自己一边，而实际上它解放人的目的无非是为了剥削人"。故此，结构马克思主义坚决否认以往哲学家设想的那种可以超越具体社会历史语境的超验主体，而是强调社会关系对人的主体的建构性，它们作为被感知、被接受和被忍受的文化客体，通过一个为人们所不知道的过程而作用于人。所谓的主体不再是意义和行动的源泉，它不过是实践个体在社会结构的特殊差异中所占据的位置。阿尔都塞的观点对他的学生米歇尔·福柯显然有着重大影响。后者先用考古学的方法向人们解密了主体是如何在 19 世纪初被建构起来的，然后又用系谱学的方法还原主体被建构的物质图景，并由此呼吁解构主体，人将被抹去，如同大海边沙地上的一张脸。主体的消解意味着对以康德为中心的自由人文主义人性观的克服。既然人都成了问题，那么所有以此为前提的命题就都是值得怀疑的。

按照高宣扬先生的观点，对整个后人道主义的理论发展来说，福柯对于"人"的批判具有决定性意义。福柯运用知识考古学方法对"人"进行了系统分析，详细地考察了从 16 世纪到 19 世纪近 400 年西方知识的演变过程，其目的就是要揭露近现代人文科学设计现代人的主体意识策略，揭露近现代人文科学同社会权力运作相互合谋的实质，进而解释人文科学以及人道主义所造就的现代"主体"对于人性的扭曲。福柯的研究戳穿了从文艺复兴到启蒙运动的人道主义所提出的种种口号的虚假性和抽象性。在近代时期，人的主体性的建构过程是以表面的个人自由获得作为一个不可避免的历史代价，来掩盖其中的权力争夺实质，并由此达到逐渐剥夺个人自由、实现全面宰制的最终目的，也就是所谓的"全景敞视监狱"。福柯指出，在康德的目的性哲学中，由文艺复兴时期以来所标榜的人的自由及其基本人权的诉求统统被抽象化了，并在康德的超验形而上学本体论和经验主义的实证知识论中化为乌有。而在人文科学的另一端，政治经济学、生物学和语法学却以严格的"理性"标准和规范，千方百计地将"人"限定为"劳动主体""生活主体"和"说话主体"，同时却使真正的人完全丧失自由，成为知识本身的对象。福柯指出，令人尊敬的西方"人"的观念本身并不是什么永恒的无限存在之物，而是某一特定时代、特定知识型的有条件的建构物。根据他的考察，至少在18世纪末之前，所谓的"人"并不存在。而对于在此之前的古典时期来说，人，作为一个最初的现实，作为独立自主的对象，并没有地位。只是随着古典时期的结束，人才出现了。在古典时期，当人们以"再现"或"表象"作为基本原则而建构他们的知识时，人也只是知识的建构性再现游戏的复制品。人的本性无非是对于人自身再现的一个"折叠"而已。正是在这种情况下，福柯才得出"主体已死"的结论。他说，人只剩下空洞的形象，就像那大海沙滩上的人形一样，被海水冲刷得面目全非，并最终被淹没得无影无踪。传统人道主义所追求的"人"终于在知识本身的发展和演变过程中消失殆尽。

在西方文化背景中形成的马克思主义人道主义，是马克思、恩格斯对历史上人道主义批判继承的产物。他们既吸取了其重视人的地位和价值，维护人的尊严和权利，关心人的自由和幸福，主张人的个性和才能充分发展等合理因素，又批判其唯心史观和资产阶级、小资产阶级本质，克服其抽象性、空想性与虚伪性的局限，用唯物史观建构了自身的人道主义理论。这对西方人道主义是扬弃和升华，为解决"现代人道主义危机"问题提供了一种答案。

后人道主义对人道主义的反思、批判与扬弃成为时代的必然。后人道主义正是哲学家、思想家们在认识到人道主义局限和缺陷之后，经过深刻反思和总结，提出的后现代社会下的新的后人道主义理论。后人道主义理论批判传统人道主义的"人类中心主义"思想，摒弃单一、机械的现代思维，倡导人与自然的和谐共生，探求差异、多元、有机、和谐的后现代思维。

人对自然的道德程度折射出人自身的道德程度。人对自然之恶是人类自我认同危机的表现，人对自然之恶直接反映了人对人之恶，人的自然的道德关怀是人对自身关怀的真正体现。与人道主义者对人的主观意志的张扬不同，后人道主义者认为，人类作为社会个体，无可奈何地受制于物，受制于客观冷漠的外部世界，每个人作为个体存在，又毫无例外地受制于所处的文化，受制于语言的叙述，所以不是"人定胜天"，而是"天"主宰着人的命运。

以人为中心的人道主义未能全面把握科学精神与人文精神、物质文明与精神文明、征服自然与保护自然等关系，造成了人与社会、人与物、人与自然、人与技术、人与神的关系都不同程度扭曲和异化。后人道主义解构了人道主义加诸人身上的诸多本质属性，捣碎了人类自我中心主义的梦幻，也就拆除了由此产生的关于文学之人学意义的假定。其不再站在人类中心主义的立场上去看待世界、解释世界，而开始去表现和揭示世界自身的规律。后人道主义对人与自然的伦理考察，确立了人对自然的道德关怀是人对自身关怀的和谐生态理念，伦理在本质上是人的一种存在方式，人与自然的伦理关系主要体现在人对自然的道德关怀的广度和深度之上，人为什么存在、怎样存在、能否存在取决于人与客观存在的周围世界的关系伦理。

而后人道主义时代的价值观念则趋向于解体，它消解了悲剧赖以产生的二元对立结构，放弃了对人生的价值判断和意义追寻。人道主义强调以"人"为中心、一切为当下的"人"的"现在感"使过去与未来强行中断，同样使人类发展的和谐生态链条变得支离破碎。后人道主义的主要任务就是要对中断的碎片进行拼接，建立人与自然的和谐对话沟通机制，实现人与自然的亲密共生、和谐协调与可持续发展。

后人道主义反对人道主义标榜的"人类中心主义"，提出"生态整体主义"，认为人不是万能的，人与自然平等。后人道主义思想是建立在人类主体道德意识和道德觉悟不断提高的基础上的，将对人类的关怀转向对动物和自然万物的关怀。换言之，动物并非人类道德共同体的一员，它不过是在人类的道德实践中需要将人类的道德情感倾注于关怀其生命，来表现人类的思想意识和道德觉悟的崇高。站在后人道主义立场之上，强调人类在保障自身正当利益的前提下要爱护动物的生命，关爱自然万物，从而提高人类这个道德主体的觉悟是十分重要的，但它绝不是要选择夸大动物的权利，否定人类主体地位的立场，这种后人道主义的"中庸"性成为哲学的人道主义反思的最终结果。

正是基于对人的问题的持续关注，从而形成了西方人道主义传统。从人道主义到后人道主义理论是一个不断发展变化的思想体系。在西方文明发展进程中，不同的历史时期产生了各自的人道主义思想，从而形成了西方人道主义传统。通过梳理西方人道主义发展的脉络，展现人道主义在西方文明不同时期的主要特点，从中或可找到从人道主义到后人道主义理论嬗变的阿里阿德涅之线，从而更好地理解和把握后人道主义理论的来龙去脉。

## 第二节　约瑟夫·海勒小说的后人道主义情绪

### 一、约瑟夫·海勒

约瑟夫·海勒（Joseph Heller，1923—1999）是战后美国最杰出的小说家之一。人们普遍认为约瑟夫·海勒的黑色幽默小说《第二十二条军规》）（Catch—22，1961）的问世标志着美国小说进入了后现代主义的新阶段。美国后现代主义小说可以分为两个阶段，即20世纪60年代的黑色幽默小说以及从70年代之后产生的后现代主义小说。前者被认为是美国第一代或20世纪早期的后现代主义小说，后者则被认为是第二代或20世纪后期的后现代主义小说。约瑟夫·海勒同库尔特·冯内古特、托马斯·品钦、约翰·巴思、唐纳德·巴塞尔姆、弗拉迪米尔·纳博科夫、威廉·加迪斯等人一起赢得了"美国黑色幽默小说家中的佼佼者"的美誉。

美国评论家纳尔逊·阿格雷认为，《第二十二条军规》是来自第二次世界大战的对我们的文明抗议最强烈的小说。莫里斯·迪克斯坦把《第二十二条军规》称为60年代最优秀的小说。而罗伯特·梅里尔也证明《第二十二条军规》被普遍认为是第二次世界大战以来美国人写的最重要的作品之一。它已获得了高度的评价，可以说是众所周知。这本书已被争论数百次，并在绝大多数当代美国文学的大学课程中讲授。如果美国黑色幽默小说可以视为现代主义文学向后现代主义文学转变的开始，那么海勒就是第一代美国后现代主义作家，而且是第一个划时代的美国后现代派小说家。事实上，《第二十二条军规》是20世纪60年代出现的"代表了美国文学新方向的一批小说的第一本。这些小说把自然主义的细节描写与讽刺小说及超现实主义小说的夸张融为一体，并使滑稽和悲哀、幻想和历史、真实论点和两维的漫画手法共现于一部作品，直到20世纪70年代，美国才意识到这些小说并不是可以宽泛地置于黑色幽默小说框架内的变型类小说，而是一种颇为前卫的崭新的小说创作方法，是现在一般被称为'后现代主义'的文学运动"。海勒作为20世纪重要作家的声誉主要建立在他的小说上面。他的小说将黑色幽默、存在主义思想、现实主义、现代主义、后现代主义因素混合在一起。从小就展示出语言天赋和创造才华的海勒，在发表几篇模仿性的短篇小说后，就一直孜孜以求地探寻更为引人入胜的文学创作手法，逐渐形成一种能创造性地将各种文学类型、各种艺术手法水乳交融地纳入自己的小说的创作方式，达到鬼斧神工、浑然天成的境界。

约瑟夫·海勒在第二次世界大战时曾服役于美国空军部队，后来写了一本关于他战争经历的书，这就是著名的小说《第二十二条军规》。"catch—22"也为英语语言增加了一个新术语。约瑟夫·海勒因代表作《第二十二条军规》的成功创作而响彻文坛。

20世纪70年代末，海勒被初次介绍到中国。中国文学界惊讶之余，掀起了一股研究海勒的小高潮，并在短期内影响了大批作家的创作，比如王小波、刘索拉、莫言等作家的小说就明显存有海勒的影子。

## 二、《画里画外》的后现代主义历史叙事

根据怀特的观点，史学家与文学家所感兴趣的事件可能不同，然而他们的话语形式以及他们的写作目的则往往一样，他们用以构成各自话语的技巧和手段也往往大体相同。在怀特看来，必须先将对历史的理解看作一种语言结构，通过这种语言结构才能把握历史的真实价值。怀特强调，历史的预想形式可用弗莱关于诗的四种语言转义（即隐喻、转喻、提喻和讽喻）来表示，这意味着"历史与神话、史诗、罗曼司、悲剧、喜剧等虚构形式采取了完全相同的形式结构"。怀特所从事的是历史研究，目的是要在不同的历史叙事中找到共同的结构因素，以勾勒出所论时代的历史想象与深层结构。这种重叙事结构、重意义想象、重语言阐释的历史意义，是获得意义之"真"的唯一途径。怀特就这样将历史事实、历史意识和历史阐释的差异填平了。这种将历史事实、历史意识和历史阐释画等号的做法正是海勒《画里画外》中所采用的历史作为"小说"的叙事手段。海勒在创作历史小说《画里画外》时，对历史进行充分探索，对历史事件、历史人物行为进行"考证"，但这无非是想使作品更具"真实性"，对作品的文学性没有多大影响，不增加其作品的文学价值，使历史小说具有文学价值的因素是小说的文学品质。

在海勒的笔下，《第二十二条军规》所描写的战争对于人类文明来说是有其逻辑上的先前项的，在《画里画外》中作家就对"战争"作了类似寻找族谱式的追溯。伯里克利时代以一场连绵15年的战争而开始，又以一场延续27年的战争的开端而结束。以伯里克利为首领的自由民主党于公元前461年开始执攻。在公元前459年的一个伤亡名单上，有当年在塞浦路斯、埃及、哈利艾斯、埃吉

那、梅加里德这样一些地方作战时阵亡的雅典人的姓名。而在官方记载中，这一年却是一个和平年，他们所战死其中的战争也不算是战争。此处"官方记载"的意识形态话语指称"和平年"历史事件，说明统治阶级的权力操纵着历史的书写，显示了历史作为"历史"的叙事是"官方"或统治阶级的意识形态的产物，历史事实不是"真实"，事实漂流在历史中并可以与官方观念结合，而历史"真实"只能出现在追求真实的话语阐释和观念构造之中。怀特发现，意识形态话语指称历史事件，讲述这些事件的故事，旨在讲述关于这些事件的真实故事，试图解释它们何以这样发生，最后宣称揭示这些事件的真正历史意义。在表达形式的层面上，意识形态故事和把历史作为"小说"的历史故事之间无本质的区别。后现代主义历史小说《画里画外》不为现存的秩序提供直接的未来图景，但是通过假设过去可能发生的多重现实，为未来提供某种参照。"乘坐人工划桨的帆船从雅典到叙拉古，基本上相当于当今使用军队运输船从加利福尼亚到越南，或者是从美国首都华盛顿到贝鲁特机场或者波斯湾。除非你们打算生活在那里，切忌在遥远而充满敌意的土地上进行战争。那里的人会在数量上远远超过你们，你们的存在会引起惊慌。你们所扶植起来去维持秩序的政府并不能够维持秩序，如果那里的人民作坚定不移的军事抵抗"（《画里画外》）。《画里画外》这种历史的预想形式，对以结局为准则来编织一个循序渐进的传统历史编纂是一次大胆的质疑，暗合怀特对历史意识、阐释框架和语言，以及诗意的想象和合理的虚构的特别强调的元历史理论核心思想，明白无误地表明了作家把历史作为"小说"的叙事的观念指向。

怀特说，当把历史话语描述为阐释，把历史阐释描述为叙述化（narrativization）的时候，这已意味着在关于"历史"本质的争论中选定了一种立场。怀特认为，历史话语作为一种叙述话语，其实早在叙述前就已经先行选定了所需要的某一种或几种情节结构，即是说，历史话语也离不开"情节设置"，与文学话语一样，历史话语所采用的也不外乎是"浪漫传奇、喜剧、悲剧和反讽"这样一些叙述程式。《画里画外》的"历史"叙事正是这样的一些传奇、喜剧、悲剧和反讽的拼盘。故事把编年史中按顺序排列的无意义的事件改造成假设的发生结构，人们可以就此提出一些有意义的问题：

"公元前446年与斯巴达人达成的停战协议，结束了敌对城邦之间的战斗，同时却使雅典解脱出来向盟友发起攻击"

（《画里画外》，第145页）。

此后，在公元前433年，伯里克利……由于确信很可能会与斯巴达发生战事，所以就故意制造事端，以使这一战事不可避免。

接着，海勒做了一点点"解释性"写作。这就是，发现一个关于"历史"的"故事类型"，然后把它作为一个"概念模式"，最后讲"编码"：

对峙的两个阵营都说对方是侵略者。

双方都不无道理。

外交斡旋失败了。

外交斡旋总是会失败的（《画里画外》，第 151 页）。

怀特看到了情节编排的意识形态维度，对世界的描述，无论是分析、叙述、解释还是阐释，都必定带有伦理的、哲学的和意识形态的含义。历史话语中的"真实"，存在于历史人物的意识形态之中。战争的起因有时是极其偶然的，在那一段被称作冷战的和平时期，阿尔西比亚迪斯花费了大量时间挑动新的战争。

任何文学文本就其本质而言，其实都隐含着对历史的个人感受，都折射出对历史的理解，因而从根本上讲是在直接或间接地完成一次对历史的文本建构，因为无论是作家对人的某种微妙的心理作何种精致细腻的体察，这种体察其实都蕴含着作家内在的、当下的历史感。从这个意义上讲，考察文学对历史的文本建构过程中的诸种规律性问题，更应当从狭义上而不是广义上去理解文学对历史的解读，即探讨历史是如何进入作家的审美视野的，作品的艺术世界是怎样呈现历史的。这其中的不同决定着作家对历史的文本建构之深度。后现代主义作家并不是随意改变历史，他们往往是站在历史上受欺压、被剥夺了言论的弱势群体一方，企图表现弱势群体一方的历史。不仅如此，海勒还大大地向前跨了一步，在《画里画外》中，他断然将历史与文学等量齐观。诚如怀特所断言，"历史作为一种虚构形式，与小说作为历史真实的再现，可以说是半斤八两，不分轩轾"；因为在他看来问题很简单，"真实"不等于"事实"，"真实"是"事实与一个观念构造的结合"，历史话语中的"真实"，存在于那个观念构造之中。20 世纪后半叶涌现出大量历史题材的小说，被人们视为历史小说的复兴。托马斯·品钦的《V.》（1963）和《万有引力之虹》（1973）、冯尼格特的《五号屠宰场》（1969）、加西亚·马尔库兹的《百年孤独》（1967）、罗伯特·库弗的《激愤的民众》（1977）、以及拉什迪的《午夜出生的孩子们》（1981）被认为是这类作品中的精品。这些后现代主义作家穿越历史时空，借古讽今，用心不可谓不深。《画里画外》的作者亦如此，在《画里画外》中海勒不断地或把时间推向过去，或拉回当代，在对人类行为的表现上，也引人注目地使用随处可见的现代观点。小说从历史取材，没有引人入胜的故事情节，却凝结着海勒对于开启于希腊的整个西方文明史及其相关人类行为的诸多思索，是一次对传统小说的偏离，也是对读者和评论家猎奇心态的偏离，属于后现代主义历史小说。

后现代主义历史小说在突出虚构性的时候不时随意虚构、歪曲历史，把历史置于附庸的地位，揭示历史知识的片面性，探询历史发展的多重可能性。海登·怀特不对历史进行编撰，而是对各种历史的编撰进行理论考察，对他来说，历史就不仅仅是对于史实面貌的再现，它还是一种语言结构的叙事构型，一种埋藏在历史学家内心深处的想象性建构，而这种建构总是有意无意地遵循着一个时代特有的深层结构。《画里画外》以伦勃朗的画为媒，有目的地再现历史画面，指出历史事件的惊人相似之处，纷乱的历史事件表明：历史不是辩证发展的统一体，是对历史事件的阐释。海勒克服真假二元论的思维惯性；克服始终放不下那个历史"真实"的哲学观念。海勒"小说"的叙事中对历史文献及历史考证都存疑立照的叙事策略，昭示着历史的不确定性、虚构性和开放性。以后现代历史观有力地挑战了旧历史主义的决定论、目的论史观，这正是海勒的历史小说写作与海登·怀特历史书写理论共通的一面。

## 三、《二十二条军规》中的反伪人道

人道主义在肯定人类尊严的同时，也在实践中使人类步入了发展困境，例如实践主体的过于强大而导致的自然环境恶化等。而后结构主义刮起的反人道主义思潮又从另一个极端导致了人类对自身主体地位和价值的否定，从而在理论上产生了诸多关于人与自然、特别是人类与动物关系认识的混乱。后人道主义的立论根基也是理性，是人性理性而不是工具理性。作为后人道主义的理论先驱，海德格尔就曾谈到过"未思"之物的不可避免性。从后人道主义立场观察，人道主义还是在其原则和理论本身出了问题，因此需要对人道主义进行反思和修正。后人道主义的这种悲观主义显然是对传统人道主义中乐观态度的否定。"积极的人道主义""超人道主义"是后人道主义的又一别称。哲学的人道主义在实践中被普遍地描述为"人类中心主义"，哲学的后人道主义不是非人道主义和放弃人道主义，只是针对"人类中心主义"及在这种思想指导下的弊端所激起的一种理论思潮。后人道主义实现了对人道主义的解构；既是对自由资本主义的反思，又是对后工业社会的回应。

《第二十二条军规》是海勒的代表作，被誉为当代美国文学的经典作品，号称黑色幽默的鼻祖。故事发生在地中海的一个小岛上，第二次世界大战末期，美军的一个飞行大队驻扎在该岛上：按一般规定，飞满规定次数（最初为 25 次）的飞行员可以回国，但军规实际上规定，无论何时，必须执行司令官命令做的事情。飞行大队的指挥官卡思卡特上校是个官迷，他一次一次增加飞行任务，远远超出一般规定。飞行员们都得了恐惧症，变得疯疯癫癫。尤其是投弹手尤塞林上尉，更是惶惶不可终日。在求生欲望的支配下，他在战斗中只想逃命。他装病躲进医院，不久被密探和一个充满"爱国热情"的伤兵吓跑了。他找到一个军医帮忙，想让他证明自己疯了。军医告诉他，虽然按照所谓的"第二十二条军规"，疯子可以免于飞行，但同时又规定必须由本人提出申请，而如果本人一旦提出申请，便证明你并未变疯，因为"对自身安全表示关注，乃是头脑理性活动的结果"。这样，这条表面讲究人道的军规就成了耍弄人的圈套。当飞行员们出生入死时，那些指挥官们却忙于钩心斗角，还和神通广大的食堂伙食兵米洛组成了一家联营公司，大做投机生意，发战争财。尤塞林目睹了这种种荒谬的现实，最后在同伴们的鼓励下，他逃往中立国瑞典去了。

《第二十二条军规》表面上看是以战争为题材的反战小说，但实际上并没有具体描述战争，海勒着重抨击的是资本主义官僚制度——但不局限于资本主义官僚制度——"有组织的混乱"和"制度化了的疯狂"。《第二十二条军规》中有众多漫画式、动画式、象征式的人物，如卡思卡特代表着官僚体制的专制无理，米洛表现了资产阶级视财如命、唯利是图的本质，而斯克斯考夫则意在突出军事机器对人的个性的摧残和扼杀。在小说中，官僚们处处蔑视逻辑。比如，梅杰少校只有当自己不在时才允许别人去他的办公室；牧师被指控犯了罪而受审时，审讯他的人却不知道他犯有何罪；科恩中校规定，会议上只有从不发问的士兵才有权提问。更有甚者，官方的一纸空文可以决定一个人的存在或者不存在。比如，马德刚到部队两小时便死于空袭，因没有到中队办公室报到，他的阵亡得不到官方认可，他们便认为他依然"活着"；丹尼卡医生计划乘坐（但没有去）的一架飞机出了事故，在遇难者名单中有他的名字，官方便认定他"死了"。无论他怎么解释，官方都不承认他还活着。根据第二十二条军规，疯子才能获准免于飞行，但必须由本人提出申请；同时又规定，凡能意识到飞行有危险而提出免飞申请的，属头脑清醒者，应继续执行飞行任务。最后，尤塞林终于明白了，第二十二条军规原来是个骗局，是个圈套，是个无法逾越的障碍。第二十二条军规还规定，飞行员飞满上级规定的次数就能回国，但却又说，你必须绝对服从命令，要不就不准回国。因此上级可以不断给飞行员增加飞行次数，而你不得违抗。如此反复，永无休止。在官僚主义专制下，"强权即真理"。第二十二条军规就像天罗地网一样统治着，令你无法摆脱。最后，尤塞林不得不开小差逃往瑞典，一走了之。小说重点描写的是尤塞林自我意识的觉醒。这些描写充分反映了当代资本主义社会的危机以及这个社会中人的价值的危机。

在丧失人性的官僚制度下，官僚们顽固腐败，他们把反法西斯的战场当作是升官发财的场所。《第二十二条军规》中最精彩的以小见大的社会文化批判，莫过于对空军基地的一位军官米洛的描写。作为恶性膨胀的资本主义自由经营极端化的代表人物，他以赚钱作为自己唯一的目标。为了赚钱，他可以轰炸本方营地，而士兵们竟肯接受因遭到轰炸而获得的赔款。最极端的一个例子就是，飞行轰炸任务次数不断增加，致使士兵们根本无法靠诚实地完成飞行次数而退役，他们唯一能做的就是一直执行飞行任务直到战死。尤塞林不想升官发财，也不愿无谓牺牲，他只希望活着回家。看到同伴们一批批死去，他内心感到十分恐惧，又害怕周围的人暗算他，置他于死地。于是他装病，想在医院里度过余下的战争岁月，但是未能如愿。《第二十二条军规》表明军队是非人道的，军规是反人性的。

这部作品的意义显然超出了战争的范畴，海勒的着眼点并不仅仅在于战争，他只不过想借战争这一荒诞的极端形式来表现他眼中的美国社会。海勒将批判锋芒直接指向整个资本主义社会和制度。《第二十二条军规》是一部批判范围广泛的小说，这部小说还对美国主流社会的种种丑陋现象、农业舞弊行为、欺骗性政治宣传、种族歧视、军队内部审查和法律指控等诸多其他社会问题给予讽刺和鞭挞。《第二十二条军规》的背后是人类历史上最为疯狂的 20 世纪，两次世界大战造成的哀鸿遍野，战后的西方人仿佛在黑夜中迷路的孩童，充满了对未知的惊恐和对世界的极度不信任。黑色幽默作家对于自己所描述的世界怀着深度的厌恶以至绝望，他们用强烈的夸张到荒诞程度的幽默、嘲讽的手法，甚至于借用"歪曲"现象以致使读者禁不住对本质发生怀疑的惊世骇俗之笔，用似乎"不可能"来揭示"可能"发生或实际发生的事情，从反面揭示他们所处的现实世界的本质，以荒诞隐喻真理。

正如海勒自己说过的那样，"在《第二十二条军规》里，我也并不对战争感兴趣。我感兴趣的是官僚权力机构中的个人关系"，《第二十二条军规》写外部力量或制度对人的压迫和侵蚀作用，充分表明了现代文明的虚无，社会文明对人性的扭曲。对人类最终的威胁——"死亡"无处不在。海勒的创作基点是后现代人道主义，在他看来，战争也罢，官僚体制也罢，全是人在作祟，是人类本身的问题，每个人在面对其规则（catch）既不道德又不合乎逻辑的权威制度时，必须作出道德上的抉择。

虽然在《第二十二条军规》中一切毁灭和悲剧都带有死的特征，但生命的精神一面却以"复活"和"超越"的新概念来表现人。人的生存智慧是海勒后人道主义的核心价值。后人道主义所宣称的"人的死亡"，在很大程度上是指生活在资本主义制度下的、不自由的、机械的人的死亡。在这个意义上，可以将后人道主义看作对资本主义的理论批判。大工业生产将人铸造成了一部生产机器，一具"没有器官的身体"。后人道主义用"人类已经死亡"的断言来控诉资本主义对人的摧残，为千千万万个被摧残和损害的灵魂申冤。从哲学上看，后人道主义的主要贡献便是让我们重新认识人在世界和现实中的地位，重新省察曾经作为"万物尺度"和"中心"的人，以及曾经以为了解得很清楚的世界。

## 第三节　拉里·麦克默特里的"后西部"小说《孤独鸽》中的后人道主义价值理念

面对环境人为的破坏而造成的种种生态灾难，因信仰的迷失与认识论、本体论意义上价值判断的失误而造成的精神困惑与危机，后现代的学者针对这些情况进行了紧张而不懈的探索。其间他们并没有放弃对于人道主义的新探求。后现代的人道主义具有明显的反人本主义倾向。后现代学者认为现代社会的危机、虚无与堕落是人本主义以及与此密切关联的个人主义引起的，那么要建构新的人道主义，就必须对人，以及个人中心主义的自我作出全新阐述，也就是对人与自然万物以及人与他人之间作出一个准确的判断与定位。

自从 1914 年苏格兰生物学家汤普逊率先提出"生命之网"的概念之后，许多人认识到，和人一样，动物也有不可剥夺的权利。密歇根大学的伊文斯说，总有一天，我们的子孙会明白，和人一样，动物也有不可剥夺的权利。英国的生态学家莱奥波特在《大地伦理学》中提出"人类并非是自然界的主人，而是自然界中普通的一员，人类没有权利剥夺花草树木、飞禽走兽的生存繁殖权利"。法国学者施韦泽更提出了"敬畏生命"这一全新的伦理价值观：当一个人把植物和动物的生命看得与他的生命同样重要的时候，他才是一个真正有道德的人。在海德格尔看来，人和动物、植物一样，都是从属于大地和自然的，人不是自然和大地的主宰，而是他们的维护者，人应当学会诗意地栖居在大地上。我们可以看到，人类所做的一切，最终会影响到整个网络，也影响到人类本身。后人道主义关于人与自然关系的伦理探索从此不断深化和扩展，从动物权利主义到生物平等主义，从尊重生命的伦理到大地伦理，彰显出人对自然的道德关怀。

《孤独鸽》中的后人道主义拷问并未止步于对人的残缺命运的观察与探究，麦克默特里推人及物，对于与人类分享地球的其他动物，对于人类生存于其中的环境，都怀有一种超越传统人道主义的思想。麦克默特里在《孤独鸽》中反驳人道主义的人类中心论，意在敬畏自然，欣赏自然，与自然平等相待，互相依赖，和谐共处。通过对人是"万物的尺度"的批判，消解了人是万物"主人"的地位，确立了人与自然亲密共生的和谐生态理念。其和谐生态理念彰显于以下几个角度：

### 一、关爱他人，尊重生命

从格斯的身上可以发现这一点。他借钱给迪茨，却故意拖到赌博之后，"我不愿让人认为我会拒绝一个朋友要借的一点儿钱"（《孤独鸽》），而借给他钱的目的却是让他好有钱去找他本人十分中意的女人，洛雷纳。而对于洛雷纳，他经常在打牌时尽力帮洛雷纳赢一点儿，这样"她内心的孩子气短暂地重新产生了——她并不喋喋不休，不过她偶然哈哈大笑起来，朦胧的眼睛就澄澈清明，人变得生动活泼了"。格斯就是为了看到这种变化。看到洛雷纳高兴起来，焕发出青春的活力。在洛雷纳被蓝鸭子掳走之后，他不畏艰险，长途奔袭，将洛雷纳拯救出来。之后又悉心照料，并千方百计帮助她从劫难中摆脱阴影，恢复希望与信心。"格斯对她的沉默十分有耐心。他似乎并不在意这一点。他只是一个劲说下去，就仿佛他们在谈话那样，谈这谈那。他不去谈说她所遭到的事情，对待她就像他在孤鸽镇上一贯待她的那样"（《孤独鸽》）。夜里，当洛雷纳因为之前的凄惨遭遇醒过来哭泣、颤抖时，奥古斯塔斯就搂着她，低声对她唱歌，仿佛她是个孩子，而格斯像父兄一样，悉心安慰、关怀。

当朱莱碰上格斯时，格斯正独自步行于茫茫草原，失去了坐骑的他显得颇为无助。对于格斯，杰克·斯蓬的一个搭档，治安官朱莱并没有因为杰克·斯蓬的关系对格斯产生什么想法，而是在看到他的处境，听说格斯要去独斗一群印第安人，营救一位姑娘时，毅然决定留下来帮助他。"他正在步行，远远得不到帮助。他们不能就撇下他骑马走掉。再说，四周又尽是抱有敌意的印第安人，这使整个情况更令人担心"（《孤独鸽》）。所以，朱莱觉得自己不能在这种危急时刻袖手旁观，即使他枪法不好，并不擅于战斗，即使他还带着三个需要照顾的年轻人。他尤其不能无视弱势的女人被人劫持，他想到了离家而去，也许正在某个危险的境地急切地盼望着自己救援的埃莉，"他心里想到，埃莉甚至也有可能在那个营地上。有人可能会劫持了她，就像劫持了这个得克萨斯女人一样容易。那些威士忌贩子不会进行多少战斗。当然，她不大可能在那儿，但是还有什么是有可能的呢？

他感到自己至少应该去看看。不论怎么说，这个人可以得到他的帮助"（《孤独鸽》）。虽然这次战斗的结局悲惨到无以复加的地步：他的儿子、他的副手还有小女孩珍妮全都为此永远地失去了生命。朱莱并不后悔自己帮助人的慷慨行为，他只是对自己没有在最后的时刻陪伴他们一起战斗感到遗憾。而对于几乎从他们结婚的日子起就什么也没做，而是从他身边逃走，再不就是辱骂他的女人，埃莉，他也尽心呵护，长途跋涉一路追寻。听到埃莉的死讯，朱莱悲恸欲绝，身子虚弱到无法走路，一连好几天都不能干活儿，"伤心得虚弱无力。"

作为《孤独鸽》中个性鲜明的女主人公，克拉拉以其热情善良、善解人意的特质在荒凉的草原上时时散发着光和热，在孤独寂寞的夜空中熠熠生辉，照亮温暖着小说中许多人残缺破碎的心灵。她先后收留了乔洛、朱莱和洛雷纳，照顾了埃莉并收留了埃莉刚出生的儿子，在对待长工时，克拉拉展现了一位女性善良的本色，她不惜花大价钱给长工添置了一件水牛皮大衣，恰恰是这件大衣在一场暴风雪中救了长工的性命。其中闪现着女性身上突出的人性关怀的光辉。对牛特的关心则展现出其母性的一面：考尔买马提出还价的要求时，克拉拉因为不喜欢考尔，在价格上分毫不让。而临别之时，却坚持要将一匹最好的马作为礼物赠送给牛特，这便是克拉拉母性的慈爱光辉。对待妓女出身，夺走了她的恋人格斯的洛雷纳，她全无歧视和偏见，非常热情诚挚地邀请洛雷纳留下来。她说："我们可以利用你的帮助，对你我们非常欢迎，蒙大拿可不是一个女士待的地方。"而之前没有人对洛雷纳使用过"女士"这个词。

## 二、以人道关怀善待其他动物

小说对于人类"征服自然"的过程中疯狂捕杀野生动物的后果进行了怵目惊心的描述，"奥古斯塔斯很惊讶地看到，水牛骨头堆成的一座巨大的金字塔坐落在离开河水大约五十码的地方。骨头堆得那么高，因此在他看来，奥斯·弗兰克在堆的时候，一定使用了一架梯子，虽然他并没有看见有梯子的形迹。在河下游四分之一英里的地方，还有另一座同样大小的金字塔……在渡口和奥斯·弗兰克的营地他看到了五座骨头金字塔，每一座都有好几吨骨头"（《孤独鸽》）。还不止于此，格斯后来又发现"四周的平原上全都乱丢着水牛骨头。看起来仿佛一整群水牛被消灭了，因为有一条扔满骨头的道路远远地延伸过那片平原。他想起几年以前自己第一次来到高原上的情形。有两天，他和考尔，以及骑警巡逻队员曾经并列地骑马到南部那一大群水牛群去——成千上万的水牛缓缓地边吃草边往北去。夜晚要睡觉是很困难的，因为马儿待在这么多动物附近总很紧张，而牛群里也经常发出声音。他们骑马走了将近一百英里，难得见不到水牛……看到那一路上尽是牛骨头在大草原上延展开来，真是一件令人震惊的事"（《孤独鸽》）。然而，所有这些不久前的生机勃勃的画面都已经成为梦一样的存在，曾经漫山遍野，连绵不绝的牛群都已倒在猎户的枪下，变成了散落在荒野的惨白骨头，这绵延无尽的墓地无声地控诉着人类野蛮残暴的"文明"进程。

对于一般人都无视的猪猡，格斯也是平等相待，给予足够的关怀与照顾。"奥古斯塔斯很想把猪猡踢开，为他多多少少盼望来的客人腾出地方，但是他看见它们睡得那么安详，于心不忍，便绕到后门去了。如果迪什·博格特觉得自己挺文雅的，不便把铺盖卷儿扔在两只猪猡旁边，那就让他自己把猪猡赶走吧"（《孤独鸽》）。格斯甚至在北上时也带上了他的两头猪，他一直对这两头猪很友好，认为以前从来没有一头猪能从得克萨斯走到蒙大拿，它们开创了历史。他居然很认真地认为有猪出现的地方他都觉得很愉快。不止于此，他甚至建议带几只山羊到蒙大拿去。

得到同样待遇的还有响尾蛇。当奥古斯塔斯到泉上小屋去拿酒时，碰到一条响尾蛇。他相信要给对方一点儿思考的时间，所以他在太阳下站了几分钟，一直等到那条响尾蛇平静下来，从一个窟窿中爬出去（《孤独鸽》）。对于不开枪打死响尾蛇，他给出的理由是：在春天一个宁静的黄昏里，一声枪响便能招致复杂的情况。镇上每一个人都会听到枪声，都会作出结论：不是科曼切人从平原上过来了，便是墨西哥人从河那边过来了。如果"干豆"（镇上唯一的一家酒吧间）的随便什么顾客正好喝醉了或正好不开心（那是很可能发生的），他们就会跑出来，冲上街去，开枪打死一两个墨西哥人，仅仅为了求得安全，以防万一。也许是已预想到生命随时会结束，格斯在中箭前尽兴追赶了一下水牛群来玩——只追不杀。

治安官朱莱对动物也同样抱有平等的尊重，他右腿被蛇咬，过了三天才有力气去取马鞍。陷入绝境，需要食物的他见到两头水牛却没有开枪射击，只因为他觉着如果杀了一只，另一只水牛就会和他一样孤独了。

### 三、欣赏自然，融于自然

作者借格斯之口，批判了现代文明对于自然的破坏，表达了树立和谐生态理念的诉求，"它（蒙大拿）很好，很清新，现在咱们来了，它不久就要毁了"（《孤独鸽》）。从格斯的角度看，快乐来自温暖的人际关系和性关系，来自与孩子和朋友的亲密相处，来自对话，来自与环境和谐一致而不是破坏环境的运动和娱乐。

格斯在之前常常沉醉于自然，融于自然怀抱之中，"边境之夜有他现在渐渐觉得相当不错的特色，它们跟田纳西之夜可大不相同。在田纳西州，就他所记得的，随着棉花似的雾霭飘进洞穴空谷，夜往往变得模模糊糊。边境之夜是那么干燥，你闻得出尘土的味道，而且清澈如露珠。事实上，夜是晴朗的，微妙的；甚至在没有什么月色的时候，繁星也是够灿烂的，每一丛灌木，每一根篱笆桩，都投下了阴影"（《孤独鸽》）。又如"他喜欢在露天看到第一线曙光……东方天空红得像熔炉里的煤块，照亮了沿河的平原。露珠沾湿了沙巴拉丛林里千万个尖刺，太阳的边缘贴在地平线上时，沙巴拉丛林处处闪烁着星星点点的金刚钻。阳光接触露珠时，后院的灌木上便充满了小小彩虹。日出能使沙巴拉丛林看上去也这么美丽，真是大可赞颂的，奥古斯塔斯心里想，他愉快地眺望着日出的过程，知道这景象不过只能持续几分钟"（《孤独鸽》）。

当迪茨常常对月亮深入研究之后依然迷惑万分的时候，牛特则用一双好奇的眼睛观察着瑰丽多变的大自然，牛角上跳跃闪烁的电光、晶莹可餐的冰雹、新奇的冬雪、蒙大拿无人开拓的广袤草原。

而完全与自然融为一体的，则是率性而为，随遇而安的塞奇威克。他到处旅行，寻找、研究各种不同的臭虫，在途中却又突然失去了研究臭虫的兴趣，正在考虑去得克萨斯宣讲福音书了。当朱莱和乔碰到他时，他和两头牲口都陷入了泥沼，"两头牲口身上都缚有大包小包的东西；汉子正解开大包小包，把一件件东西扔进河里取乐。东西一件件漂浮开去了。使他们惊讶的是，汉子甚至把铺盖卷儿也扔掉了"（《孤独鸽》）。他对他的危险处境漠不关心，没有做任何努力去试图挣脱大自然给他设下的陷阱。"我相信，如果我的骡子不及早从泥沼里给拖出来，它会学会靠吃鱼为生的。它们是自力更生的动物"（《孤独鸽》）。对于扔掉铺盖卷，他的评论是"我找到一条河流把行李塞进去，很高兴。说不定鱼儿和蝌蚪会利用行李做更大的用处"（《孤独鸽》）。他仿佛来自远古的先知，告诉朱莱"坟墓是我们旅途的终点……那些匆匆忙忙赶路的人，往往比那些从从容容就道的人，更加迅速地到达坟墓。哦，拿我来说吧，我旅行，而我什么时候到达什么地方，只能猜测而已，谁也说不准。如果你们两位不曾跟着来，我就很可能站在河里，还要站上一两个小时哩。流动的水，永远是个美丽的景色"（《孤独鸽》）。也许，塞奇威克是《孤独鸽》里唯一生命圆满不感到孤独的人。因为他完全地融入到大自然的神秘与多彩之中，真正做到了天人合一。

在消解与重构之中，麦克默特里的后现代主义批判地继承了西部文学的传统，并在建构中确立了后西部崭新的风格与后人道的和谐生态理念。他的人与自然和谐一体的思想正如《熵》的作者所提出的"在低熵的社会里，人类与其他动物及整个自然和谐相处的思想，将取代'征服'自然的观念"，在未来……

"自然中的人"将取代"对抗自然的人"。在后人道的角度，麦克默特里强调了人与自然的统一，认为人与自然是亲密共生的和谐关系，倡导人性与自然的统一性为指归的后人道主义世界观。而后人道主义的主要任务便是建立人与自然的和谐对话沟通机制，实现人与自然的亲密共生、和谐协调与可持续发展。

# 第四章　美国西部小说的英雄主义传统研究

## 第一节　美国西部小说的英雄主义精神

### 一、美国西部小说的发展梗概

19 世纪 30 至 60 年代，一种全新模式的西部小说应运而生，并得以发展和繁荣，这就是美国西部小说。美国西部小说是美国西部通俗小说演绎的第四个也是最后一个主要阶段。美国历史小说连同其他通俗小说，都是模式小说。

牛仔西部小说在流行多年后，于 19 世纪 30 年代开始发生变化。这种变化是一个复杂的渐进过程。起初是单个作家的写作风格有了某种独创性，随着这种创新的受欢迎而使其被反复使用，逐渐形成模式。同时，一些陈旧的让人厌烦的因素也被淘汰。到 30 年代末和 40 年代初，这种新旧因素的更替达到了一定程度，完成了量变到质变的转换，一类新的西部通俗小说取而代之，即西部小说。

西部小说在情节上没有太多新意，依旧套用牛仔西部小说的情节模式，即以牛仔式的硬汉为男主人公，描述西部英雄与歹徒的对立及由此产生的种种暴力冲突，再配以彪悍凶险的枪战故事和情意缠绵的爱恋经历。在创作主题上也沿袭固有模式，肯定西部区域在塑造人的灵魂和道德观上的价值。不过从作品的总体基调和背景来说，已经现实主义化。西部小说立足于西方，强调给读者一个生动的西部故事的同时，还要展现一个"古老真实的西部"。作者采用历史现实主义的手法，在故事情节中融入了大量的西部山川资料和风土人情，使作品既保持了原有浪漫主义色彩，又增添了不少现实主义的魅力。

40 年代美国西部小说的代表作家有厄内斯特·海科克斯（Ernest Haycox，1899 – 1950）和卢克·肖特（Luck Short，1908 – 1975）。

自 30 年代末至 50 年代初，厄内斯特·海科克斯出版了一系列颇受欢迎的长、中、短篇西部小说。这些小说率先打破了牛仔西部时期的代表作家欧文·威斯特、赞恩·格雷、马克思·布兰德的创作模式，在保留传统的理想主义故事框架的同时，添加了历史的视野，增强了现实主义活力。此外，他也是最早运用心理分析的手法、塑造个性较为复杂的男女主人公的作家。海科克斯是一位高产的作家，仅 1924 年一年就发表了 17 篇作品，此后更是佳作不断，在接下来将近 30 年的时间里总共创作了 25 部长篇小说和 300 多篇短篇小说——其中大部分是西部文学。较为经典的有《惹麻烦的枪》（1937）、《边界喇叭》（1939）、《午后的冲锋号》（1944）和《毁灭者》（1952）。这些作品后来都被改编成电影，风靡一时，其中以短篇小说《洛丁波格的马车》改编而成的电影《驿站马车》最著名。1931 年对于厄内斯特·海科克斯的创作生涯来说是一个重要的转折点。在海科克斯创作的初期，为了招来读者，他的注意力主要集中在了其作品的娱乐功能和商业效应上，而并没有从纯文学的角度思考是否应使其创作本身更加灵活与全面。这一时期，海科克斯的作品大多以传统的西部模式为蓝本，很大程度上继承了欧文·威斯特、赞恩·格雷等西部作家的创作风格。其早期作品中鲜见自身独创性的东西，而在这一时期小说的场景、人物和语言中充斥着模仿的痕迹。从 1931 年开始，海科克斯的整个创作风格也发生了革命性的转变，区别于以往专注于对紧张刺激的格斗情节的描写，他更强调实事求是地描写故事发生的历史背景和地理环境，力求正确对待每一个细节以再现真实的场景。作品的构造日渐复杂，人物的性格趋于细密，而故事情节与人物塑造充满对立与矛盾。这主要表现在他对女性人物的创作上，使得女性在西部小说史上第一次有了自己独特的地位，能作为一个有独立个性和智慧的个体存在，而不再仅仅作为男主人公身边的附庸品或是为了顺应情节发展的需要而存在。海科克斯是一位才华横溢的小说家，但是他命运多舛，51 岁时，就因患癌症过早地去世了。海科克斯在传统的西部小说日渐没落之时，勇敢开创了一条全新的创作道路，使得西部文学以一种更为严肃的方式继续发展。在海科克斯的带动下，一大批作者开始效仿传统西部小说的创作风格和模式。从此，西部文学迎来了又一个崭新的时代。

受厄内斯特·海科克斯的影响，卢克·肖特在同一时期也出版了一系列重要的西部小说。这些小说的艺术质量在总体上不及厄内斯特·海科克斯的作品，但依旧融入了大量生动的历史现实主义描写。尤其是，他善于描写边陲小镇的历史、地理风貌。而且，他所塑造的少数民族的女主人公形象也很有新意和特色。1935 年，肖特在《史密斯》和《街道》这样的大众杂志上连载发表了第一部小说《一枪之仇》，此后他笔耕不辍，以每年 3 到 4 本的速度不断创作出卖座的连载作品，获得了巨大成功。从 1936 年开始的 10 年是肖特事业发展的高峰期，这一时期，他不仅创作出了大量优秀的作品，而且开始逐渐脱离大众杂志界，转而投入层次较高的严肃杂志界，写出了很多有思想有深度的巨作。代表作有《勇敢的骑手》（1936）、《柯特枪王》（1937）、《血汗钱》（1940）、《将他打下马》（1942）、《纸警长》（1966）等。和厄内斯特·海科克斯一样，肖特的很多作品都被好莱坞改编成电影，深受观众的喜爱。其中较著名的有 1947 年上映的《枪杆》及 1948 年的《月亮上的血光》和《科洛那的溪流》等。50 年代开始，肖特渐渐厌倦了西部文学创作，这以后鲜有作品发表，在艾森豪威尔总统任职期间，他仅发表了 6 部西部作品，甚至少于 1940 年一年发表文章数目的一半。在接下来的岁月里，由于身体健康状况每况愈下，1965 年到 1975 年间，肖特每年只出版一部书，他早年在西部文学界赢得的金牌地位也逐渐为路易斯·拉摩尔这样的后起之秀所取代。卢克·肖特是一位杰出的作家，他进一步发展了历史西部文学的创作手法和模式，为整个西部文学注入了新的动力，引进了新的视角。他对西部小说的贡献是不可磨灭的。

战后西部小说继续保持强劲的发展势头。随着约翰·福德（1894 – 1973）、威廉·博伊德（1898 – 1972）等人的历史西部电影和电视连续剧持续引起轰动，美国《纽约时报》畅销书排行榜上西部小说也屡见不鲜，而 1952 年美国西部小说家联盟（The Western Writers of America）的成立，又团结了一大批有才华的作家，进一步促进了西部小说的繁荣。这一时期美国西部小说的代表作家是路易斯·拉摩尔（Louis L Amour, 1908 – 1988）和杰克·谢弗（Jack Schaefer, 1907 – 1991）。

路易斯·拉摩尔以创作生涯长、作品数量多、艺术质量高而著称。他的许多小说融入了大量的西部历史知识和自然风光，有"历史风光小说"的美誉。而且他是战后全球最畅销的小说家，曾被授予"美国国会金质奖章"和"美国总统自由勋章"。拉摩尔的九十五本长篇小说在全世界创下了总发行量一亿八千万册的最高纪录，并且每一部作品发行量均在一百万册以上，其中三十多部作品被搬上电影和电视屏幕。除上述长篇小说外，拉摩尔还出版了一部诗集和包括四百多个短篇在内的若干短篇小说集。他是公认的当代西部小说明星。其代表作有《杭都》（1953），"萨克特"系列小说，以及《风从集市过》（1978）等。无论从作品的销量还是官方与民间的评价上，路易斯·拉摩尔的声誉都是其他通俗小说家无法比拟的。

与路易斯·拉摩尔相比，杰克·谢弗没有那么多的作品，也没有那样高的荣誉。但他在战后西部文学领域具有同样重要的地位。这种定位相当程度上来自他的处女作和成名作《沙恩》（1949）。该书不但是商业上的成功之作，而且是西部小说的经典，其将充满浓郁原始西部风味的山川风貌和民俗传闻描写得十分传神、逼真。1975 年，他被西部小说家联盟授予"杰出成就奖"。《沙恩》在商业上的巨大成功使杰克·谢弗源源不断地出版关于美国西部的作品。从 50 年代中期至 1991 年逝世，他一共出版了二十多本长篇西部小说和短篇小说集，其中比较著名的有《第一滴血》（1953）、《大牧区》、《一群懦夫》（1957）、《蒙特·沃尔什》（1963）、《牲畜》（1967）等。这些小说与《沙恩》相比，情节结构各异，但均有类似的历史现实主义风味和西部挽歌式情节。杰克·谢弗自己最喜欢的是《峡谷》（1953）。该书的主人公名叫小熊，是个印第安人，因为不愿参加战争，逃离了部落。为了弄清自己行为的对与错，他忍受着难以想象的煎熬，在山谷静候神灵现身。由于长时间没有进食，他坚持不住，从山顶一直滚到山脚，并跌断了腿。当他挣扎爬起时，开始领悟到自然力的不可抗逆。他从谷底爬回部落，赢得了爱情，并试图将妻子带回峡谷过田园生活。但新生儿的猝死，妻子的哀伤让他留在部落。最终他才彻底明白人生的真谛。这些作品的问世，反映了杰克·谢弗不满意战后美国西部的现状，试图通过自身的种种努力提高艺术创作水准。正如他 1961 年对记者所说，"如今许多作家都在炮制西部小说，但他们没有什么写作能力，常常是重复那些老掉牙的模式。这种捡西部垃圾的作家比六年前多了一倍。从整体水平上来讲，即便是那些有点写作能力的人，其作品质量也明显不如以前了"。

杰克·谢弗绝不是杞人忧天。事实上，在路易斯·拉摩尔、杰克·谢弗等几位西部小说家之后，美国以"再现古老的真实西部"为己任的西部小说已经逐渐没落，取而代之的是一种艺术水准低下的"色情加暴力"的成人西部小说。这种小说自 70 年代由花花公子出版公司推出后，即蔓延到整个西部小说的创作领域。现实主义的艺术描写退出了历史舞台，浪漫主义的低劣虚构再次成为时尚。历史在重复，在廉价西部小说的基础上延续。

## 二、牛仔形象与英雄主义

英雄主义是美国精神的核心所在。美国西部文学的主人公——牛仔则是西部文学的灵魂所在。美国人民赋予了牛仔一切英雄特质——神勇、正义、善良、积极乐观、百折不挠。牛仔已经成了美国国民英雄，牛仔精神也成了美国英雄主义的代名词。

西部小说是牛仔文化中非常重要的一部分。托马斯皮尔格林 1879 年出版的他的第一部小说《活着的男孩》，是第一部严格意义上的牛仔小说。1890－1915 年是牛仔小说创作的繁荣时期。代表作为埃默森·霍夫的《哈夫威家中的女孩》

和欧文·威斯塔的《弗吉尼亚人》，后者被视为美国文学史上牛仔小说的起点，被誉为第一部真正的西部小说。

《弗吉尼亚人》塑造了典型的牛仔英雄形象，为文学界树立了新的美式英雄。欧文·威斯特的牛仔小说标志着美国西部牛仔小说的形成，打开了美国西部文学再次繁荣的新局面。小说中塑造的牛仔形象深受美国读者喜爱，直至今日，依然对美国文学有着深远的影响。《弗吉尼亚人》中，威斯特给予读者的是一个性格饱满，敢做敢当，受人尊敬的美国西部英雄。书中对人物本身进行了深入分析，作为一个生长在西部的男子，弗吉尼亚人在言语表达上就展现了西部特有的淳朴之气。在与朋友、雇主及爱人的交流中，弗吉尼亚人展示了西部牛仔桀骜不驯、随性不羁的特点。同时，弗吉尼亚人身上充分展现了男性魅力，他的外貌，他的体魄，他的行为作风，每一处都昭示着弗吉尼亚人的男儿本色。此外，弗吉尼亚人最与众不同的是，他身上流露出的一种柔情与细腻，无论是对东部女教师莫莉的追求，或是对待自己身边的动物。相比于此前单一的牛仔形象，弗吉尼亚人更为生活化，也更为人们所喜爱。正是通过对人物特点的分析研究，为书中继续解读弗吉尼亚人的英雄主义精神作了有力的佐证，书中重点分析了弗吉尼亚人体现的美国英雄主义精神。美国英雄主义强调个人主义，强调实用主义，也重视在英雄主义影响下所倡导推崇的美国梦。每一种精神价值都在弗吉尼亚人的身上得到了印证。弗吉尼亚人的成功也符合了美国人一直推崇的美国梦。人们对已然消失的牛仔形象充满着怀旧的情绪，从而使牛仔小说成为了一种特有的文化形式存在于美国文化中。国内外学者对于《弗吉尼亚人》的研究从未停止，本书从弗吉尼亚人所具有的特质及其所体现的美国英雄主义精神的层面进行了深入具体地解读，阐述了其带来的文学成果及社会影响，分析探讨了"弗吉尼亚人式"牛仔备受美国人喜爱的文化原因，从而使人们能更好地解读具有美国西部特色的牛仔小说，理解美国的牛仔文化对美国文化及其社会的影响。西部小说塑造的英雄形象适应了美国人的精神需要，牛仔的风趣幽默而不呆板、刚毅果敢而不优柔寡断、随心所欲而不受人制约、自立自强而不仰人鼻息的特点是每一个美国人都追求的理想人生。从《弗吉尼亚人》开始，西部小说中的牛仔大多以英雄的形象出现，西部小说也成为美式英雄主义最典型的代表。

牛仔时代虽然短暂，但他们的英雄主义魅力却经久不衰，在美国甚至在全世界范围内产生了深远的影响。牛仔身上的英雄主义特质震动着美国人的心。他们的心中涌动着一种民族激情，而在他们的精神中则隐藏着一种真正崇高的气质，这种崇高的气质出人意料地迸发出光芒时，他们的形象往往会充满着英雄的气度。这种英雄主义精神需要被了解并发扬光大，引导人们勤劳地开拓家园、守护正义，让世界更加和谐美好。

# 第二节　西部小说中牛仔是非观解析

西部牛仔主人公之所以值得赞扬，是因为他们相信自己的洞察力和是非观，他们不依靠法律将人和事定性。这个观点在美国西部小说中还有另一层含义。因为既然有洞察力的人的特点是他有超出法律之外行动的能力，那么，站在法律之内、根据固有的社会准则做事的人就多少有点问题了。从牛仔主人公的视角来看，可能的情况是，这个人物要么缺乏感知力，不值一提，就像城里人或西部小说中其他被人捉弄的人一样，要么和道貌岸然的坏蛋一样，是个道德败坏分子，他以合法的方式，追求自己邪恶的目的。

不管怎么说，合法性在西部小说中是受到怀疑的。尽管西部小说也会肯定法律和正义的概念，但西部小说却同时指出，法律和正义与法规的形式没有必然的关系。有时，对法制的藐视通过故事中的某个人物表现出来。比如，布雷特·哈特就特别醉心于描写被社会遗弃的人，这种人在一定意义上比处于社会之中的人更道德健全。譬如他笔下的约翰欧克赫斯特先生，虽然是个职业赌徒，为上流社会所不容，却习惯于将赢得的钱还给输不起的赌场失意人。还有密格尔丝，一篇同名小说中的妓女主人公，她比整个社会中传统意义上的"有道德"的人更有道德。

在哈特的作品里，这种传统没有什么意义，它只不过是一种手段，用来引起对主人公的同情；而在这个主人公粗俗外表下其实跳动着一颗金子般的心。其他作家对法制的蔑视则更为明显，《草原之海》中的两场审判都是对正义概念的嘲讽。

小说中弗吉尼亚人和其他一些牛仔采取行动对付骚扰怀俄明乡间的窃牛贼。这种维持治安的正义其实暗示着法律和秩序的崩溃。亨利法官是桑克湾牧场的主人，而且是当地有些影响的政治人物；他为西部私刑法律辩护，并将其与南方看起来相似的做法作了明确的对比。他说南方用私刑处死黑人是践踏法律，因为在那里对判刑犯人的处理偏离了正常的法律方式，而诉诸法律本可以伸张正义。相反，怀俄明是个没有正式法律的地区。法庭和陪审团都是腐败的，经常让盗牛贼逍遥法外。在这种情况下，亨利法官总结说"你们的普通百姓们……必须将正义收回到自己的手中，因为这里正义曾经高于一切。你可以把这叫作原始，如果你愿意的话。但是，这绝不是藐视法律，而是维护它"。

亨利法官在这里颇有说服力地表达了一个至少在某些情形下所有人都会同意的观点。西部牛仔的特性，经常导致他像法官似的承担许多琐碎无谓的工作，而如果他对事实情况有更清醒的考察，他本不应该这样做。牛仔主人公具有的洞察力，使他有资格根据自己而不是社会的行为准则行事；至少在西部直接伸张正义要比通过堕落和无能的官员去执行来得更好。在沃尔特·凡·蒂尔伯格·克拉克的作品《牛栏事件》（1940）中，讽刺性地探讨边疆"正义"，牛仔的这种洞察力和看法遭到诘难。

《牛栏事件》的故事给亨利法官振振有辞地描绘的道德给予了辛辣的讽刺。盗牛贼在荒凉的威尔斯镇，即小说的故事发生地活动猖獗，一如在《弗吉尼亚人》里怀俄明的盗牛贼。同样，受到侵害的牧场主怀疑法官没有履行其职责。结果，当有消息传来，说一个牧场主被人杀害、他的牲口被盗的时候，威尔斯镇上的居民们便武装起来，要让犯罪分子受到正义的惩罚。他们最终抓住了三个正赶着牧场主丢失的牲口，却没有售货单的男子；而且，其中一个男子拥有原属于被害牧场主的左轮手枪，这更使他们显得与罪行有牵连。牧场主的武装队伍本没有法律授权，却断定罪行证据充足，并且处死了三个男子，而没有把他们带回去接受审判。可是，在返回威尔斯镇的路上，这支武装队伍碰到一群骑手。其中包括县治安长官和据悉已遇害的牧场主。原来真实情况是牧场主把牲口卖给了那些被指控的所谓盗牛贼。

武装队伍出于最高尚的动机，却做出了最糟糕的事。在这个关于武装队伍的虚构故事里，克拉克集中讨论了两个独立但又相关的主题。第一个是研究一帮总体上还算体面的人何以变成嗜血的暴徒，这个主题不太重要。第二个是探讨外表如何蒙蔽人，甚至是自以为了解真相的人。克拉克如此巧妙地展开和呈现致使所谓的盗牛贼被定罪的证据，以至于读者对他们的罪行几乎深信不疑。他们占有很显然是偷来的东西，却只能用一个极不可信的故事加以解释。更重要的是，他们拥有据悉已经遇害的人的手枪，却只是用同样不可信的故事来说明。他们解释说，手枪是那人丢掉的；这个解释从表面上看不太令人信服，尽管随着故事的进展，它被证明是真实的。

根据所掌握的证据，武装队伍确实有理由对三个俘虏表示高度的警惕。当怀疑变成行动，恐怖就发生了。而由于武装队伍拥有的证据是假的，因此无论其认为自己的行动有多正确，都不可能按照正义行动，所谓的盗牛贼本应先行羁押，直到真相大白；武装队伍自以为了解事实，却在事实中找不到根据。总之，《牛栏事件》的牛仔主人公们和为他们所不屑的普通人一样易于犯错，但他们做坏事的能量更大，因为他们自行其是不顾忌社会加在依法办事的人身上的各种形式的限制。

《弗吉尼亚人》和《牛栏事件》所反映出的完全不同的"道德观"有助于说明非暴力反抗似是而非的本质，也有助于强调美国人在这个问题上相互抵触的观念，因为美国人发现了在理论上维护这个问题的两个方面：非暴力反抗常常是唯一可能约束道德行为；但同时意识到，对正式建立的权威无约束地表示不敬可能变成比原先想要矫正的弊端更为严重的恶行。威斯特和克拉克都通过揭示他们的主人公在行动方针上的矛盾心理，来强调非暴力反抗似是而非的实质。在《弗吉尼亚人》中，亨利法官的高论让莫莉·斯塔克闭了口，却没能说服她；《馈赠的马》里维持治安队差一点"审判"不当，这说明，自封的法律权威至少有可能导致错误。与此类似，在《牛栏事件》中，武装队里并不是人人都赞成绞死俘虏，虽然关于他们犯罪的证据已经很充分。尽管无法阻止行刑，但武装队中的一小部分人拒绝参与其中。

西部主人公自行实施正义的另一个常见方式是直接诉诸"起平衡作用的人"，即考特法官。像哈里森·德斯特里这样"持枪追捕"的人是许多西部小说中常见的角色，虽然这一人物类型最好的例子是职业枪手，即"受雇的神枪手"。

需要指出的是，职业枪手和维持治安队有所不同。维持治安队几乎是社会意志的体现（尽管有时是误入歧途或应受指谪），而枪手则完全独立行动。他不仅弃合法形式于不顾，而且把自己确定为立于社会之外的人。

在典型的有关职业枪手的故事里，主人公向他人出售自己使用武器方面的本领，以获取报酬。具有象征意义的是，他所做的等于是放弃道德选择的权利，因为一个人要是为了报酬而受雇于人，他就会按照吩咐枪杀任何人，而不管他对事情的正义有什么看法。因此，在他自己的世界里，枪手有两大选择余地，他可以忠实于对道德正义的个人看法，独立于任何派别之外；或者，他可能为了酬金去杀人，而且在这样做的时候，他要么放弃自己的道德义务。要么为了不道德的目的，无所顾忌地运用自己的能力。这两种选择的冲突，经常通过两个枪手的对比表现出来，其中一个肆无忌惮地为得到报酬受雇杀人，另一个则保持道德行动的自由。无数的西部电影就是这样描写的，坏蛋带领一帮吵吵嚷嚷的枪手去实现他的意志，与之对立的是本领同样高强，但道德高尚的"好"枪手，善与恶的冲突也由此展开。

此类影视作品中最好之一是《沙恩》，它根据杰克·谢弗的同名小说

（1949）改编。在这部小说里，"好"枪手沙恩骑马来到一个西部小镇，和一户定居于此的移民家庭住在一起。定居移民和一些小牧场主与山谷中的养牛大王展开了一场争夺牧场的战斗，后者正企图把他们赶出去。随着故事的进展，形势越来越糟，直到最后，原本试图保持中立的沙恩被迫站到了定居移民一边。养牛大王请来了另一位枪手。在小说的高潮部分，沙恩在枪战决斗中杀死了那个枪手以及养牛大王。做完了这些，他骑着马离开了小镇。

在许多方面，《沙恩》是部缺陷严重的小说，很大程度上是因为谢弗不能驾驭他故事中的虚拟世界。结果，即便在这样一个靠流血和暴力出彩的故事里，有些情节也不够真实。与此相连的是，谢弗通过一个小男孩的视角叙述故事。沙恩向小男孩传授一些陈腐的观念，从小说的上下文来看，这是没有必要的。这种说教并不局限于沙恩，因为小说的其他人物也总是不厌其烦地解释正在发生的事情。更恼人的缺陷是谢弗有时连自己都不能确定沙恩的象征意义。沙恩是个流浪者，这一身份是他这类人必然命运的象征，但当谢弗试图赋予他的人物以生命的时候，结果却是不幸的。沙恩不仅孤独，而且他还对自己不受法律约束的生活怀有某种愤世嫉俗的悲哀。小说强烈暗示，这种悲哀跟他的过去有关，那时，像他现在的对手一样，他也是个无所顾忌的枪手。谢弗试图用这个观点使其主人公与各种对手之间的冲突（他是突然陷入与他们的冲突中的）更有深度，但却没有成功。

然而，即使承认以上所有这些缺陷，《沙恩》还是有很多长处的。其中最大的就是小说没有按传统的手法构思，也没有过分依赖悬念。谢弗在这里避免了许多次要的西部作家落入的俗套。因为他清楚地知道，如果读者已经确知某某人物是"西部最快的枪手"，那么他就没有必要对谁将在不可避免的枪战决斗中获胜或失败这个问题感兴趣了，毫无疑问沙恩将赢得胜利，因为在小说描写的世界里没有其他人能够做到。沙恩本人就曾经说过"谁也没有必要对败给沙恩感到羞愧"，的确，小说的旨趣在于没有人能够逃脱被沙恩打败的命运。

这类小说描写的那场注定要发生、但结局已定的枪战决斗是吸引读者的重要手段。沙恩的故事所发生的西部小镇是个象征性的世界，在这个世界里，谢弗可以基本上像寓言般地展现他所关注的主旨。因为沙恩代表着上帝的旨意，行走在这个混乱、不断变化的世界中。小说开始的时候，善的力量（定居移民）完全受到恶的力量（养牛大王）的支配；沙恩的到来改变了整个局面，这不仅仅是给予弱小的一方一个枪手，而是象征性地肯定弱方必将获得胜利。

但是这类小说没有哪部经得起对其情节进行深入推敲。给这部小说以魅力的，是谢弗对沙恩的性格刻画，沙恩被描绘成一个不可知的人物，同时象征着孤独和力量。其他人物一直想查明沙恩到底是谁，这是故事中最令人瞩目的描写之一。他们发现的是他的特点。大家只知道他是个好枪手；当他在小说结尾策马而去的时候，一如他在小说开始驱马而来时那样神秘。镇上的人试图探明他的身份，但没有成功；确实，想要探明这样一个寓言般的人物，任何人都不会成功。因为天意本身对人来说是不可知的，只有通过它在这个世界上的行动才能了解它。沙恩的极端神秘性通过故事叙述者小男孩之口得到肯定。作为故事的尾声，小男孩讲述了一直弥漫于小镇的关于沙恩身份的谣言。他似乎比任何人都更了解沙恩，"他是这样的一个人，从充满阳光的大西部的心脏地带骑着马来到我们的小山谷；做完了该做的，他又骑着马回到原来的地方。他，就是沙恩"。

沙恩性格中的另一个方面也应该提及，这便是他的孤独，这是许多其他西部小说主人公都具有的特点，不管他们是不是对手。在这部小说中，沙恩的孤独也有寓言性质。沙恩不与社会联系，而且也不与任何其他什么东西联系；他统治社会，作为枪手，他无人能比的能耐和他习惯于独断独行，都是寓言人物的特点；寓言人物排斥社会的弊病和虚伪，并能够超越于它们之外。

谢弗对两个枪手间冲突的展现，绝没有穷尽受雇枪手这一题材的种种可能性。虽然任何描述两个枪手间冲突的小说，似乎必须以类似于《沙恩》的方式展开。也就是说，为了使作品有意义，必须用某种寓言的形式构思故事，把两个人物描写成对立道德观的典型代表。但是，当两个枪手的特点集中在一个人物身上的时候，一种不同类型的故事就产生了，比如尤金·曼勒夫·罗兹的《在沙漠那边》（1914）。

《在沙漠那边》讲的是麦格雷戈的故事。开始，麦格雷戈抢劫了一家银行，正在摆脱追捕。成功逃脱后，他遇上一个叫作克莱·芒迪的牧场主，后者答应庇护他，条件是他要在一场争夺牧场的斗争中帮助自己。随着故事的进展，麦格雷戈遇见了芒迪的一个对手的女儿，她与芒迪相爱。麦格雷戈发现两人偷偷地见面，他希望他们能结成眷属。但具有讽刺意味的是，芒迪并非真心要与姑娘结婚，而是希望通过毁坏她的名誉伤害他的对手。麦格雷戈发现芒迪的计划后，拿证据和他当面对质。芒迪拒绝和姑娘成婚。在接下来的枪战中，两个男人都被杀死了。

《在沙漠那边》的深刻性在于，罗兹用反讽的手法处理一些上文探讨过的西部小说的主题。故事首先表现的是麦格雷戈这个出卖枪术，但不出卖良心的枪手所有的道德冲突。在故事的高潮处，他必须在对芒迪的个人义务——芒迪曾经救了他的性命而且他也答应为其工作和履行更高的道德准则之间作出选择。不过，故事反讽的力量，并不是主要来自于麦格雷戈性格中两种忠诚的冲突所反映出的令人伤感的描写；对此，罗兹相对来说并不在意。因为故事的讽刺意味比这个更深刻；它存在于这样一点，即麦格雷戈必须彻底考虑他（其他许多西部小说主人公也是如此）所接受的传统道德准则的含义。

像其他西部小说的主人公一样，麦格雷戈立于法律之外，并对此深感自豪。如同他的许多同行，他认为至少有证据可以推定，在像他这样藐视社会羁绊、不受其约束的人中，最容易发现美德。因此，他认为克莱·芒迪是个道德健全的人，结果却发现根本不是这么回事。麦格雷戈是个"思考者"，而且他作为枪手的本领来源于他领会事物的能力，而不仅仅是擅长使用左轮手枪。他的全面考虑事物的能力使他发现自己道德准则的局限性，因为他必须解释的"事实"，反映出他的道德前提站不住脚。他的死亡是一种俗套。罗兹以此结束他的故事，而不留下任何尾巴。同时，这也以更深刻的方式说明，麦格雷戈的道德标准不足以解释西部世界中不义的事实。

# 第三节　西部英雄——牛仔

## 一、威斯特创作的牛仔形象

欧文·威斯特1860年生于费城一个煊赫的贵族家庭。从哈佛大学毕业后，他在费城当过律师。由于身体欠佳，根据医生的建议，他曾几次去怀俄明避暑，恢复了健康。他熟悉西部地区的生活。他是一个敏锐的观察家和有才气的小说家。他从边疆生活中吸取了写作素材，从牛仔身上获得了创作灵感。他在谈到之所以要写牛仔的时候曾说，"他们身上有某种东西震动着我作为一个美国人的心，甚至一想到他们就会震动，我从来没有忘记这一点，只要我活着，就永远忘不了。在这些人的肉体中涌动着我们民族的激情；而在他们的精神中则隐藏着一种真正崇高的气质，这种崇高的气质出人意料地迸发出光芒时，他们的形象往往会充满着英雄的气度"。他的第一批描写牛仔的西部小说如《红种人和白种人》（1896）与《林·麦克林恩》（1897）在杂志上发表后，引起了广泛的注意。他在这些小说中描绘了不同类型的牛仔，以表现他们在生活中表现出来的种种美德。到了1900年，他的文学地位已相当于20年代的库珀了。也许"牛仔"的塑造是导致西部小说模式化的最重要"文化事件"。虽然早在1890年以前就有人注意到了牛仔形象，并且把围绕牛仔生活的题材写进了小说，但必须承认，直到

20 世纪 90 年代威斯特的小说和弗雷德里克·雷明顿的插图，才使牛仔具有今天的形象。

在欧文·威斯特的作品中，最容易看到西部小说主人公对世界更具有洞察力这一特点，因为威斯特西部小说的主要兴趣，是展现比其他人更能深刻领会事物内涵的牛仔。他唯一的不很成功的短篇小说《林·麦克林恩如何去东部》（1892），是他给牛仔本质下定义的首次尝试；从此，在他余下的创作生涯里，威斯特一次又一次地把西部小说主人公的特点定义为深刻解释生活事实的能力。他的《林·麦克林恩》由许多包含趣闻轶事的短篇小说组成；实际上，它们构成了某种关于西部主人公的成长小说。在《林·麦克林恩》的开篇，林被刻画成一个讨人喜爱的年轻人，他正在变成一无是处的流浪汉。小说的第一个故事，其实就是早期的《林·麦克林恩如何去了东部》的改写本，以隐喻的手法为此后的内容作了铺垫。故事详细叙述了林有趣的尝试：他想去东部看望在马萨诸塞州的哥哥，看看记忆中快乐童年的场景。一开始，他在赌博中输光了钱，接着结交了一个老人，并和他一起去淘金（未成功）。然后在整个西部游荡，最后又在赌博中赢了一匹快马，骑着这匹马，带着赢来的钱，他回到了东部。这个故事讲述的是林"如何"去了东部，威斯特着眼于故事情节的仔细周详。从小说一开篇麦克林恩做任何事情都缺乏目的性，到麦克林恩对目的性的发现与其对生活见解力的发现同时并行。由于没有更好的事可做，他几乎不自觉地陷入一桩不幸的婚姻；为了摆脱这场婚姻，他在去丹佛的路上和一个流浪街头的小淘气结下了友谊；最终和一个姑娘喜结良缘。这个姑娘和他的第一个妻子不一样，尽管如此，却非常适合他。麦克林恩发现了恋人表面吸引人和自己对之真正称心如意之间的差别，这一发现象征着要透过现象看本质，他应付现实生活的能力在不断增强。

《林·麦克林恩》不是特别成功的小说，很大程度上是因为威斯特未能将构成小说的各种故事融合为有机的整体，结果小说的情节过于散乱，不能形成总体的效果。也许更重要的原因是，小说浪漫主义的情节和麦克林恩作为西部主人公的身份之间没有多少联系。小说中的爱情故事是被许多伤感小说用滥了的俗套：它涉两个女人，其中一个妖媚却邪恶，另一个不太动人但心地善良，主人公必须在两者间取舍。威斯特只不过是把起居室变成西部平原罢了。然而他的兴趣是显而易见的，麦克林恩透过事物的表象去理解它们的含义，并以此探索对生活的驾驭，这成了威斯特以后西部小说主人公思考的中心内容。

比林·麦克林恩更成功的主人公是威斯特的西皮奥·莱莫恩，他是小说《弗吉尼亚人》（1902）中弗吉尼亚人的朋友和知己，在其他一些短篇中则是独立的主人公。和弗吉尼亚人一样，西皮奥能够看透事物的表面现象，行动迂回间接。也许在短篇小说《喜牙》(1897)中他的构思最佳。这是一则含义不太深奥的轶事，但十分有趣，因为它刻画了典型的西部主人公的洞察力。故事描写了在印第安人居留地上两个相互竞争的店主之间的冲突。两人中一个名叫"喜牙"，是个能在店堂里表演的魔术师，喜欢变各种戏法使旁观者惊愕不已，结束表演的时候爱伸出舌头，舌头上面是他的假牙。另外一个人是西皮奥的朋友，他没法和喜牙的政治影响相争，因为喜牙在印第安人事务官署有朋友支持他经营店铺的投机行为，他的商店因此遭到了损失。故事的高潮出现在西皮奥说服喜牙为印第安人顾客表演魔术，以便吸引他们。这看上去是个好主意，喜牙自然就做了表演。但西皮奥并没有提到印第安人迷信地恐惧魔术这个事实。结果，魔术表演结束时，印第安人仓皇逃离商店，而且，他们当中谁也不会再次光顾了。

显然，故事的目的是表现西皮奥巧设陷阱诱骗对手的高人一筹的计谋。即便用"魔术"这个隐喻来界定西皮奥的对手，也颇具讽刺意味，因为故事中真正的魔术师不是喜牙，而是西皮奥，后者的见识使他能够驾驭世界。在这个世界上，他的对手本以为自己完全游刃有余。

但毫无疑问，威斯特对牛仔主人公最成功的描写当属《弗吉尼亚人》，这是他的代表作，也是他的唯一一部至今还广为人知的小说。为什么这部小说能这样受到人们的欢迎？通常的回答是威斯特的主角是个标准的牛仔，是个强壮有力、不声不响的实干家，是个"从木屋到白宫"神话类型的牛仔，是个象征性的民间英雄。他之所以能够成功是出于本人的品德，而不是来自阶级或家庭的遗产。这部小说把美国东西部进行了对比，刻画了一个西部典型人物——弗吉尼亚人。自这部小说问世以后，西部小说再也不是原来的那种西部小说了。这部小说在西部小说史中起着承上启下的作用，不仅具有原来西部小说的情节、冒险、罗曼史、善恶冲突等标准要素，而且还贯穿着一种20世纪初人们对西部的怀旧情绪。从头至尾宛如一曲哀婉动人的歌。威斯特认为西部是一个（也许是最后一个）竞技场，他既为西部的豪放坦率、富于挑战性的色彩所吸引，也暗示了人们在争夺土地、马匹和人事纠纷中变得残忍和冷漠。在这部小说中，有着重要意义的是女教师把文化带到了西部，而弗吉尼亚人和女教师的结合则隐喻着西部和东部的结合、乡村和城镇的结合、自然和文明的结合，预示着美国的未来。另外，这部小说结尾的处理，又几乎是西部传统小说故事的典范，尽管男主人公身受重伤，但大团圆的结尾，使读者觉得心满意足。

弗吉尼亚人在很多方面是大多数后来西部小说主人公的鼻祖，因此威斯特的这部小说值得仔细研究。小说的名字就是故事主人公的绰号，这一点很重要，因为《弗吉尼亚人》故事的发展没有按照惯用的情节手法，威斯特始终以微妙的例子使读者注意他的主人公如何看穿并解决问题的能力。因而故事的真正主题是弗吉尼亚人的性格特征，而非构成故事情节的五花八门的奇异经历。读者被要求去考察主人公的性格，而不是迷失于充斥全书的各式各样的行为之中。威斯特作为叙述者，用第一人称的叙事角度，将读者的感知融入到小说的涵义中去。这是威斯特最喜爱的方式，虽然运用起来并不总是成功，但在《弗吉尼亚人》中却很奏效，因为读者对弗吉尼亚人复杂性格的认识，始终处于叙述者的指导之下。叙述者本人在故事之初就是来自东部的城里人，随着故事的发展，逐步加深了对西部以及西部主人公性格的了解。

我们最初看到弗吉尼亚人，是通过一系列突出他娴熟的西部侠客本领的精彩描写。对这些本领，威斯特和我们都不甚了了。我们首先发现他用绳索套住一匹任何人都不能施以套索的马。他的马术象征着他在其他活动领域中的本领，在这些领域，弗吉尼亚人是个专家，威斯特则是个生手。小说开始时的场景还描写到威斯特不能理解西部生活的现实，因为他的行李箱不见了，他便向弗吉尼亚人建议说——后者被雇主派到城里来接威斯特去牧场——他们可以先驱车去牧场，第二天早上再回城里找行李箱。以东部人的观点看，这是个完全合理的建议，但是威斯特没有意识到，从城里到亨利法官的牧场有 263 英里的路程。

在麦迪辛鲍镇上发生的其他事情，强化了威斯特和弗吉尼亚人的对比。威斯特无法理解，为什么弗吉尼亚人对自己的友好表示无动于衷，而在另一方面，却能够容忍老朋友史蒂夫称他为"婊子养的"。但当他发现弗吉尼亚人有能力驾驭周围世界的时候，威斯特对他肃然起敬，因为这个世界的运行法则，在威斯特看来是完全神秘的。有两个事件预示着弗吉尼亚人以后在小说中的角色，它们反映了他对这个奇怪的西部世界的深邃"洞察力"。

第一个事件是场恶作剧。弗吉尼亚人成功地使一个想和他分享床铺的旅行推销员相信，他有时会做噩梦，如果从梦中醒来，有可能变得狂暴。弗吉尼亚人此前曾和朋友史蒂夫打赌，说他能够做到独享一张床——麦迪辛鲍镇的住宿情况很紧张，客人们只好合睡一张床——他智胜可怜的推销员，这不仅使他赢得了打赌，也突出了他驾驭事物的能力。

尽管这场恶作剧既不特别幽默，也不是什么精妙的杰作，但威斯特把它写进小说的目的很清楚，因为在整部小说中，弗吉尼亚人都能因其善于看清事物本质而获得成功。而衡量他洞察力的依据，往往是他在讲鬼话和恶作剧方面的能力。

在麦迪辛鲍镇发生的第二个事件，即弗吉尼亚人和当地饭店老板娘之间的调情，对小说后来的发展很重要。在这里，弗吉尼亚人的成功又一次和来自东部的推销员形成鲜明的对比，尽管威斯特说"无礼行为悄然潜伏在她的周围"。那些推销员中没有人能够引起漂亮店主的同情。然而，弗吉尼亚人却能在别人失败的地方获得成功。他在调情方面的能力，也预示了他将赢得小说女主人公莫莉·斯塔克的芳心，对她，其他人则都失败而归。

这些例子说明弗吉尼亚人总能够取得成功，而他在麦迪辛鲍镇参加的一次扑克牌游戏则是表现他能耐的集中体现。他的对手是特雷珀斯；此人是小说中后来的坏蛋，战胜他很不容易。特雷珀斯多次贬称弗吉尼亚人为"业余选手"，想激怒他，但弗吉尼亚人没有失去冷静。可是，当特雷珀斯试图催促弗吉尼亚人下注以便一举取胜的时候——"该你下了"，他说道，弗吉尼亚人掏出手枪，用西部小说中最有名的一句话回答道："你这样称呼我的时候，要面带微笑！"

这些短小精悍的文字，虽然很出名，却没有引起批评界足够的重视。首先，弗吉尼亚人玩扑克，而不是法罗牌或双骰子，或任何其他西部常见的游戏，这一点就很重要。因为，扑克是种奇特的游戏，获胜不仅仅取决于手中的牌，而且取决于对大量相对来说无法估计的因素的判断，其中最重要的是了解对手的行为方式。小说中扑克是种"虚张声势"的游戏，什么人有什么牌这些"事实"都隐藏在那张"不动声色的脸"误导人的外表之下。光有好牌并不能保证在扑克牌游戏中获胜。

通过威斯特的拓展，扑克牌游戏成为人们所处世界的象征；在这里，事实因其骗人的外表而难以估摸。和扑克牌游戏一样，世界也是"虚张声势"的游戏，只有具备洞察力的人才能在两个游戏中做得最好。意味深长的是，弗吉尼亚人不相信运气一说，虽然他在谈情说爱和打牌方面都很成功，而在这两个领域运气通常被认为起着重要的作用。

因此，在小说开头发生在麦迪辛鲍镇的几场戏里，威斯特展示了一系列显然不相关的事件。所有这些事件都反映了弗吉尼亚人对他身边世界的非凡洞察力，并强烈地暗示，这一非凡洞察力极大地赋予了他对世界的掌控能力；小说剩下的部分则向读者展示了弗吉尼亚人这种掌控能力的程度。

弗吉尼亚人的非凡洞察力在故事中最成功的展现，是他和特雷珀斯之间持续的不和。两人最终的智力决斗，则结合了小说开始时在麦迪辛鲍镇确立的恶作剧和虚张声势的游戏这两个题材。在书中，特雷珀斯和弗吉尼亚人一同到亨利法官的牧场干活儿。有一次，亨利法官派一队人运送一列火车的牛到芝加哥的牲畜围场，由弗吉尼亚人临时负责。弗吉尼亚人还应该把这一队人毫发无损地带回亨利法官的牧场，以免牧场上人手紧张，执行这项任务本是例行公事，可是在回去的路上这一队人听说新发现了一个高产金矿，特雷珀斯企图使他们抛弃亨利法官，跟着他去矿场。一场争夺领导权的斗争发生了，其形式是特雷珀斯和弗吉尼亚人讲述奇闻怪谈的竞赛。持有不同意见的那一帮人成功地搞臭了弗吉尼亚人。方法是给弗吉尼亚人的朋友威斯特讲一个怪诞的故事，使他信以为真。特雷珀斯非常得意，他给弗吉尼亚人讲了另一个故事，结束的时候说道："你和贵族们靠得太近乎了了。"

哗变者计划在一个车站下火车去金矿，但是，就在进站前，有座桥被冲垮了。弗吉尼亚人便在这里开始了行动。他讲了一个关于以前图拉尔跳蛙牧场的故事，讲得真的很精彩。据他说，图拉尔曾经靠为东部的饭店饲养上等跳蛙赚了很多钱。他成功地诱使哗变者们去思考跳蛙和金子到底哪个更来钱，接着又通过讲述跳蛙业是如何消亡的，使他们希望破灭。他说，图拉尔的跳蛙牧场主跟两个东部大买家开了个很轻率的玩笑，后者为了报复竟毁掉了整个市场。正如弗吉尼亚人绘声绘色描述的那样，他们"把跳蛙排除在时尚的名单之外"，"第五大街上的银行家们，只要有另外的银行家看着自己，是绝不会碰跳蛙的"。

当然整个故事是彻头彻尾的杜撰；在图拉尔从来就不曾有过跳蛙业，但弗吉尼亚人的故事赢得了智力决斗的胜利，原来的哗变者向他表示了效忠。他们跟着他，忘掉了和特雷珀斯一起下火车去金矿的想法。"跳蛙死了，特雷珀斯"，弗吉尼亚人这样收尾，"你也死了"。

特雷珀斯和弗吉尼亚人的智力决斗中最有意思的是。两人的真正冲突一直都不十分明确。双方都是间接地努力赢得哗变者的忠心；他们的斗争，就像起初的扑克牌比赛，变为一场"虚张声势"的战斗。用扑克牌的隐喻来说，特雷珀斯两次都犯了同样的错误；他接受弗吉尼亚人的挑战，却不知道对方有一手好牌。弗吉尼亚人在两次比赛中都明白特雷珀斯的弱点，以相似的手段赢得了两次比赛，他假装自己的牌不好，从而诱使特雷珀斯跟自己"叫板"。

目睹这场虚张声势的比赛的人，可以分为具有洞察力的和不能看到本质的两类。比赛是为哗变的牛仔们上演的，他们理解在表面下到底发生了什么；在抛锚的火车旁游荡的印第安人虽然对发生的事情一无所知，但很快就意识到弗吉尼亚人是个"了不起的人"，而且在一个乘客和他的妻子之间还展开了一场精彩的对话。这个乘客觉察到情况危急，他让人叫来他的妻子，要她听故事。她到场的时候，弗吉尼亚人正在哄骗那帮哗变的人，对此她无动于衷。

"嗨，乔治，"她说，"他只是在骗他们，那些鬼话全是他胡编乱造的。"

"是的，亲爱的，他做的正是这个。"

"我说，我不明白为什么你认为我会喜欢这个。我觉得我该回去了。"

"最好还是听完，黛茜。这可胜过黄石公园的喷泉，或其他任何我们可能在那儿看到的东西。"

"如果是这样，我倒希望我们当初像往常一样去了巴哈伯。"这个妇人说完就回到了她的普尔门式卧铺车。

这个好心的妇人希望这会儿她在巴哈伯。从她的话里，我们注意到典型的城里人理解力的缺乏，也就是说，城里人不能够或者不会看透西部生活的实质。西部的道德风景，正如她丈夫间接告诉她的，比黄石公园里的旧费思富尔泉更有意思。

这个观点后来又一次得到阐释。当时威斯特正在亨利法官的牧场上向法官和其他客人讲述这个故事，客人中有个令人讨厌的巡游牧师，名叫麦克布莱德博士。法官和多数客人不仅觉得故事有趣，而且对弗吉尼亚人的精明赞不绝口。麦克布莱德博士却不这样，他傲慢地说："这些牛仔想叛乱，却因为发现自己的撒谎能力不及他们计划罢黜的人而放弃了努力，我难道会相信这个吗?"在某个层面上，这些话是对事情真相的绝好描述。但是，麦克布莱德博士发表评论时的口吻表明他缺失理解力，东部人刚到西部的时候都有这个缺憾。就像普尔门式卧铺车里的那个妇人，不明白正在发生的事情意味着什么；而且，和初来乍到、搞不清为什么弗吉尼亚人容忍史蒂夫称其为"婊子养的"的威斯特一样，麦克布莱德博士认为整个事情的来龙去脉值得怀疑，并对此困惑不解。莫莉·斯塔克，即弗吉尼亚人后来娶作妻子的那个姑娘，更能理解弗吉尼亚人行为背后的动机。"乔治·华盛顿并不是不会撒谎"，她告诉麦克布莱德博士，"他只是不想罢了。我敢肯定，如果他愿意，他能编出比康沃利斯更棒的谎话"。

以上例子绝没有穷尽威斯特用以表现弗吉尼亚人非凡洞见的各种手法，这种洞见使弗吉尼亚人能够应付任何场面，拿威斯特的话说，"我所注意到的唯一一种应付事情的能力"。以上例子已经充分表明威斯特对弗吉尼亚人非凡洞见的看法。不过，最后我们不妨看一看小说里有一处弗吉尼亚人自己对洞察力的解释。当时，他正和威斯特讨论小说中另一个叫作"矮子"的人物；此君永远做不成事情，他和弗吉尼亚人形成了鲜明的对比。在整部书里，随着弗吉尼亚人不断成功，矮子的运气却持续下落，终于为特雷珀斯所控制，直至最后因缺乏理解力而遭特雷珀斯谋杀。弗吉尼亚人这样说到他：

在东部，你可以平平常常地过日子。但假如你想在这西部的乡间尝试某件事，你得把它做好。倘若你宣称枪玩得快，你就得真的快，因为你成了公众的目标，有人禁不住想证明他比你更快。在这西部的乡野，你得很好地打破所有的戒律。"矮子"本应该待在布鲁克林，因为在他一生的日子里，他只能是个新手。

在弗吉尼亚人的话里，我们注意到我们上述提到的关于能力和洞察力的观点被融合了起来。"矮子"不能够理解自己和他行走其中的世界的本质，这一点也反映在他缺乏做事的能力上。他是个永远的"新手"，即他被剥夺了学习的能力。在西部小说象征性的环境中，"矮子"这样的人注定要遇到不幸。长不大的新手在这样的西部没有生存之地：他要么学会了解西部的价值（就像威斯特在小说中做到的那样），要么回到东部，在那里他的洞察力不会受到考验；要么被他所在的西部环境所击败，没有其他的选择余地。

## 二、西部小说中的牛仔侦探

对世界的洞察力在威斯特的眼里是西部小说主人公最重要的能力；对其他许多虚构的西部人物而言，它也是基本的素质。从根本上说，这些西部人物是具有洞察力的人，他们的成功取决于他们具有比对手更深入把握环境意义的能力。西部主人公性格的这一特点，在与典型的侦探故事十分相近的那些西部小说中表现得最为明显。牛仔侦探，无论是偶然的还是职业的，必须侦破某个罪行或揭开某个谜团，因此，他和传统的侦探有基本的相似之处。如同传统的牛仔主人公，侦探必须能够解释看起来毫无意义的事实，而且必须能够理解费解的或迷惑人的现象背后的原因。最后，像侦探一样，牛仔的成功靠的是他高超的观察能力，无论他的观察对象是他的同伴（比如威斯特笔下的弗吉尼亚人由于理解对手的可能行为而赢得扑克牌比赛），还是外部世界所提供的"线索"。

弗雷德里克·希勒·乔斯特所著的《德斯特里重跨坐骑》（1930），是最有趣的类似侦探故事的西部小说之一。小说中哈里森·德斯特里是怀姆镇本地的一个诸事不成的人，因为一桩与他无关的罪行，被十二个好心和诚实的人判定有罪，锒铛入狱。他之所以被认定有罪，主要是因为他的名声不好，并不是真的有什么证据；陪审团心照不宣地认为在怀姆镇上，其他人不可能犯下如此罪行，德斯特里就自然被判有罪了。出狱后，德斯特里对那些把他投入监狱的人发动了仇杀，决心把他们一个个找出来杀掉。开始时，德斯特里一心只想着向冤枉自己的人实施报复，但他报复的范围逐步变宽，既包括对陪审团进行惩罚，也包括寻找真正的罪犯。原来，真正的罪犯竟是他在小说中自始至终都绝对信任的朋友切斯特·本特。

　　显然，从以上粗略的概要可以看出，《德斯特里重跨坐骑》的故事情节，非常接近传统的侦探小说。遭受不白之冤的人努力澄清自己，在此过程中必然发现使自己充当替罪羊的真正元凶，这是侦探文学中十分类似的特点。《德斯特里重跨坐骑》的主要缺点，也是低劣侦探小说的缺点。因为德斯特里并不是在自己调查的基础上发现他寻找的坏蛋竟是自己的朋友，而是一个和他友好的男孩告诉了他真相。至此，读者会怀疑，倘若全凭他自己，德斯特里是否还会继续被切斯特蒙骗。

　　总之，福斯特对德斯特里性格构思的真正缺陷，在于他没有把主人公刻画成有见识的人。威斯特的弗吉尼亚人（更确切地说，任何虚构得好的侦探）应该能够发现切斯特的罪行，而毋须别人的指点。德斯特里几乎引不起读者的兴趣，尽管这不是福斯特的本意。和弗吉尼亚人一样，德斯特里在传统小说中所描写的放牧本领很有一手。他精通马术，是个机智大胆的亡命之徒，并且擅长使用武器。但所有这些本领都没什么意义，它们并不代表对事物内涵的深刻领悟。

　　比《德斯特里重跨坐骑》更为成功的西部侦探故事当属弗雷德里克·D·格利登（卢克·肖特）的小说《西部兵站》（1947）。小说的主人公是位陆军中尉，他要查明是谁从政府军需列车上偷走了七十套制服。这件事很蹊跷，但似乎并不太重要；然而，当我们发现驻扎在故事发生地矿区小镇南关城的军队正为镇上居民保护金子（金子没有被运出，因为担心被盗）的时候，偷盗制服的罪行就显得严重了。兵站本来就人员不足，又有人散布各种谣言，佯称出了事端，为此驻军必须调查，从而力量进一步削弱。显然，罪行的主谋，不管他是谁，正在静候时机，一等守军分散到乡村各处进行无谓的巡查，便让他的人穿上偷来的制服，突袭兵力薄弱的营房，盗走金子。谁也不知道犯罪主谋是何许人，而且时间不断流逝，使得哈文中尉的工作越发复杂，大家担心的抢劫随时都有可能发生。

　　和《德斯特里重跨坐骑》不同，《西部兵站》所描写的世界显然由"局外人"和"内部人"构成。隐匿身份的哈文中尉必须查出偷盗制服的元凶，并深入他的组织。哈文以典型的方式着手此事。意识到在南关城镇罪犯圈子的外围打探，不可能有什么发现，哈文把当地的一个地痞狠揍了一顿，由此获得危险分子的名声。结果，镇上的大亨谨慎地和他接近，雇他经营驿车运输公司。哈文成功地运用与南关城镇"内部"世界建立起来的微弱关系，慢慢深入到他的老板的组织中去，最终发现了藏匿制服的地方。随即，这些制服被军方收回。

　　像典型的侦探一样，哈文解开谜团的能力来源于他看穿事物表象的禀赋。但是，他身上更明确的西部特征，多少使他有别于一般的私人侦探。类似于传统侦探。他能够在思维和智慧上胜过对手，善于分析线索，具有全面观察的能力。但他以不同的方式表现这些本领，因为他透过世界表面现象洞察本质的隐喻与其侦探的职业没有具体的联系。他擅长打斗，驾车技术娴熟，精于顺藤摸瓜，而且了解动物，深知讹诈的特性。尽管这些素质为他的破案起到了不可估量的帮助作用，但它们全不是侦探职业所要求的。实际上，哈文并没有选择去做职业或业余的侦探；他是个部队军官，被派出去执行任务，这个任务在《西部兵站》一书中包含了侦探的工作。显然，核心问题是传统的侦探被看作这样的一个人：他的职业要求他能够在别人困惑不解的神秘事实背后找出真相；相反，西部主人公被认为是这样的一个人：他能够理解潜伏在混乱的事实背后的真正意义，如果需要的话，这种能力会使他成功地扮演侦探的角色。

权衡事实、探明其内在含义的能力也是尤金·曼洛夫·罗兹塑造的许多西部主人公的本质特征。他无疑是西部小说传统中最好的作家之一。罗兹本人就是牛仔，作为这类为数不多的西部作家，他有资格以第一手的材料描写"原汁原味的西部"，同时又能超越这类作品中千篇一律的奇闻趣事。学术界对他的赞扬有两次，并附有详尽的书目，他是唯一获此殊荣的西部作家。他的崇拜者经常对他不乏赞美之辞，但大体上他们的观点是公允的，因为罗兹的作品比一般华而不实的西部小说不知要高明多少，尽管他本人也是替花哨杂志撰稿的作家。

但罗兹的许多作品也有明显不足。通常，在执着于"华而不实"的写作而被捆住了手脚的时候，他会是最让人迷恋的作家之一。可是，令人讨厌的巧合，损害了他的短篇小说，总是有人碰巧当场听到坏蛋们在周密、详细地策划犯罪。有时，过分明显的漏洞，毁掉了本应是小说中非常动人的时刻。《我不再爱面子》（1946）就是这样的一个例子。故事取材于罗兹本人的经历，说的是一个牧场主拒绝向需要补充马匹的英国骑兵部队出售多余的马，因为他不愿意支持英国人对波尔人发动的战争。故事结尾时，牧场主和前来买马的英军少校先是一场搏击，然后互相握手言和，表示没有怀恨在心。这个结尾糟蹋了整个故事，甚至罗兹精心设计的对话也蜕变成花哨杂志的热心读者所欣赏的无聊小聪明手段。不过，在罗兹状态最佳的时候，这些缺点仅仅是细节上的，它们虽然有损，但并不会毁掉其小说的真正质量。

作为一个西部作家，罗兹最大的强项在于对西部侠客的充分展示；在大多数长篇小说和短篇小说中，他考虑的是如何说明这些主人公的性格。《真好人》（1910）是其中比较有趣的一部，尽管可以肯定不是最好的。杰夫·布兰斯福特

（跟罗兹的许多主人公一样，他出现在几部作品里）卷入了一起枪战，被当地的一个政客和一个名叫索普法官的前州议员俘虏。索普策划了对得克萨斯骑警队查尔斯·蒂洛森上尉的暗杀，却被布兰斯福特的偶然到场搅了局。不过，索普是个有计谋的人，他把受伤的布兰斯福特绑架为人质，好使蒂洛森以谋杀罪受到起诉，因为有个刺客在枪战中被杀，布兰斯福特是唯一的证人。索普的计划是把布兰斯福特单独监禁起来，等蒂洛森被判犯有谋杀罪并被处死，再放他出来。布兰斯福特在被绑架之前一直自学打字，关押中的他答应，只要索普给他弄一台打字机，他就保持沉默；他还要求准许给妻子写信。索普同意了这两个请求，条件是布兰斯福特要把信交给他审查。布兰斯福特就给妻子写了封又长又复杂的信，叙述了自己在旧墨西哥的经历。信经过索普的审查，按时寄了出去。但这封寄给布兰斯福特妻子的信却被他的朋友得到了，因为布兰斯福特根本就没结过婚——这个细节他没有告诉索普法官。这个聪明的计策引起了布兰斯福特的朋友们的警觉，他们从看似无关痛痒的信中所包含的线索推断出布兰斯福特正被羁押在某个叫作朱雷兹的地方。根据这一判断，他们展开搜寻，并通过在当地报纸的寻人启事栏里刊登令人费解的告示，让他知道他们的计划。报纸是索普法官出于体谅提供给他的。故事余下的部分讲述搜寻的进展，以布兰斯福特获救结束，此后索普法官被抓获并移交司法机关，而蒂洛森上尉则被无罪释放。

正如以上概述所表明的，《真好人》十分接近于典型的侦探故事，即侦探思考藏在某个难解线索背后的推理故事里。最有兴味的是布兰斯福特寄给朋友并被成功解读的谜一样的信。布兰斯福特和他的朋友都能用他们自己理解，但敌人不知的语言进行交流；在他们的通信中，他们靠充满暗示的语言传递信息，而他们的对手浑然不知。小说的隐喻结构，在索普法官阅读布兰斯福特精心构思的信那一幕里得到集中体现。按信的表面意思，索普什么也读不到；他以为信是按自己的指示写成的，却不知整篇文字是精心推理下的密码演绎。

总的来看，罗兹的短篇小说具有明显的侦探故事的风格。但是通常，就像在这部小说里，罗兹首先关心的不仅仅是发现某个具体事件背后的"真相"。布兰斯福特的朋友们不仅破译了信，而且根据得到的信息采取行动，以便把布兰斯福特拯救出来。从这个意义上说，他们代表了西部主人公性格中另一个相关的方面，即在根本上他被认为是个占据主动的人。他对身边世界本质的洞察并没有使他陷于绝望。他看到了什么必须得做，接着就真的做了；他知道他所做的是正确的，因为他对事实的理解比任何别人都要多。

牛仔主人公既有洞察力又善于行动这一事实，使他有点不相信天分较差的人的行事方式。因为他相信，比起用普通人惯用的方法，靠他自己的力量，他能更好地解决问题。意味深长的是，布兰斯福特的朋友们从未想到请警察或者局外人帮忙，因为这些人只会把事情办糟。布兰斯福特的朋友们受不了制约，他们要超出法律之外行动，这就是问题的核心所在。因为如果一个人通过对事物本质的深入了解，知道了该采取什么行动，他就应按照自己的意志行事，而不去理会合法性或成见所要求的方式。德斯特里没有采取合法的行动，对付不公正地判决他有罪的十二个好心和诚实的人，他只相信他的六发左轮手枪和他对真相的了解。一个人要是知道了真相，为什么还要费心去使用常规的求证方式呢？

在这里，牛仔主人公反映了整个美国社会关心的另一个问题，即个人必须在某些情形下准备超越常规独立行事。比这个更重要的是，人们应该服从个人的良心，而不是服从任何社会共识。哈里森·德斯特里决定用考特法官虽然不合常规但很有效的正义法则解决问题，这与梭罗为非暴力反抗辩护所作的雄辩并非没有关系；即便在西部小说中这种思想也不是完全新颖的。如在《拓荒者》中，坦普尔法官将纳蒂·邦波投入大牢，但是坦普尔顿富有同情心的居民却纵容他越狱逃脱。

在《德斯特里重跨坐骑》和《真好人》中都不难发现，受人尊敬的市民并不是他们表面看起来的那样。如在《真好人》里，罗兹笔下的坏蛋非常老道地用可敬的外表掩饰他的劣迹。为了做个成功的坏蛋，索普法官必须在自己的周围布下陷阱。坏蛋几乎和主人公同样深刻地看清了事物的实质；和主人公一样，他能够运用自己的理解力操纵身边的世界。西部小说中这种主人公和坏蛋之间的相似导致他们相互尊重（或者至少是相互羡慕）对方的能力。这不适用于德里特斯，他显然是切斯特·本特愚弄的对象，但布兰斯福特和索普法官的关系属于这种情况，两人的相互赞美几乎到了令人作呕的程度。哈文中尉也是这样，居然想出如此聪明的办法盗窃别人的金子，他公开地对此表示钦佩。

确实，在西部小说中，令人悲哀的往往不是罪大恶极的坏蛋，而是罪行轻微的罪犯、小骗子以及上当受骗的人。我们马上就会想到《弗吉尼亚人》中的"矮子"，一个既不能行大善，又不能作大恶的人。在小说所展现的世界中，他到处遭人鄙视；一个永远长不大的新手在西部小说中几乎得不到读者同情。

更明显的例子可以从《西部兵站》中一个名叫马克·布利斯托的次要人物的命运中看到。小说开篇时，他欠了坏蛋索尔·普林斯一万两千美元，有意思的是，他永远在赌桌上输钱。在哈文中尉试图查明被盗制服藏匿之地这一情节的衬托下，格利登对布利斯托还债的疯狂努力进行了嘲讽。布利斯托是哈文的陪衬，就像"矮子"是弗吉尼亚人的衬托一样,他的低能使他与成功的主人公形成对比。在《西部兵站》全书中,布利斯托都试图弄到钱,但总以失败告终。他企图敲诈普林斯,却没有成功;最后,绝望之下,他筹划让哈文和铁匠在当地驻军兵站里进行一场拳击比赛。哈文最有可能获胜,他却叫哈文故意输掉比赛,这样就可以赚上一大笔钱,因为他把赌注压在铁匠获胜上。虽然比赛根本就没有举行,但哈文不想故意认输;普林斯听说布利斯托的诡计后,也把赌注压在铁匠的身上,并且通过降低赔率,毁掉了布利斯托的计划。弗吉尼亚人评价"矮子"时所说的"假如你想在这西部的乡间尝试某件事,你得把它做好"同样适用于布利斯托。

西部社会中最可鄙(虽然肯定不是最邪恶)的成员不是坏蛋,而是容易上当受骗的人,这个观点是城里人题材的一个衍生物。一般来说,城里人是个无知的人,很容易成为肆无忌惮的家伙的牺牲品。在欧文·威斯特最好的短篇小说之一,也是鲜为人知的杰作《馈赠的马》(1910)中,这个主题得到了出色的处理。故事中威斯特和一个名叫麦克唐纳的可爱年轻人交上了朋友。麦克唐纳从马上掉下来,摔断了腿,威斯特帮他付了医院的账单。为了表示感激,麦克唐纳告诉他说,如果次年他回到西部,他"将拥有河谷最好的马"(第171页)。威斯特正想寻找一个叫作"静猎泉"的隐藏的山谷,以证明自己具有西部人的能力。因此,当他第二年夏天果真回来时,欣然接受了麦克唐纳的馈赠。由于威斯特不能理解的某种原因,麦克唐纳在其他牛仔那里不怎么受敬重;他兑现了自己的许诺,赠给威斯特一匹漂亮的马,并神秘地建议他沿着山脉的西边行走。威斯特没有理睬这个忠告,却向东进发了。最后他找到了"静猎泉",但在那里差一点被一帮治安维持队的人处死。原来,赠送给他的马是麦克唐纳偷来的,麦克唐纳把盗得的马匹藏在了"静猎泉"附近。

在这个故事中,我们又一次看到城里人看不透事物真相这一到处可见的题材。威斯特不明白为什么牛仔们不像他那样钦佩麦克唐纳,也搞不懂为什么他们会怀疑任何对找到"静猎泉"过分感兴趣的人。他甚至没有注意到马身上的烙印,从而引起警觉;他发现马熟悉去"静猎泉"的路,却没有增加疑惧。而且他没有把那些可能更了解情况的牛仔的怀疑引以为戒,牛仔们虽然从未在麦克唐纳的职业生涯中将和他盗窃的马匹人赃俱获,但完全相信他就是他们在寻找的盗马贼。

更能说明问题的是,《馈赠的马》在一定意义上讽刺性地阐述了知情人取笑新来者这个老掉牙的主题。严格地说,麦克唐纳对威斯特许下的"河谷最好的马"的承诺的确是个很不错的玩笑,尽管威斯特因拥有被盗物品被治安维持队队员抓住时,差点导致灾难性的后果。但故事的终极寓意由西皮奥·莱莫恩用明确的话语道了出来。当他从行私刑的那帮人手中救出了威斯特时,他轻蔑地说:"你得有个保姆!你只能在婴儿车里旅行。"

# 第五章　美国成长小说的精神内涵研究

## 第一节　美国成长小说的主题思想

### 一、解析青少年的自我认知

成长小说中，青少年获得自我认知的主要方式有以下几种：一个比他们年长或在某些方面更有经验的人从旁观者的角度，帮助他们认识自身的潜质；另一种重要途径是通过反思获得自我认知；第三种则是在与他人的冲突中发现自我；第四种是通过认同或崇拜某些特殊的人，从而主动接受影响，效仿其行为和思想。从这几种方式可以看出，自我身份是在与他人的各种关系和接触交往的参照中形成的。每一种关系中，自我都有程度不同的重要性；每一次交往都能产生一定的意义，是自我角色的一次表演和操练。

（一）经验借鉴

在《克里斯蒂》中，年长的爱丽丝小姐是克里斯蒂崇拜的对象和效仿的榜样。在克里斯蒂遭遇困难、犹豫彷徨的时候，爱丽丝小姐会主动给予帮助，找她谈话。她和爱丽丝有这么一段对话：

"克里斯蒂，你是谁？"

"我希望我知道。"

"你完全可以知道，你很重要，非常重要。我们每个人都是。你是独特的，大卫也是，还有埃达小姐，麦克奈尔医生。没有任何一个人能够替代大卫，或者我和你。如果你不去完成你的使命，那它也许永远也不会被完成。"

在跟爱丽丝小姐交谈之后，克里斯蒂再次反省。她在心里说："上帝，我来这里，部分原困是想离开家里，出来寻找乐趣、自由和冒险。但现在我感到，您赋予了我特殊的使命。如果您想叫我在这个山谷里发挥作用，好吧，我来了。"

克里斯蒂在爱丽丝小姐、大卫牧师等人的鼓励和帮助下，出色地肩负起山村教师的责任，还为改变山区面貌，做出了巨大努力。她给一些公司写信，介绍这里物资短缺，自己来这里的目的。在她的感召下，一些公司寄来了自己的产品。

她从教育孩子，到教主妇们读书识字，尽心尽力帮助山民改变落后的生活习惯。克里斯蒂的高尚行为，不仅给山民带来了变化，也给城里的人们带回了感动，不仅丰富了她的人生，也为她赢得了幸福的爱情。这是通过第一种方式获得的自我认知，即一个年长或在某些方面更有经验的人从旁观者的角度，帮助青少年认识和发挥自身的潜质。

在《少年偶像》中，高中生珍通过与影星卢克的交谈，获得了明确的自我认知。从卢克那里，她了解到别人对她的看法和期待。卢克告诉她说"你处在一个独特的位置上，在这个位置上，你可以改变社会，只是你自己还没有认识到"。卢克还指出，她虽然为人家做了很多事情，很少考虑自己，但基本上是在做事后抚慰工作，而没有做事前干预的努力。她是所有人的好朋友，帮助别人排忧解难，但却没有主动性，没有发挥她的创造力和引导力。在与卢克交谈之后，她开始尝试自己的能力，主动去找穿着打扮常常被人嘲笑的凯拉，帮助她改变外表形象，告诉她不要盲目仿效别人，人的发型和衣装必须适合自己的身材和气质。她还陪同凯拉一起进学校餐厅，让她加入到自己的朋友圈中，成功地阻止了大家对凯拉的嘲笑。她还设法干预了毕业班一帮男孩的恶作剧，把被他们"绑架"作为人质的拉丁语老师的洋娃娃成功营救出来。这位女老师没有孩子，把这个洋娃娃当作孩子一样爱护。男孩们绑架了它，并不断发字条给老师，威胁说如果不给全班同学打高分，就要让她的娃娃身首分离，弄得老师心神不宁。经过几次成功的尝试，珍发现自己确实有能力改变事态的发展。她把自己的角色从一个替人收拾残局的人转变成了一个主动介入者，帮助预防和解决问题的人。她使凯拉从一个受气包，变得越来越有自信。好友翠拉也通过与她交谈，认识到自己的自私，主动和男朋友重新和好。在小说的结尾，珍自信地说，竞选学生会主席这样的目标，对于她这样的具有社交才能的人来说还太低了，她还可以考虑进入白宫呢。影星卢克帮助珍更加全面地了解了"我是谁"，而珍也帮助其他人了解了他们是谁。青少年在成年人的正确引导和鼓励下，成长空间得到了开拓。正如《正在消失的青少年》的作者弗雷顿伯格所说，"在一个像我们这样的经验主义的世界里，一个不知道自己特长的年轻人也不会清楚他的个人价值；他必须知道他能做什么，才能知道他是谁。"

（二）自我反思

当代成长小说呈现的第二种自我认识的方式来自自我反思。反思自我价值、自己的行为、他人对待自我的方式、自己未来的生活等叙事在第一人称叙事的成长小说中有较多的呈现。例如，在《中国男孩》中，历事主人公只有 7 岁，从认知发展角度看，还不具备清晰的自我认知能力。在小说中，历事自我和叙事自我在话语能力和认知能力上具有明显区划。长大成人的丁改在叙述童年时代贫民窟生活经历，反思自己的身份意识时说："打架其实是个隐喻，我在街上的打斗是确认身份的一种努力，打斗幸存下来才能获得成员资格，甚至才能获得做人的资格。"而7岁时的丁改连自己害怕什么、为什么难过都说不清楚。这样的认识在当时只是一种朦胧的感受，确切地说，要么感受到打败的痛苦，要么是打胜的喜悦和由此产生的胆量。在这部小说中，丁改的文学身份通过话语得以建构，而他的社会身份则是通过他的行为，包括他的思维能力、表达能力和社交能力的发展得以确立的。他的身份包含了浓厚的文化特征、年龄特征和角色特征。丁改母亲去世之前，家里充满浓郁的中国文化气息：吃中国饭菜、学中文、学习中国书法、请汉语老师做家教等。生母去世后，父亲娶了一位爱尔兰人作妻子，两种文化的对照十分明显地反映在一家人的生活方式和人际关系中。丁改的年龄意识主要通过他的遭遇体现出来，由于弱小无助，他成为顽劣少年的欺负对象，而无论他的体力还是智力都不能帮助他解决问题。他的角色意识来自母亲对他的灌输——他是丁家在美国唯一的男孩，是丁家的根，对于丁家，他的身份与几位姐姐不同，他是特殊的。

身份具有丰富的内涵。成长小说中的主人公们对身份的认识和顿悟受制于他们所在的环境和文化。例如在《地球、我的屁股和其他又大又圆的东西》中，15岁的女孩弗吉尼亚尤其在意她的身体，原因是周围的人不断在对她的身体做出反应。妈妈带她去找过两位医生，要求帮助她减肥；一旦她的身体有所消瘦，马上就会受到父母的赞扬；有位女同学还在背后说，如果她会长那么胖，宁肯去死。在学校，受到追捧的是身材苗条的拉拉队长。在这样的环境中，弗吉尼亚自然把自我价值和身材相貌联系起来。尽管她学习成绩很好，可在她的叙事里，好成绩带给她的荣耀并没有特别的表现，至多不过是老师给她提供了助教的机会，让她有借口逃离餐厅——一个跟进食和肥胖紧密联系的地方。小说的中心围绕弗吉尼亚如何走出自卑的阴影，开始正确地看待自己的身体，把价值重心从身体转向人品和能力展开。而这种新的价值观是弗吉尼亚反叛的结果，也是作者希望被青少年读者认同的价值观。弗吉尼亚的生活环境是美国白人中产阶级价值观主导的环境，人们对弗吉尼亚身体的反应，其实反映出白人中产阶级对女孩的期待——有姣好的容貌和身材。不具有这种身体条件的女孩必然遭遇心理挫折。因此，学会树立自己的价值观是帮助这些女孩确立自信、健康成长的基础。

当社会环境中的弊端阻碍了个人健康成长时，个人的良知、正义感和信念成为可贵的精神品质。个人主义在这种情形下彰显出积极的一面，学会判断何时应该压制自我意愿，顺从社会主流，何时应该坚持自我，是成长小说主人公认知发展的重要内涵。一方面，个人需要自我实现，充分开发自我潜力；另一方面，个人又需要实现社会化与社会融合，成为社会的一员，与他人和睦共处。这两者之间存在各种矛盾和冲突。生活的艺术表现为学会在这种拉锯式冲突中调整坚守与妥协的分寸。许多成长小说以各种成功或失败的故事反映了坚守与妥协之间难以把握的分寸。

（三）冲突顿悟

当代成长小说呈现的第三种自我认识途径是在与他人的交往和冲突中获得的。冲突使得两种不同的价值观和行为方式形成对照。通过对照，年轻的主人公获得了发现自我的机会。在《中国男孩》中，丁改小时候曾认为，按照上帝的旨意，他应该在东亚一个偏僻山林的寺庙里念经直到获得超度。他的体质最适合沉思默想，最不适合城市里的贫民窟。丁改的这种身份认识反映了他对中国文化的零星知识，但同时也是弱者的心理表征。由于他年幼丧母，继母对他冷酷无情，他的洋泾浜英语和单薄的体质使他成为街头巷尾的受虐者，影响了他的自我认识。他认为自已"运气"很糟。一定是冒犯过神灵，所以应该不断祷告，获得超度，这种认识跟他的受虐者角色有直接的联系。在改变了受虐者角色之后，丁改的自我认识也开始发生变化。小说结尾处，丁改不仅战胜了街头小恶霸，还挑战继母的权威，执意要打破继母规定的进家门时间。他一边提防着她的拳头，一边对她说："你不是我妈妈！我不是受气包了，再也不是了！"丁改敢于反抗，表明他开始建构新的自我，开始接受美国文化，构建具有双重文化特征的新身份。代表中国文化的沈叔叔曾无可奈何地告诉他，虽然他的继母不应该对子女那么冷酷，但父母的命令是不能违抗的。基督教青年联合会的教练则教会丁改在美国该如何保护自我。

小说中有几个重大事件象征丁改及家人的文化身份开始逐渐转变：代表中国文化之根的母亲去世、母亲从中国带来的书籍和纪念品被继母焚烧、继母不欢迎中国文人沈叔叔来访、不准吃中国饭菜、不准说中国话。当然最大的转变还是对弱肉强食法则不得已的认同。在多元文化环境中，个人文化身份变化的可能性较大。融合或吸纳其他文化，成为少数族裔青少年生存和发展之必需。丁改在街头的遭遇迫使他学会适应美国生活，使自己成为一个能够在美国生存下来的华人。叙述者丁改有意要表现中美融合的文化身份，话语成为这种融合的表现方式之一。他叙述母亲逃离沦陷的上海时说："我母亲默默流泪，她没有回头看东方，而是面朝北方，对着远在青岛的外祖父。她还没有来得及尽'孝'，这个心病就像西西弗斯之石，既沉重又具有不祥之兆。"母亲的行为和心情反映了中国人的家庭伦理，而在美国长大的丁改却使用了西方神话中的人物西西弗斯来作比喻。这是典型的中西融合的体现。再比如，当小丁改意识到打斗不仅不会损害他的"运气"，反而会树立威信时，他说："随着年龄的增长，我把打斗看成生活的一种方式，这时我真希望我出生得更早些，也能够参加那次奥德赛似的冒险旅行。父亲能够理解我的心情，但姐姐们认为我真蠢。我以种种孩子的方式，为一次史诗般的考验做好了准备，这个考验能够证明我不愧为延伸到美国的丁家的唯一的根。"在这样的叙事里，中国的家族观念，中国人经历的战乱与西方人的冒险精神和叙事话语融合在一起，体现了丁改具有的双重文化身份。丁改始终没有忘记妈妈在世时，反复强调的话，即他是丁家的独生子，是丁家大家族在美国的延伸。

丁改的身份意识除了反思自己的根，即"我从哪里来"以外，还直接得益于与成年人的交往。他把基督教青年联合会的拳击教练看作自己的教父，他们对他的帮助和影响超过了他的亲生父亲。教练刘易斯先生强化了他是基督教青年联合会成员的身份意识。

## 二、探究青少年自我与社会的协调

西方学界还有一种流行观点，即儿童是成年人的精神之父。在这样的世界里，老年人不仅不是智慧的化身，反被认为精神昏聩、年老体衰。这种观点认为，人天性中的善与真被社会机构、学校和学术机构压抑和阻碍。因此，一个年轻人要获得对世界纯真的认识，必须摆脱社会流俗，尊重自己的个性，跟着自己的心性走自己的路。小说《星妞》就是把这种观点人物化、故事化的代表，一个特立独行的姑娘改变了整个校园的氛围。

从来没有在课堂上发过言的学生开始发言了。"致编辑的信"占了学校第十二期报纸的整个版面，有上百名学生客串了春季讽刺剧，有个学生创办了摄影俱乐部，另一个学生扔掉了运动鞋，穿上了哈什帕皮鞋，一个平时朴素、腼腆的学生把脚趾甲染成了鲜黄绿色，一个男生满头紫发出现在我们面前。学生身上骚动的个性爆发了。

虽然染发、染指甲不是什么值得提倡的个性表达，但作者显然认为这是一种活力和个性的象征。小说这样写道，"具有讽刺意味的是，当我们发现自我，突出自我的时候，一个新的集体却形成了。活力是一种从未有过的精神"。在以现实主义为基调的当代成长小说中，《星妞》更像一部观念化小说，即作者希望美国青少年中出现一些星妞一样的人物，而现实生活中星妞是不存在的。也就是说，星妞不具有现实代表性。作者显然是想利用文学的教育感染功能去影响青少年读者，因此，塑造了一个性格独特，具有博爱之心，坚持善行，无视流言蜚语，特立独行的中学生形象，她来无踪，去无影，就像一颗流星，在黑暗的天空闪亮而过，留下人们对她的思念。

该小说中的考古学家、星妞的启蒙老师亚齐评价星妞说，"有时候我思忖应该是她来教我。她似乎和我们这些人失去的某些东西有联系……世上有一个我们共同居住的地方，但是我们并不太在意，我们只是偶尔意识到这么一个地方，每天连一分钟都不到"。亚齐老师没有点破的这个地方就是人性中纯真、善良之福地。星妞的所作所为让她身边麻木的、堕落的人感到惊讶和警醒。

在星妞的故事开始前，有一个短小的引子，关于"豪猪领结"。叙述者"我"，即雷欧，讲述了他与豪猪领结的故事。他的叔叔彼得有一枚豪猪领结。小时候，他经常去摸，彼得叔叔总是耐心地站在他面前，让他玩弄领结。12 岁那年，他们家要搬到亚利桑那州去，彼得叔叔把那枚领结送给他作为"分别纪念"。从此，他开始收集豪猪领结，但两年之后还是只有一枚。在他过 14 岁生日时，妈妈在当地报纸"家庭栏目"里介绍了雷欧，最后写道"作为一种爱好，雷欧·博罗克喜欢收集豪猪领结"。几天以后，他放学回家时，在家门口的台阶上放着一个塑料袋，里面有一个系着黄丝带的包裹，上面写着"生日快乐"。包裹里是一枚豪猪领结。他一直不知道送礼的人是谁。从这个事件中，雷欧得出一个结论"没有想到当时会有人在注视我。我们都被人注视着"。这段引子传达了两个深层含义：一是对活着的"圣诞老人"的敬爱；二是要注意自己的行为，因为我们都被人注视着。小说里的星妞就是一位"圣诞老人"似的女孩，关注着他人的需求，并试图用自己的言行去感染带动他人。

对于星妞这样一个异类人物，同学们反映各异，有人喜欢，有人讨厌，有人说她是校方安插的疯子，因为学校里的青年人太沉闷。她知道同学们的生日，并在学校餐厅里，给过生日的同学唱生日祝福歌。她的穿着与众不同，标新立异，而其他同学都穿同样的衣服，以同样的方式说话，吃同样的食物，听同样的音乐。"甚至我们中的傻蛋身上也带着米嘉地区中学的痕迹。要是我们碰巧有点与众不同的话，我们会像橡皮筋一样很快地弹回原处的。"在过道上，星妞会向根本不认识的人说："你好！"她给同学们留下了"怪异""傻呆"的印象。

星妞渐渐在改变着她周围的人，万圣节来临时，教室里的每个人都发现自己的课桌上有一个冰糖南瓜。不用问，大家都知道是星妞干的。不少人渐渐喜欢她了。"我们发现我们渴望上学了，渴望看见她有什么新花招。她给我们提供了谈话的资料，能使人感到快乐。"到了感恩节的时候，星妞已经成为学校最受欢迎的人，她的影响也更大了。人们不再只是擦肩而过，他们会点点头，相视而笑。

如同叙述者雷欧评价的那样，星妞太与众不同，"她是一个未知的领域，不安全，我们害怕涉足太深"。与其说星妞不像任何人，不如说世上根本没有星妞这样的女孩。她是作者为小读者们树立的榜样。这个榜样告诉读者你没有必要屈从于大家的爱好、兴趣和行为方式，只要你做的事情对大家有利，就大胆地做吧。它还通过与众不同的星妞告诉年轻读者：个性和特殊性是值得保持的品质，一旦这些品质消失了，这个社会将十分乏味和沉闷。当然。个性和特殊性的基础是像星妞那样与人为善，而不是纯粹的稀奇古怪。

观念化小说的问题在于它与"真实"的距离较远，减少了故事的可信度。也就是说，比较虚假。尽管现在不少作家都强调文学作品的虚构性，刻意增加一些虚假、幻想，甚至魔幻的成分，但人们往往把这类作品当作消遣和娱乐看待，不会认真对待它、相信它。《星妞》的问题主要也在这里，它的虚假成分可能会阻碍作者教育意图的实现。

20世纪80年代以来，多元文化主义渐渐在美国树立起意识形态的正统地位。多元文化思想与美国人崇尚的个性化和民主精神携起手来，逐渐成为一种社会的主导思潮。多元意味着多种个性、多种风格、多种文化的并存，意味着自我与他者的共存和协调。这是当代美国成长小说的一个突出思想。

### 三、对学校教育的思考

美国社会有一种比较流行的观点，即书可以自己读，孩子可以自己教，学校并非是孩子受教育的唯一场所，甚至未必是理想场所。这一认识具有悠久的传统。林肯和爱迪生的母亲的成功家庭教育，长期以来鼓舞着一些母亲给幼年的孩子特殊的、符合他们个性的教育。一些母亲对公立学校教育质量心存疑虑，宁愿亲自负责年幼子女的教育。她们通过一定的申请程序和评估，让孩子在家学习，孩子定期参加政府规定的考核，以审核他们的家庭教育是否达标。美国成长小说中，一直不乏对学校教育的批判，如《芒果街的房子》中，艾丝珀兰娅的父亲说，没有人会去公立学校，除非他不想学好。无独有偶，《公主日记》中米娅在日记中写道"告诉你吧，如果父母们知道在美国的高中里每天都在发生些什么，他们肯定都会赞同孩子们在家里学习的"。米娅的感叹来自学生们对恋爱问题的过分关心，她的男朋友科力想要跟她接吻，由于她并不爱他，所以故意躲避。这件事仿佛整个学校都在关心，让她觉得难堪。《麦田里的守望者》中的霍尔顿，更是一个反感学校教育的当代少年。在他的眼里，连校长都是一个道貌岸然的势利眼，在这样的人领导下，虚伪势利的人扎堆，也不足为奇。《杀死百舌鸟》中的珍也一直讨厌学校教育。她说："卡罗琳小姐不过二十一岁。"这句话包含了双重意义：一是她很年轻，二是她的教学经验不足。卡罗琳小姐发现珍·露易丝入学前就已经会读书识字了，很不高兴，让珍转告她的父亲，不要再自己教育孩子了，还抱怨他的教育给她带来了麻烦。当她发现珍会写草体时也不满意。她告诉珍，一年级只能写印刷体，三年级才能写草体。在这里，聪明、早学的学生，不仅得不到鼓励，还在学校受到压制，必须按部就班地跟其他孩子学同样的东西。刚入学的珍对卡罗琳小姐的教育非常反感。她只好在课堂上给住在外地的好友迪尔写信来打发时间。

卡罗琳小姐对小孩子心理的了解，以及对当地居民的了解，有时候还不如珍。她坚持要借钱给没有带午饭的沃尔特·肯宁安，珍则婉转地提醒她："他是肯宁安家的人。"卡罗琳小姐一再追问，珍才不得不告诉她："肯宁安家的人从来不拿他们还不起的东西——不要教堂的施舍，不要人家的钱……他们自己有多少花多少。"珍直率地告诉老师："你说的话羞辱了他，卡罗琳小姐。沃尔特家里没有两毛五分钱还给你，而你又用不着劈柴。"珍知道，沃尔特的父亲会用柴火、坚果等物品支付所欠的债，但她的解释反而惹怒了老师，遭到严厉的训诫。上学头一天就遭遇种种打击，珍想出了好几个逃学方案。她把想法告诉了父亲，父亲用种种道理开导她，才说服她继续上学。这部小说中，珍多次表示出对学校教育的不满。她说："当我在梅康姆县立学校吃力地读完那漫长的学程时，总有一种上当的感觉。究竟上了什么当我也弄不清，我总有点不相信亚拉巴马州让我上学的本意就是硬让我度过这么枯燥乏味的十二年。"她的哥哥安慰她说，他开始上学时也是这样的，一直到六年级才真正学到些有价值的东西。

珍的抱怨反映了特定时代和区域里存在的教育问题：基于工业化时代特征的教育模式过于刻板，教师不能因材施教，鼓励学生主动学习。另外，一些教师的道德素质也与教书育人不般配。珍就指出，老师批评希特勒对犹太人抱有偏见，却对自己的种族偏见浑然不知，习以为常。

当代美国成长小说中，关于学校教育问题的小说最典型的恐怕还是罗伯特·科米尔的《巧克力战争》。在这部小说中，以阿齐为首的"守夜者"秘密团伙经常欺压同学，并胁迫内部成员完成一些无聊的恶作剧，破坏正常教学秩序。学校对这个团体采取默认的态度，一个重要原因是校方认为有这帮"守夜者"控制，学校不至于像其他高中那样四分五裂，发生学生游行示威等让学校难堪的事。

"守夜者"中尽管也有人讨厌阿齐的霸道和无聊，但他们敢怒不敢言。"守夜者"的秘书欧比就既厌恶阿齐，又嫉妒他聪明的头脑和丰富的想象力。阿齐凭借灵活的头脑，依靠几个体力强壮，缺乏理智的成员来巩固他的领导地位。连学校的一些老师也有些惧怕这个组织，不愿意招惹他们，邪恶势力因此在校内壮大起来。"三一高中"是一所宗教学校，但这里发生的故事背离宗教的博爱精神和道德规范，这里没有对上帝的敬畏，只有对阿齐和"守夜者"的恐惧。在小说结尾，载走杰瑞的救护车拉响的汽笛就像鸣响的警钟，响彻在美国社会。

通过实证研究，心理学家已经证明，个体的攻击和反社会倾向依赖于文化和亚文化对攻击行为的宽容程度。生活在同一社会环境中的青少年，有些人具有较高的攻击性，原因在于他们通常生活在能够培植敌意和反社会行为的家庭环境中。在《巧克力战争》中，父母几乎是缺席的，看不到他们对青少年产生影响，更没有监管。斯皮内里的《星妞》中也同样揭示了美国普通中学存在的问题：缺乏道德教育和关怀教育，缺乏精神内核，缺少个性和创新。按照叙述者雷欧的说法，球星怀特·帕就是学校的代表，而他只不过是一个头脑空虚、爱慕虚荣的人，最大抱负就是成为《先生杂志》上的封面人物。"要是把全体学生身上的东西一层层剥掉的话，你会发现核心的东西不是所谓学校的精神，而是怀特·帕。"

青少年必须读书学习，才能获取知识、学问、智慧和教养。这是人类普遍的信念。与学校教育受到的众多批评相比，家庭教育常常受到美国作家的肯定。在《少年小树的教育》中，小树和爷爷尽管不识字，却常常从图书馆借回莎士比亚的剧本和历史书，让识字的奶奶朗读给他们听。爷爷常常一边听，一边发表他对书中人物的看法。文学作品为他们提供了一所虚拟的道德法庭，借此少年小树吸收了奶奶爷爷为人处世的原则。爷爷奶奶还告诉他，如果一个人不知道过去，就不会有未来；如果不了解族人过去的遭遇，也不会知道他们将何去何从。爷爷朴素的话语包含了深刻的哲理，了解过去其实就是学习历史，只有了解历史上的成功经验和失败教训，人类才会变得更加聪明，才会为未来发展作出明智的选择。

家庭是青少年人格及心理成长的最佳环境，在美国成长小说中已经成为一种流行的共识。在《相约星期六》里，当视角转向学校时，问题重重：新来的同学受欺负、残疾老师遭捉弄、误堂遭恶意捣乱等。尽管只是少数几个人，但却是害群之马，同学、老师都可能成为他们的受害者；相反，当视角转向家庭时，我们看到彬彬有礼的朱利安有一个彬彬有礼的父亲，他勤劳、热情，在儿子的协助下，经营起小旅店。诺亚不仅乐于助人的爷爷奶奶，妈妈对他的管教也比较严格。伊桑在家经常帮妈妈干活儿，处在妈妈的管教之下。尽管该书有一些篇幅描写学校生活，但选取的事件都是展示"灵魂组"的成员如何解决在学校遇到的麻烦。连他们获得的竞赛知识都主要来自"灵魂组"的周六聚会。与其说学校教给了他们什么，不如说学校成为锻炼他们解决人际交往问题的场所。不少美国成长小说都强化了这样的认识，恐怕也助长了现实生活中家庭对学校的不满情绪。

## 第二节 《喜福会》的母女关系解析

谭恩美是 20 世纪 90 年代以来西方文坛上一位成功的华裔女作家。她的作品带有鲜明的女性色彩，小说中的主人公几乎都是女性，自始至终都是女性拥有话语权。在她塑造的众多女性形象中，最令人印象深刻的还是母亲和女儿，她用细腻温情的笔法表现出处于中美文化冲突中的华裔母女间既渴望亲近又矛盾重重的内心纠葛。母女关系几乎成为谭恩美小说不变的主题，也是她所有小说的基本故事框架。

《喜福会》讲述的是四位从大陆移民而来的母亲和在美国出生的女儿之间的故事，八个女人轮流登场，以复调的形式展现母女间从误解、冲突到理解的情感纠葛。这部小说在谭恩美所有作品中占有重要地位，不仅是知名度最高的一部作品，也是被公认为艺术成就最高、最富代表性的作品。在其小说中，母女关系有其固定的模式，冲突—和解。母亲是中国文化的载体，是历史与记忆的中介，是连接过去与现在的桥梁，中国文化传统通过母亲得以延伸，历史与记忆通过母亲得以重建。因其有段不堪回首的过去，来到新大陆后，一直被排除在主流社会之外，把所有的希望寄托在女儿身上。女儿则是生在美国，接受美国现代文化的影响，女儿们无论在价值观念、思维方式还是文化信仰方面都与母亲存在巨大差异。在母亲眼里，她们除了外在是中国的，内在全部是美国制造的，然而女儿们却被要求按照中国方式成长。因此，在两种文化夹缝里的母女在日常生活中充满了矛盾与冲突。

### 一、母女矛盾的主要体现

#### （一）价值观念的差异

中国传统价值观认为"子不教，父之过"，父母的严厉是子女成才的重要因素。且要求父母爱护子女，保护子女不受伤害，不走错路，父母对子女的干预是善意的，是爱的体现。中国母亲因为在国内精神上受到的创伤，来到美国后，把全部希望都寄托在女儿身上。尽管四位母亲性格各异，但均望女成凤、互相攀比，并且强迫自己的女儿弹钢琴、学习书法及识字等。在教育方式上，中国母亲采用恐吓的办法让女儿听话，惯用告诫、警告和批评。但在美国的文化背景下，这些女儿们深有独立意识，并不支持母亲的指导和示范。小说中的吴素梅为女儿吴精美制订各种天才训练计划，甚至免费为钢琴教师做清洁工来换取其为女儿教钢琴及练习钢琴的机会。可精美深受美国文化影响，向往自由的生活方式，只想成为平常人。她故意在练习时偷懒，表演时出丑，让母亲丢脸，并且打定主意再也不受母亲摆布。母亲当然不会让步，母亲说："女儿只有两种，听大人话和不听大人话的。只有一种女儿可以住在这个家里，那就是听话的女儿。"女儿反击说：我也不希望做你的女儿，你也不是我母亲。女儿的回答表示出她无所不在的自主意识和独立观念。但是显然精美不理解母亲的这种强烈的干预是爱，母亲则认为女儿不理解自己的苦心。

（二）语言的差异

语言是文化的载体，不同的语言传达不同的文化信息，也拥有不同的文化身份。语言也是表达情感的最重要方式。母亲们移民多年，还是讲着一口结结巴巴、词不达意的中国腔英文。她们保持中国的传统文化，从未进入美国主流社会，也难以进入主流社会。而女儿一代生在美国，长在美国，生活环境与母亲有天壤之别，她们认同美国文化，认同自己"美国人"的民族身份。说的是一口流利的美式英语，这就导致了母女间的冲突。生活在美国的母亲们感觉被英语这种无形的力量包围着，当她们说中文时，想尽办法教女儿一些中国传统时，女儿会变得不耐烦，抗拒中国传统。甚至嘲笑她们的语言；当她们说着支离破碎的英文时，女儿会认为她们很蠢笨。正如精美所说："母亲虽然是用英语说，但我还是感到，我们用的是两种语言来对话……反正个人讲个人的，我们常常是这样的。"母女们进入了两个完全不能沟通的世界。

（三）婚姻观的差异

在中国传统中，父母对儿女婚姻善意的干预是很常见的。美国女儿们则具有独立自主性，婚姻完全是自己的事，外人和父母无权干涉。

如薇弗莱要与白人男友瑞奇结婚，瑞奇比她要小几岁。她担心这桩美国婚姻会遭到母亲的反对，还是想找办法获得母亲的谅解，并不是直接告诉母亲准备结婚了。但是她妈妈发现女儿的男朋友是一个美国人且认定是一个不负责的人以后，采取了很强硬的态度来拆散他们，并且用鞋子追打他们。薇弗莱一方面讨厌母亲干涉自己的婚姻，坚决要独立，另一方面又要顾及中国的孝道，不能对一个中国母亲说"闭嘴"，不要对她的婚姻指手画脚，这样她常常处于矛盾痛苦之中。她最后没有服从母亲的意愿而是作出了自己的选择，和男友私奔了。

（四）思维的差异

在中国的传统文化里，人们多以集体的形式来完成某项任务。一个人的成功与堕落往往是联系整群人的荣辱，所以，一家人应"有福同享，有难同当"。而美国文化强调自我意识，鼓励个人奋斗，美国人宁愿独享成功之乐独吞失败之苦。女儿薇弗莱从小就展现出下棋天赋，屡次获奖，并且成为封面人物。母亲龚琳达希望通过女儿体现自身存在的价值，以女儿的成功为全家人的荣耀，到处去炫耀并为此得意扬扬。可她的做法让女儿很反感，并为此感到尴尬、羞辱，也激发了她的叛逆心理。因为她认为自己的成功是自己努力的结果，与父母无关，母亲没有权力来炫耀自己的成功。最后薇弗莱放弃了十分热爱的围棋。

## 二、母女矛盾产生的根源

社会行为规范的差异是导致母女矛盾产生的根本原因。对于中国人而言，儒家思想是其生活方式的基本源泉，在家庭和社会生活中起着重要作用，强调人人固守其角色的重要性。《喜福会》中的母亲们生长在中国，深受这样的儒家文化的影响。她们认为父母在家庭中有着绝对的权力，尤其在母女关系中，母亲有绝对的义务照顾女儿，也有权力安排女儿的生活，女儿的成功在妈妈眼里就是自己的骄傲。反之，女儿也有孝顺服从长辈的义务，如果女儿不听从长辈的安排，那么她就会受到谴责。但是出生和生活在美国的女儿们，她们要求独立、自由，不喜欢受到约束。不论成功与失败，往往喜欢独立完成一项任务。而在中国传统文化里，母亲愿意帮助女儿成功，并愿意与其享受幸福和成功的喜悦，这是一件再也平常不过的事。但在美国，母亲们的好意往往会遭到女儿们的误解。

对于西方人而言，美国文化和美国精神的核心是个人主义、个人独立、个人自由、个人尊严以及自我实现等观念，这些观念在美国获得普遍接受和认同。在《喜福会》中，母亲们要按照中国传统价值观塑造自己女儿的性格，按照自己的期望教育女儿。而作为在美国成长的女儿们自然无法接受这种传统的中国价值观，她们已经习惯按照美国的生活准则生活，而这些美国准则，恰恰又是母亲们嗤之以鼻的"游戏规则"。一些中国的习俗和规矩使得美国女儿们无所适从和深感困惑。比如预约是美国人毫不含糊的规矩，对个人尊重的体现，无论何人来访，均需预约。而对中国母亲而言，女儿家就是自己家。所以女儿薇弗莱对母亲这个不速之客忍无可忍，而母亲则认为母女之间为什么如此认真？美国价值观强调人人平等，家庭成员之间也是如此。但是当美国女儿的个人发展没有和母亲设计的发展路线一致时，双方就会产生矛盾和争吵。女儿的婚姻出现问题，不去找母亲诉说，而去求助心理医生。母亲则认为心理医生会让人越来越糊涂，这种事天经地义应向母亲诉说，女儿的行为深深伤害了母亲的感情。

## 三、母女矛盾的化解

小说的结尾，尽管母女代表着东西方不同的文化，她们之间的矛盾与冲突非常激烈，但是最后女儿们和她们的母亲很好地沟通并且和解了。

（一）文化身份的认同

华裔女儿们出生在美国，对于中国和中国文化并没有认同感。但正是她们的母亲竭力让她们认识中国文化，才在情感和意识上渐渐认识到中国文化并接受它。在小说的结尾，吴精美最终回到中国，与母亲逃难时被迫遗弃的两姐妹团聚，了却了母亲多年的心愿。"我终于看到属于我的那一部分血液了。呵，这就是我的家，那融化在我血液中的基因，中国的基因，经过这么多年，终于开始沸腾昂起。"直到此时，女儿完全理解了母亲，承认了自己的中国血统，母女矛盾最终得以化解，两代华人移民共同接纳东西两种文化，建构了美籍华裔的双重文化身份。

（二）母亲们逐渐接受美国文化

母亲们开始学习英文，并逐渐扩大自己的社交圈子，慢慢习惯了美国式的社交聚会。许安梅在儿子不幸溺海后，首先想到的不是中国的菩萨保佑，而是西方的上帝。母亲龚琳达从开始嫌弃到接受女儿的男朋友瑞奇，并且慈爱地教他吃螃蟹。这些就是对中美文化差异的尊重和认同，文化认同和身份认同是母亲们转变的根本原因。在美国文化下女儿深受影响，受中国传统文化影响的母亲无法理解和接受女儿的行为，双方矛盾的出现不仅仅是个人认识的冲突，更是文化和价值的冲突。

（三）母女之间的理解和知解

小说中母女之间的冲突、隔阂，在最终都得到理解和升华。母亲们在与女儿的冲突中看出女儿们在竭力拒绝她们影响的存在，但她们坚信女儿迟早会接受她们。生活在中西方文化夹缝中的女儿们，原以为自己能够完全融入西方主流社会，却在成长的道路上、婚姻生活中屡屡碰壁，美国的游戏规则让她们疲惫不堪。《喜福会》中的母亲们，为了帮助女儿寻找文化的共通性，开始采取有效手段与女儿们交流，帮助她们解决问题。丽娜听从母亲的建议，勇敢走出失败婚姻，开始新的生活，露丝也从母亲的故事中重新认识到自己的价值，变得坚强，有了自我，最终在破碎的婚姻中发出了自己的吼声。至此，女儿们实际上已经实现了对母亲的理解与认同，并接受了母亲代表的中国文化，实现了两代人矛盾的化解。

# 第三节 孤独的成长:《少年派的奇幻漂流》

成长小说中,成长"initialion"一词指青少年经历了生活的一系列磨炼和考验之后,对自身有了深入的了解,获得了对社会的不同见解,提高了自己的能力,从而实现了个人价值和社会价值。一直以来,成长小说以文学方式对青少年的成长从精神和文化领域给予人们反思和学习的素材。成长小说也因此成为一种非常流行的阅读文本,推动着青少年探索自我,建构个人和社会身份,更好地实现人生价值。

曾在 2002 年获得布克奖的欧美畅销书——杨·马特尔的《少年派的奇幻漂流》(以下简称《少年派》)因为李安近期的同名电影得到人们的关注。《少年派》讲述了一个充满隐喻和智慧的成长故事。印度少年派成长于父亲开的动物园,从小接受父亲的理性教育和母亲的宗教熏陶。在派 17 岁那年,举家乘船移民却不幸遭遇海难。家人葬身海底,只有他与老虎帕克同处一艘救生艇。在太平洋漂流的日子里,派和帕克共同经历了一段神奇的旅程。但是当大家都以为派的故事以自己获救、老虎走进森林而结束时,成年派又讲述了另一个血淋淋的为了海上求生而杀人、吃人的简短故事,老虎成为了意象,真相似乎是派的孤独成长之旅。

成长小说中社会伦理价值观和道德取向一直是研究的一个重点,主人公通常独自一人面对艰苦的环境并通过自己的努力来适应环境,改造生活,追求更高的信仰价值和道德标准。《少年派》在主题上符合成长的概念:青少年经历了磨炼和考验之后,获得了独立应对社会和生活的知识、能力和信心,从而进入人生一个新的阶段。因而小说中道德和信仰成长两大主题是值得我们读者进行思考和解读的。

## 一、派的信仰成长

美国成长小说之父霍桑对青少年成长问题的关注有浓厚的宗教神秘色彩,他对于灵魂自救、人性和信仰的探索以及善恶可以转化的思想,对启迪年轻人的成长具有教育意义。而在《圣经》的《马太福音》中有耶稣海上行走的章节,看到耶稣能海上行走,信徒彼得相信神力,走上海面,只因风大而害怕下沉,大喊主救命。耶稣斥责:你这小信的人啊,为什么疑惑呢?(《圣经·新约》)这寓意着:信仰可以使一个人自信并强大,但信仰要大信,要坚持。如果不坚定,则只会半途而废,找不到出路。少年派的漂流故事也经历了这样的信仰成长。

派出生和生长于印度南部，长期被法国殖民，外来宗教和语言与本土宗教、语言共生共存，因此派的信仰是兼容并包的。哥哥嘲笑他，父亲教训他：什么宗教都信就等于什么都不信，要学会理性思考。但是母亲却鼓励他，认为相信科学会让人充满理性，但是信仰宗教会让人内心充盈。派相信万物都由上帝创造，都是有灵性的。所以他亲手拿肉去喂老虎，一个他认为有灵魂的伙伴，不过被他爸爸制止了，并以"羊入虎口"的血淋淋事实告诉派现实的残酷。正如派后来所说，信仰就像一间房子，可以有很多种，同时怀疑是有用的，它使信仰成为一个活物，毕竟你无法知道你信仰的力量直到它被考验。从此，他开始往理性靠拢，动摇信仰，直到他遭遇海难，历经磨难，同时又见识到一个个奇迹，重拾信仰。但此时的信仰已不单纯是依赖上帝。曾经虔诚的信徒，在漂流中绝望地将暴风雨视为上帝，在怒吼中责问，我的家人都死了，我把一切都献给你，你为什么还要这样对我？派在茫茫无际的大海，无法预知终点。于是迷茫、恐惧，对上帝产生了怀疑，信仰在人间地狱里崩塌。所幸在苦难的漂流中，有了一只老虎帕克的参与。成长的引路人是美国成长小说中的一个重要的构件，可分为三种：正面人物是在知识和道德上接近于完美的引路人；另一种是伙伴式的人物，还有一种就像旅途中的过客。这些人从或正或反两方面影响、丰富着主人公的生活经历和对社会的认识。帕克就是派信仰成长领路人中类似伙伴式的人物。当看到老虎快被淹死的那一刻，派产生了恻隐之心，相信动物内心也有美好的部分，是可以被救赎的。派意识到帕克的共存不仅不是灾难，反而是上帝的一种恩赐。因为有了帕克，派才不孤独，才不会沉溺在对悲惨境遇的消沉中，才会在对老虎的警醒中充满求生的欲望。在喂虎驯虎的每一天，派自身也感受到了责任感、求生的意志和对未来的努力。是信仰救了派，但我以为所谓的信仰，不是对宗教、上帝简单地依靠，其实就是由心而发的信仰自救。当你孤独、危险的时候，"求生本能会让你坚定自己的信仰"——一种坚定，一种自我鼓励，会让你更加相信上帝，不是别人，而是你内心的爱和坚持。当你发自内心地爱别人及万物时，就像上帝的博爱，心中充满力量，温暖别人也照亮自己。所以"信仰的成长和自救"让派最终靠岸。

## 二、派的道德成长

青少年成长的核心就是"道德情感、道德思辨和道德行为的形成过程"。因此青少年的道德成长历来是成长小说的重要主题之一。

所谓道德情感成长，其核心是发展道德意识和心理成熟。心理的成熟可以包容更多的道德矛盾，道德的成长可以减少心理恐慌，保持心灵平静，增强对社会邪恶现象的心理承受能力。漂流中的第一个道德矛盾出现在吃素到吃肉的抉择中。派是一个本性善良，对神明充满敬畏，对信仰具有认知的素食主义者。但是为了生存他不得不吃生鱼，或者如他第二个故事所说吃人类尸体，这对他的道德和信仰而言是多么残酷的挑战。所以当派用斧头砸死海鱼的时候，他痛哭流涕地连声说对不起，并感谢上帝化身为鱼拯救他于饥饿之中。而在派述说的第二个版本的故事中，当厨子尸体开始腐烂不能再用作诱饵钓鱼吃，派把尸体做成肉干用以维持生命时，也一样谴责自己变成了像厨子一般残忍而让他厌恶的人。但极端的生存环境让派更包容这些矛盾，所做的一切都是在母亲被杀时鼓起的反抗勇气，为生存而产生的本能。食素饿死，食肉生存，在不沦丧道德底线下派理性地选择对于生存而言更成熟的做法。第二个道德矛盾是派与老虎帕克的冲突。关于老虎是否真实存在，不同的读者也许有不同的解读，但小说中有个细节很有意思。派到教堂偷水喝，神父端来水问他："You must be thirsty."派回答："Yes."这一语双关：thirsty 既是口渴的意思，其实也是老虎的本名，只是被误写成一个绅士的名字理查德·帕克。所以我们可以把老虎帕克看作派另一个人格的象征。少年派代表了灵魂中的灵性——善良、道德，而老虎帕克则代表了兽性——凶狠、求生欲望。坚守灵性，他才是一个人。而只有顺从兽性，他才能生存。面对自己内心的兽性，派没有用灵性压制它，取代它，而是感激它。所以故事中会出现让人惊叹而感动的一幕：暴风雨后，派和帕克互相依偎，那一刻兽性和灵性不再争斗，而是和谐。经历一切的派此时道德情感更加成熟、丰富，对事物的看法更加包容。

而道德思辨能力的核心是社会道德认知和道德理性。它的内涵包括是非辨别能力、辩证思维能力和理性取向。母亲的宗教教育让派明白信仰、善良和爱，使他在独自漂流的日子里用强大的精神意识支撑自己度过孤独。而父亲的辩证思维指导和理性教导则让派用求生技能克服困难，获得生还机会。所以获救后派感激他的父亲，因为父亲的话语和行动让他看到现实的残酷，体会到理性的重要，适应了生存的法则。正因如此，在恶劣的生存条件下，派并没有坐以待毙，单纯用信仰等待外界的拯救，而是在生命受到威胁时勇敢反抗，在条件有限的情况下，利用船上一切设备，理性应对各种现象去智慧自救；并且由刚开始留恋具有隐喻意义的食人岛上充足的食物和淡水，几乎要放弃返回人类社会，到理性地分析各种警示，意识到死于安乐的道理，没有留在岛上孤独终老，而是继续自己的艰苦漂流，最终获救。此时的派已不再像小时候只遵从内心冲动，叛逆地反抗理性教化，而能够直面现实，将理性分析与宗教信仰辩证统一，完成了道德思辨能力的成长。

行为表现往往是一个人内心情感和想法的表象化。当类似于派的镜像的老虎帕克在猩猩被咬死之后一跃而出时，也就暗示了派对生的欲望和死的恐惧激发了其强大的原始动力，具体行为表现在他在母亲被杀后挺身而出直面反击彪悍的厨子，当海上漂流面临死亡威胁的时候，派内心对于老虎的怜悯不仅只是情感上，他救虎于海，并且捕鱼喂它，还训练其共处，每一个举动都反映出派希望能和帕克一起走出困境的善良和爱；当上帝用一次次困境折磨和考验派时，他信仰的成长体现在运用一切科学和智慧平安度过每一天；直至最后回到人类社会，派接受和宽恕了曾经杀戮和食肉的自己，轻松面对经历过的残酷遭遇，不抱怨，不怨恨，不颓废，依然对人生充满希望，娶妻生子，过着幸福的生活。所以道德情感和道德思辨能力的发展最后都要表现为道德行为，没有道德行为作为道德情感和道德认知的体征，道德成长就是一句空话。

巴赫金曾说过，成长小说中主人公本身的性格在这一小说的公式中变成了变数，主人公本身的变化具有情节意义。《少年派》这一成长小说吸引人的不是跌宕起伏的故事情节，而是人物内心世界的成长发展。运用第一人称叙事手法，给读者留下了想象、思考的空间。故事终结于帕克径直走向森林，派则微笑面向前方。尽管历经磨难，依然乐观面对未来，因为经历的磨炼、年龄的增长、心灵的感悟让我们成长。作家杨·马特尔曾说他写作《少年派》是为了给人生寻找方向和目的。派的孤独漂流，其实是每个人都不得不经历的心灵旅程，如何从孤独且失去方向到信仰、道德的提升，心灵的充盈，每一个读者都能体会成长的艰辛和反思成长的含义，成长是我们每个人都必须孤独面对的心灵之旅。

# 第六章 美国女性小说与反抗精神

## 第一节 20世纪女性小说的发展及女性意识的觉醒

### 一、美国女性小说的发展

#### （一）萌芽：女性意识的觉醒

第一代女性作家集中在19世纪末到20世纪初的世纪之交。主要有凯特·肖班（Kate Chopin）、萨拉·奥恩·朱厄特（Sarah Orne Jewett）、夏洛特·泊尔金斯·吉尔曼（Charlotte Perkins Gilman）和薇拉·凯瑟（Willa Lather）等。这些女性作家把家庭当作研究女性现实处境的理想场所，一改19世纪初把婚姻作为小说幸福结局的传统模式，在作品中大胆地触及了当时父权社会的禁区，以女性作家独特的视角和特有的感受探索女性的内心需求，打破了男性作家笔下贤淑柔弱的传统女性形象，探讨了女性在婚姻中的困境、自我意识的觉醒以及日益高涨的愤怒情绪。现代"新女性"的形象开始出现在美国历史舞台上。这一代女作家所塑造的新女性已经从长期的失语混沌状态中觉醒，极力要摆脱父权制强加给她们的他者身份。她们不仅从主题上对传统的女性形象进行挑战，而且打破了传统的创作手法，在作品中大胆地运用了象征主义、意象主义、超自然主义、生态女权主义等。

这一时期最引人注目的是凯特·肖班的小说《觉醒》。《觉醒》是美国19世纪关于女性生活的第一部重要的小说。肖班以主人公艾德娜·庞特里耶的自我意识和性意识的觉醒为主题，大胆而又直率地从深层次探索了已婚女性的内心世界，一经出版，立即在社会上掀起了一场轩然大波。作品中宣扬女性个性解放的思想为当时传统的道德规范所不能容忍。于是，《觉醒》被列入黑名单，肖班本人也在无奈和冷遇中悄然离世。直到半个世纪以后，这部作品才得以重见天日。在《觉醒》中，作者肖班通过对自我意识日渐觉醒的离经叛道的女主人公的描写，打破了传统小说中"家中的天使"妇女形象的模式，塑造了世纪之交的"新女性"。小说喊出了父权制社会逆来顺受的妇女的心声，大胆挑战了传统的道德观念。《觉醒》也因此成了美国女性小说发展中的一块重要里程碑。萨拉·奥恩·朱厄特以乡土小说而著名，其代表作有《尖尖的极树之乡》等。虽然朱厄特笔下的主人公多为平凡普通的劳动妇女，但这些女性身处逆境却坚忍不拔的精神使作品极具感染力。尽管没有高举女权主义的大旗，但朱厄特注重女性视角和女性话语权，作品中的女性仍然扮演着传统的角色，但在家庭和社会中具有不可取代的作用。夏洛特·泊尔金斯·吉尔曼是19世纪末20世纪初美国杰出的妇女作家和女权运动理论家。她根据自己的亲身经历创作出的著名中篇小说《黄色糊墙纸》用心理现实主义的写作手法，以女性为中心的反传统的叙事角度、隐晦的意象以及哥特式的风格，控诉了父权制社会对失去话语权的女性，尤其是女作家造成的心灵扭曲和摧残，反映了女性作家的写作困境，深刻揭示了处于文化边缘位置的女性的生存窘境和角色框定。《黄色糊墙纸》成为一篇声讨男权文化对女性无情迫害的战斗檄文，堪称女权主义代表作的经典。薇拉·凯瑟的代表作长篇小说《啊，拓荒者》和《我的安东尼亚》等均以美国西部边疆为创作背景，以女性拓荒者的生活为题材，通过对人类与自然，尤其是女性与自然的亲密关系的探索，反映了人与自然和谐共处的生态女权主义思想。凯瑟的作品"致力于表现女性与自然的他者地位，女性与自然的言说，女性、自然、艺术的关系"。她的短篇小说《瓦格纳音乐会》与《花园小屋》采用象征的艺术手法，通过生动细腻的环境和人物内心描写，表现出两位女主人公为现实生活而不得已放弃音乐梦想的无奈与痛苦，批判了父权制社会对处于边缘地位女性的才华的压抑，表达了作者对她们的深切同情。

　　无论是肖班、朱厄特还是凯瑟等，她们的作品基本上都是被湮没了数年后才被拂去尘土，受到人们的重视，成为女权主义文学的经典的。在强大的父权制压制之下，这些女作家只能在作品中表达社会对女性的不公平待遇，宣泄自己内心的苦闷、困惑和愤怒。她们笔下的女主人公挣扎着、抗争着，以微弱但坚定的声音为女性的权益和地位呼吁着。她们宁愿背负着"妖女"的恶名，也不愿再逆来顺受甘做"家中的天使"，成了世纪之交"新女性"的代表。但是在当时的男权社会，妇女的想象力被扼杀、灵魂被扭曲、才华被埋没，女性作家作品中的女主人公最终只能用离家出走、变疯甚至是自杀的方式来使自己精神上获得"自由"，以表示对男权的无声反抗和控诉。正是这种日渐觉醒的女性意识和文化个性的张扬，使越来越多的美国女性作家活跃在历史舞台上，极大地推动了美国女性小说的发展。

（二）迷茫：角色定位的倒退与迷失

第二代女性作家集中在二战前后。由于劳动力价格的上涨，许多妇女不得不放弃得之不易的社会角色，重新规避到传统的女性角色之中，回归家庭，相夫教子，充当家庭的保姆，而兼顾家庭与工作的女性则不堪重负，心力交瘁。女性自我角色的定位出现了大规模的倒退。这一时期的女作家着力于表现女性自我的失落、对前途的迷茫及意欲摆脱困境的探索。在20世纪40—50年代，美国南方相继出现了一大批杰出的女作家，主要有乔伊斯·卡罗尔·欧茨、佐拉·尼尔·赫斯顿、埃伦·格拉斯哥、尤多拉·韦尔蒂、卡森·麦卡勒斯、弗兰纳里·奥康纳和凯瑟琳·安·波特等。这些女作家在作品中生动形象地刻画了南方女性的形象，真实地再现了南方的社会和生活，具有浓郁的地域色彩。作为美国20世纪"南方文艺复兴"的代表作家，奥康纳以独特的女性视角探讨了家庭、宗教信仰、白人与黑人的种族关系等问题，表明了对一些重大政治社会问题的态度。其作品往往把幽默、讽刺与恐怖暴力结合在一起，具有奇异怪诞的哥特式风格。其代表作有短篇小说集《好人难寻》和《汇流》。其中同名短篇小说《好人难寻》反映了南方社会宗教信仰的异化，道德和人性的异化与文明社会的异化；另一篇《汇流》通过对"母亲"形象的刻画，反映了南方淑女形象的衰败。她的作品通过对怪诞不合时宜的"畸人"形象的塑造，折射出社会的种种弊端，表现了人类的信仰危机和精神危机。韦尔蒂的长篇小说，如《强盗新郎》《三角洲婚礼》《庞德的心思》《败局》《乐观者的女儿》均以美国南方小镇为故事背景，以婚姻和家庭为主要线索，主要通过大家族与外界的矛盾冲突来展现南方工业化过程中社会下层人民的困苦生活，反映美国南方社会的沧桑变迁。她的《尤多拉·韦尔蒂短篇小说集》从不同的侧面和角度描绘出一幅幅美国南方小城镇生活的历史画卷，于1983年获得了美国全国图书奖。美国当代南方女作家的创作以伤感怀旧的基调"表现了人的异化、道德批判、自我拯救等现代主题"。乔伊斯·卡洛尔·欧茨的代表作品有《他们》《奇境》等，《他们》荣获全国最佳小说奖。作品以普通人物为主，反映现代人的恐惧不安，揭示荒谬、暴力、扭曲的世界。与其他的女作家相比，其小说更具有明显的时代特征，擅长以女性独特的审美视角，借助象征、现代派的"意识流"手法，从不同的角度刻画人物心理，表现出对现代人生存危机问题的关切和焦虑。20世纪是女作家创作特别活跃的时期。跟其他地方的女作家相比，美国南方女作家的小说创作有其自身特殊的创作背景和关注焦点。对家和家庭的关注、白人女性和黑人女性之间的关系、对南方历史的重现以及独特的讲故事的叙事风格等，都使南方女作家的创作自成一体。美国南方女性文学因其深厚的历史背景、奇异怪诞的风格、鲜明的地域特色，以及普遍意义的主题和别具一格的艺术魅力成为美国文学中的一朵奇葩。

现代美国妇女虽然在政治上、法律上获得了表面平等的权利，但仍然受到各种不成文法与传统习俗的束缚，她们没有个性的自由，没有自我发展的空间，没有独立的经济地位。女作家在小说中不仅深刻揭露以男性为中心的意识形态给妇女带来的痛苦与悲剧，而且把妇女生活中的不合理现象与整个社会的不合理状况联系了起来，甚至跟人类存在的荒诞联系起来，探究妇女在社会环境和心理环境双重压力下的困境。

（三）探索：身份的探求

第三代美国女性作家出现在20世纪60年代以后。随着20世纪60年代妇女解放运动的高涨以及随之而来的女性主义文学批评的蓬勃发展，美国女性小说出现了空前繁荣，女性的生命体验也在其中得到了充分的言说。女性小说开始以全新的女性视角对文学作品进行反传统解读，猛烈批判了男权文学对妇女形象的歪曲，声讨男性中心主义传统文化对女性创作的压抑，提倡一种女权主义写作方式，以往被历史湮没的女性文学传统得以挖掘和重新评价。美国女性小说家再次认真审视女性的社会及文化身份。她们的视野不再仅仅局限于女性自身，而是逐步扩大到其他的社会问题，如种族歧视、阶级矛盾、生态失衡、殖民主义等。随着美国文学呈现出多种族多民族共同繁荣的多元化发展态势，黑人女性文学和华裔女性文学也成为美国文学的两支生力军。在黑人民权运动及妇女解放运动的影响下，长期被排斥在以白人男性为中心的主流文化之外的当代黑人女作家开始重新关注黑人妇女生活这块被人遗忘的角落，着重把笔触伸向生活在遭受种族和性别双重歧视压迫下的黑人妇女，认真探索黑人女性的出路问题。20世纪60年代异军突起的美国黑人女作家，成为美国女性主义文学的一道耀眼的亮色。最为突出的是美国黑人女作家托尼·莫里森和艾丽丝·沃克，她们分别在其代表作《宠儿》和《紫色》等作品中反映了在种族歧视、性别歧视夹缝中生存的黑人妇女的生活境遇以及她们女性主体意识的觉醒及文化身份的寻求。托尼·莫里森在《宠儿》中通过意识流的表现手法及后现代现实主义的叙述策略，真实地描写了黑人女性的生存境况，反映了黑人奴隶的悲惨生活和文化身份的缺失。《紫色》反映出女主人公茜丽的自我成长过程及对女性的启示：只有通过寻找自我、认识自身价值、经济上独立自主，并且依靠女性间的友情和支持，妇女才可能得到真正的独立与平等。《紫色》一经发表便轰动美国，获得普利策奖、全国图书奖及全国书评家协会奖这三个最重要的美国文学奖。黑人女权主义文学批评，在20

世纪 70 年代成为当代女性文学中最为突出的一个分支。美国黑人女权主义批评家以各自独特的文化经历和种族身份构建了自己的批评理论。她们既反对性别歧视，又抨击种族主义，同时探讨种族或种族文化之间的关系。在批评实践中，她们强调文化群体的作用，消解男性中心理论和女权主义批评的霸权倾向，从而建构自己的文化身份。

美国华裔女作家也是展现多元文化特征的重要代表。华裔女性文学在过去的一百多年里，经历了从被忽略到被边缘化到逐步进入"主流"的曲折而动荡的发展历程。粗略地说，美国华裔文学可大致分为三个阶段：从 19 世纪末至 20 世纪 60 年代为开创阶段，20 世纪 70 至 80 年代为转折阶段，从 20 世纪 80 年代末 90 年代初至今为繁荣阶段。华裔女作家汤亭亭 1976 年发表了美国华裔文学史上具有里程碑意义的作品《女勇士》，将美国华裔文学推向一个高峰。汤亭亭在《女勇士》中以边缘文化抗衡主流文化，运用解构主义实现了对性别、种族、文化对立的消解，表达了种族平等、文化融合的和平愿望。另一位美国著名华裔女作家谭恩美于 1989 年发表了《喜福会》，在读者中引起了强烈反响。《喜福会》通过四对母女间的关系表现了中美两种文化之间的碰撞与融合，解构了东方与西方、自我与他者、母亲与女儿之间的二元对立。《喜福会》及汤亭亭的《女勇士》、伍慧明的《骨》通过构建异质文化下特有的母女关系的冲突与融合，以女性主体的多重叙事方式和讲故事的言说策略突破了传统的创作模式。近年，越来越多的华裔女作家活跃在美国文坛，向强势种族发出自己的声音，为美国华裔女性文学不断由边缘融入主流文化做出了贡献。她们在作品中揭示出华裔美国女性这一特殊群体所经历的从自我身份的迷惘、价值观念的失落到重新定位自我、寻找自身价值、寻求文化沟通的再觉醒过程。

20 世纪美国女性小说不同阶段的发展，揭示出美国女性主体意识的嬗变。美国女作家们在作品中以女性独特的视角、女性丰富细腻的内心感受，表达了女性的心声，全面展现了美国妇女从觉醒到抗争，直到获得解放的历程。美国女性小说发展到 20 世纪 80 年代，许多女作家已不满足于"女人写女人"，她们认为妇女解放是两性共同面临的问题，希望两性和平共处，共同发展，共建"双性融合"的和谐社会。这种"非个人"化的创作有助于扩大女作家的视野，达到新的思想境界，使作品更具普遍意义。现在，社会已经进入 21 世纪，美国女性文学经过多年的努力和斗争，已逐渐从边缘文化向主流文化靠近，并成为美国主流文化的一部分；美国女作家队伍也越来越壮大，她们的文学成就对世界文坛做出了独特的贡献。

## 二、20 世纪美国女性文学自主意识的觉醒

在美国历史上，妇女长期处于"二等公民"的地位，传统的家庭观念把妇女牢牢地束缚在家的狭小范围内。但是，这种情况在 19 世纪末和 20 世纪初发生了巨大变化。随着美国妇女教育程度的提高，就业人数和领域的扩大以及选举权的获得，美国妇女在道德规范和行为准则上享有了更多的自由，美国的"新女性"向传统的爱情、婚姻和家庭观念发起了严峻的挑战，她们开始反抗对其本性的歪曲，表现出昂扬的新女性意识。女性意识是特定时代女性对自身性别的自然属性和社会属性的认识，主要包括女性的自我意识、主体意识和群体意识。女性的自我意识是女性从自己的视角对其所处生存空间和生活状况的认识；女性主体意识是女性寻求社会生活和精神生活的独立自主地位的意识；女性群体意识是女性从两性关系的角度出发，寻找和评价男女两性关系的定位。女性意识是女性主义思想的出发点和基石，也是其核心内容所在。这一时期的妇女作家们虽然有着不同的出身和生活经历，但在思想和文学实践上都有一些共性：她们总有一些作品是反映婚姻和家庭主题的，并且她们的经历和作品都不同程度地显露了新女性的思想意识和观念。尤其是新女性作家，她们在作品中积极、大胆地揭示了新的社会秩序对女性的实际生活和精神生活带来的冲击，描写了女主人公女性意识的觉醒和发展，表达了对女性新的自我意识、主体意识和群体意识的理解和追求。

新女性小说真实地再现了女性的屈从地位，抗议以男性为中心的主流社会模式，并且深刻地描写了女性意识的觉醒和女性不断的努力和抗争，倡导女性的权利和价值。夏洛特·波金斯·吉尔曼发表于 1892 年的著名短篇小说《黄色糊墙纸》就向读者展示了当时美国社会形势下一位被丈夫控制、压迫的家庭妇女女性意识觉醒和发展的过程。故事的主人公简为了挣脱家庭的束缚，寻求自我人格的解放坚持写作，是一位被丈夫暗示为疯女人的作家。她被迫住进乡村别墅，丈夫不允许她做任何事情，更不允许她写作。很快她的全部注意力被卧室里讨厌的黄壁纸所吸引，终日幻想，最后精神失常，陷入精神分裂的悲惨境地。吉尔曼通过一个"二等公民"的视角大胆地控诉了父权社会里的婚姻和家庭对妇女的禁锢和奴役。

从 19 世纪 80 年代起，新女性就有了清晰的形象。她们主张应该通过工作而不是婚姻实现自我，获取经济上的独立和精神生活的自由。这一思想在萨拉·奥恩·朱厄特带有自传性质的长篇小说《乡村医生》（1884）里表现得淋漓尽致。失去父母的简·普林斯被乡村医生莱斯力收养，她性格倔强，学习不怕吃苦，很快便超过众人。莱斯力发现简有学医的天赋，于是每次出诊都带上她。简自学医

学，得到莱斯力的鼓励和帮助，但是周围的人对此却不能理解。从未见过面的姑妈南希知道此事后，为了劝阻简成为医生，把自己看中的青年乔治介绍给她，并且承诺如果他们结婚简可以成为自己财产的继承人。简思考之后，断然拒绝了乔治的求婚，义无返顾地回到自己的家乡，继续进修医学，成为莱斯力的得力助手。莱斯力年迈退休后，简成为正式的乡村医生，当地的人们也接受了她。虽然简有父母的遗传和莱斯力所创造的学医环境，但是朱厄特最强调的还是简·普林斯自己的选择，这是人，尤其是女性成长的关键。

此外，还有许多新女性作家，例如弗里曼、肖邦、凯瑟、格拉斯哥、斯泰因等，她们在从事专业写作的活动中，向读者明示了婚姻和家庭对实现自我是一种阻碍，她们当中有些人甚至终身未婚。

新女性意识不仅表现为对经济独立和精神自由的追求，还有对性自由的渴望。凯特·肖邦的中篇小说《觉醒》突破了以往妇女小说的常规，大胆地表现了女性性意识的觉醒。书中的女主人公埃德娜·庞蒂利埃婚后一直在努力地做一个贤妻良母，但是有一年夏天去格兰德岛度假时，身边两个性格迥异的女人使她开始反省自己在生活中的位置和人生的意义。埃德娜开始觉醒了，她要按自己的意愿生活，大胆地追求自己当家做主的生活方式。她不再像以往那样每周在家里招待丈夫生意圈子里的朋友，开始越来越少地在家务事上花费精力，并从丈夫舒适的住宅里搬出来，以绘画为生，设法获取经济上的独立。埃德娜在精神觉醒的同时，开始追求性的解放。她要按照自己的意愿去爱，去选择爱情伴侣，彻底成为自己身体和灵魂的主人。她大胆地追求自由幸福的性生活，这无疑是向当时的社会道德提出的严峻挑战，但是她的愿望在当时的社会制度下是不可能实现的。最后埃德娜返回最初使她觉醒的格兰德岛，义无反顾地投身于大海，以生命为代价与父权社会进行了最后的抗争。读者不能因为她与罗伯特和阿罗宾两个男人的交往简单地把她视为堕落的女人，因为她的行为是出于个人的决定，有意识地选择本身就是新女性的标志。埃德娜敢于追求精神和肉体的自由，是一位与传统小说女主角大不相同的新女性，标志着新女性意识发展的高潮。美国女性主义文学批评家伊莱恩·肖沃尔特认为《觉醒》是世纪末的一部过渡性女性小说，是一部关于从 19 世纪家庭社会的妇女文化和文学过渡到现代主义的异性小说。

## 第二节　伊迪斯·伊顿的种族歧视反抗

19 世纪与 20 世纪的一些西方文学女性为了获得男权社会的认可，往往在作品上注上笔名以掩饰自己的性别。而在"黄祸"论气焰嚣张的 20 世纪初，一位美国女性作家却公然以一个非常中国化的笔名"水仙花"来表明自己的亚裔血缘，这种举动不能不令人钦佩她的勇气。伊迪丝·伊顿（1865—1914）是北美第一位华裔职业作家，她大方承认自己的华裔血统，并以这种身份在自己的作品中获得种族真实性的体验。1896 年起，伊顿创作的关于华裔或欧亚混血儿经历的故事和文章陆续出现在美国和加拿大的杂志和报纸上，影响了很多华裔后代。

## 一、文化冲突与种族主义带来的牺牲

文化冲突是水仙花创作的最主要主题。短篇小说集《春香夫人》不仅提供了对于当时美国华人文化的现实主义描写，也从多层面批评了世纪之交美国社会强加于这种文化的苦难和剥削。由此看来，水仙花的故事不是为了沟通不同文化，而是对整个种族主义意识形态的挑战。她的作品不是强调华人和白人的"一致性"或相同之处，而是创造了一种可见性、一种声音，最终在艺术世界里为美籍华人取得了一种在现实生活中被否决了的统治地位。

在这个故事集里，《春香夫人》是一个分量并不算太重的故事。讲述了一个华人丈夫是怎样慢慢理解自己美国化了的华人妻子的。发人深思的是，水仙花通过故事中的对话巧妙地披露了美国这个鼓吹平等自由的社会的残酷现实。在春香先生与白人朋友的谈话中，那位朋友说，所有的美国人都是王子和公主，而"一个外国人一旦踏入美国海岸，他就变成了贵族"。"那么我被关在滞留所的兄弟呢？"春香先生反问道。春香先生的话显然让这位白人朋友感到尴尬。"我们真正的美国人是反对这样做的，它违背我们的原则。"春香先生讽刺地说："那么我向被迫去做违背他们原则的事情的真正美国人表示慰问。"不言而喻，这位好心的邻居没有把春香先生视为像他一样的"真正"美国人，而春香先生对种族歧视的社会现实比他的邻居有着更为深刻的认识。

在另一个故事《自由的国度》中，水仙花批判了排华法案如何使得华工长期享受不到家庭生活，而且又为他们的家庭团聚制造障碍的。丽珠带着还没有见过父亲的幼子来到美国，与丈夫团聚。当船靠近码头时，她内心充满了对于在美国这个自由国度生活的憧憬。她告诉自己的儿子，这就是他父亲发财的地方。可悲的是，美国这个自由的国度带给她的不是美国梦的实现，而是一场梦魇。移民官员把她在申请移民之后在中国出生的儿子作为非法移民扣押起来，理想破灭了的丽珠在美国亲身体验了将母子分离的法律。这种不公正的法律又因为移民官员自己的私利而使移民更加无助和不幸。最大的不幸在于，在母子最终于 10 个月后得以团聚后，幼小的孩子已经不认得自己的母亲。亲情遭到了无情的践踏。这种造成种族之间紧张关系的排华法案的出台，为美国这个自由国度的性质画上了一个大大的问号。

《新世界里的明智之举》和《宝珠的美国化经历》两个故事再现了华人女性进入一个陌生国度后所经受的巨大压力。《新世界里的明智之举》讲述了华人吴三贵与妻儿在美国的团聚。与美国化了的春香夫人不同的是，新到达美国的宝琳拒绝融入新的文化。对她来说，美国缺乏明智，因为其造成了丈夫和儿子与她的隔阂，以及丈夫的美国朋友埃达·查尔顿对她婚姻的威胁。来自一个男女授受不亲的国土，宝琳对于埃达在已经美国化了的丈夫生活中的角色充满疑惑，而丈夫对于埃达的亲切态度更使宝琳百思不得其解。遗憾的是，埃达·查尔顿在文化差异方面的无知使她在与宝琳的交往中无法明白宝琳的感受。宝琳对异族文化的强烈抵制最终导致了悲剧的发生。宝琳在丈夫要把儿子送到美国学校就学前夕毒死了儿子，以阻止他像丈夫一样被美国化，以及最终与她的隔阂。尽管宝琳的行为令人震惊，但它表现了陷于绝境的宝琳坚持把儿子从新文化的魔掌下救出来的决心。水仙花通过这个故事说明，早期来到美国的华人的美国化使他们与自己的亲人有了巨大的隔阂，这种隔阂最终也毁掉了他们的亲人。同样，在《宝珠的美国化经历》中，宝珠的丈夫万林福是一位美国化的男人，他也有一位美国白人女性朋友埃达·雷蒙德。万林福与包办婚姻的妻子成亲之后，把她移民到了美国，还想按照埃达·雷蒙德的样子塑造自己的妻子，甚至让她换上美式服装。宝珠心里十分抗拒，不懂丈夫为何不让她使用筷子，而去操纵笨拙可怕的美国器具。宝珠同样对于丈夫与埃达的关系心怀忧虑，而万林福竟然还坚持在她生病时让一个男性白人大夫为她医病。但宝珠对于美国化的抵制没有宝琳那么激烈。她将悲哀藏在心底，在中西文化的冲突中变成了失语者。宝珠误认为丈夫在心里，更想与埃达结为夫妻，而从丈夫身边逃走。直到这时埃达才认识到自己为宝珠造成的情感压力，而万福林也试图与妻子和解。在这两个故事里，水仙花生动地表现了文化差异对新移民，尤其是对于从传统的中国社会刚踏上美国国土的女性造成的种种压力。先前到达美国的华人男性已经内化了美国人的自由思想和观念，他们在美国社会中已经有了自己的事业，甚至交到了美国朋友。而对于他们在中国足不出户的妻子来说，美国是一个充满陷阱和危险的地带。美国化过程带给她们的只有难以忍受和难以述说的巨大痛苦。

在《帕特与潘》中，水仙花又一次涉及社会建构的文化身份以及强加给华人和欧亚裔人的他者身份。一位名叫安娜·哈里森的白人传教士在华人社区里看到一个名叫帕特的白人男孩，而让她感到惊愕的是这个男孩只能说汉语。原来，帕特的母亲在病危时将儿子托付给了一对华人夫妇，他们把帕特和自己的女儿潘一起带大。哈里森决心让这个男孩回归他的"自然"文化身份。水仙花在这个故事中创造了帕特和潘的兄妹情谊与安娜·哈里森的文化视角之间的情节张力。对于还没有被种族化观念同化的儿童来说，他们的肤色差异并没有给交往带来任何障碍，帕特之前也没有对自己的身份有任何质疑。哈里森完全无视帕特被华人社区收留并被抚养成人这一事实，坚持要让帕特学会他的"母语"，执意使他回归美国文化身份。这一举动揭示了她对于华人文化传统的藐视态度。而收养帕特的华人夫妇的举动恰恰表现了超越种族界限的亲情的可能性。他们向白人孩子伸出了同情的手，将他视为己出，抚养成人。尽管帕特在华人家庭里享受着和潘一样的亲情，但这对华人夫妇无法阻止帕特被从自己家里领走。很快，在白人社区观念的熏陶下，帕特开始排斥曾经养他疼他的华人家庭和社区。当他又一次遇到曾经情同手足的潘时，他竟然把她从身边轰走。潘无奈地哀叹道，可怜的帕特不再是华人了。通过这个故事，水仙花深刻地揭示了世纪末美国的社会现实。白人，即使是出自好意的白人，从来没有把华人看作与自己同等的公民和这个国家的真正组成部分。社会建构的文化身份无法创建和谐的社会环境，而只能营造种族歧视的社会氛围。

## 二、文化的双重被放逐者

由于水仙花自己的欧亚裔混血儿身份，她在作品中表现出对于这一独特社会群体的高度关注和极大同情。在她自身的经历中，无论在加拿大还是美国，她都逃脱不了华裔和欧裔北美人对于欧亚裔混血儿的敌意。这种缺乏归属感的现状使水仙花感慨万分，她曾说，"我终究不属于任何一个民族群体，而且也不急于自命为哪一方"。水仙花把自己的身份视为不同民族之间的边界。如果边境是不同文化相遇的边缘，那么对水仙花来说，它就是一个中立地带，一个没有国籍的地方，一个"自我主义"的地方。最终，当她意识到自己特殊的文化身份时，她试图通过置于东西方的中间地带兼顾两者，并试图通过假定一个基本的自我来超越"悲惨的欧亚裔人"的命运。

水仙花反对美国和加拿大对于华人的种族歧视政策，对欧亚混血儿受到的恶劣待遇深表同情。不幸的是，他们被白人和华人同时放逐，无论在中心还是边缘都没有存在的位置。这种双重放逐使得水仙花成为华裔美国文学的一个受人注目的先驱者。水仙花认识到自己特殊的文化身份以及这种身份所带来的文化孤立，因此她把写作视为一种根据自身经历建构社区，以逃离被放逐命运的方式。水仙花意识到华人与英国人和美国人同样具有偏见，为自己的孤立的处境设想了一种激进的解决方式，"只有当全世界都成为一家人的时候人类才能够耳聪目明。我相信终有一天世界的很大一部分会是欧亚混血人。我为自己是一个开拓者而感到欢欣鼓舞。一个开拓者应该为所遭受的磨难感到光荣。她的这种解决办法就是根据自己的模式创建一种全球人"家庭"。这种解决身份分裂的方式，不是对于种族纯洁的期盼，而是以自己的家庭这个微观世界作为宏观世界的模式。民族身份终有一天会成为悬而不决的事情，因为多数人会成为欧亚混血儿。

### 三、对文化的主体身份的探寻

如果说水仙花笔下的男性都是为了发财才来到美国的。那么许多女性则是因为远在大洋彼岸的丈夫的需要才来到这片国土上的。在这些女性之中。除了对美国文化持强烈反感态度者外，也不乏深明大义、真正接受美国文化中追求自由和平等思想的女性。

在故事《下等女人》中，白人女性是通过华人妇女春香夫人的调解才真正认识到自己的。春香夫人的朋友劳拉无法与自己相爱的男人结婚，因为她的父母已经将她许配给了校长的儿子。通过春香夫人的调停，两人才最终得以喜结连理。卡门夫人的儿子与出身卑微、自食其力的艾丽斯·温斯洛普相爱，遭到她的强烈反对。她希望儿子能够娶门当户对的伊夫布鲁克小姐为妻，因为伊夫布鲁克小姐出身上流社会，还受过良好教育。当卡门夫人的儿子向心仪已久的艾丽斯求婚时，遭到艾丽斯的断然拒绝。她告诉他，如果他的母亲认为她配不上他的话，她是绝对不会嫁给他的。伊夫布鲁克小姐对艾丽斯充满同情和钦佩，她承认，虽然被称为美国的上等女人，但比起艾丽斯来，自己只不过是个幼稚的女学生。在春香夫人的劝说下，卡门夫人最终接受了艾丽斯。春香夫人义正言词地告诉卡门夫人："如果你佩服我丈夫是因为他是一个靠自我奋斗成功的人，那么你为什么不能接受一个靠自我奋斗而成功的下等女人呢？春香夫人的话具有双重意义，在对传统阶级和性别观念的批判中也包含着对传统种族观念的批判。虽然美国人崇拜自由精神，但在这个故事中则是一个具有开明思想的中国女人让具有传统思想的美国女人改变了观念。让华人女性教育传统的白人女性，这是水仙花的叙事策略。她歌颂了这些新型的美籍华人，他们才是真正具有进步思想的人。《春香夫人》同样挑战了文化传统，维护了女性选择婚姻对象的权利。

《一位嫁给华人的白人妇女》和故事的续篇《她的华人丈夫》都是从一位白人女性的视角叙述的。米妮讲述了自己与两任丈夫卡尔森和刘康海的婚姻生活。与虐待她、鄙视她，最终抛弃她的第一任白人丈夫卡尔森相比，她的华人丈夫刘康海在她对生活绝望的时刻救了她。他尊重她、爱护她，对她体贴有加，展示了高尚的品质。与米妮同族裔的卡尔森没有带给她幸福，反而造成了她的灾难，而来自异族文化的华人刘康海却能让米妮享受到真正的爱情。但是，在一个对华人充满仇恨和恐惧的社会里，米妮的幸福是无法持久的。水仙花为这个故事设计了一个发人深思的结尾。刘康海一天晚上被抬回家里，子弹穿透了他的脑袋。杀害他的并非白人，而是他的华人兄弟。由此看来，不仅白人对于异族通婚不能接受，华人对此也耿耿于怀。米妮和华人丈夫的幸福婚姻注定要被拆散。

水仙花在现实生活中目睹了如此多的对于华人男性的反面描绘，因此她在自己的创作中常常以理想化地塑造华人男性角色的艺术手段来为他们呼吁。作为在排华的西方文化中写作的欧亚女性，水仙花很难采用批判的视角，如果她涉及华人文化中的性别歧视等文化陋习，她就会为西方种族主义对于华人的歧视起到推波助澜的作用。所以她在作品中常常通过美化华人男性来宣示对西方种族主义的抗争。这也是她作品中不得已的文化妥协策略。

评论家 S. E. 索尔伯格指出，"她（伊顿）不是一位伟大的作家，名下仅有一部作品，但是她的努力应该得到认可"。今天看来，水仙花的作品并不具有美国文学经典作品中复杂的心理探讨、精湛的创作风格和深刻的思想内涵。但作为敢于站出来为一个受歧视受迫害的民族呼吁的作家，水仙花勇气可嘉、令人钦佩。著名华裔美国评论家林英美的一段话非常经典地总结了伊顿的历史功绩。她说，"水仙花可能不是流芳百世的作家，但是她的确是那个时代不同寻常的人。作为华人和妇女权利的呼吁者、作为集中描绘了华裔美国人日常生活的作家，她是一个开拓者……以其同情心和现实眼光成为在这个领域拓荒的第一人，而这个领域在汤亭亭于 1976 年发表《女勇士》之前一直没有受到主流文化的重视。水仙花本人就是一个用自己手中的笔杆子反抗偏见、势利和无知的女勇士"。从这个意义上来说，伊顿就是一朵真正出自种族歧视的污泥而不染的水仙花，而华裔美国文学如今已经成为美国文学大花园里的奇葩。

## 第三节　凯瑟琳·安·波特的独立人生

南方女性作家都是"女性的福克纳"，但在这个群体里，只有凯瑟琳·安·波特（1890—1980）最接近这位父性前辈文风的"奇异张力和男性力量"，一位评论家如是说。这样的赞誉对于波特并不陌生。早在 1939 年第二本故事集《灰色骑士灰色马》问世之后，她就被时评称为美国最伟大的作家之一，成为霍桑、福楼拜和亨利·詹姆斯领军的伟大作家群中的一员。将波特置于男性经典文学的圣殿中，既是对她艺术成就的褒扬，也是扼杀。男性经典热衷宏大叙事。追求永恒、普世的美学价值，带有社会（政治）性、超验性和体系性。而波特作为20世纪的南方女作家，区域性和女性独特的生存状态主导着她的创作。这些游离于男性经典的标准之外的女性文学特有印记恰恰是波特作品的精魂。能够全面概括波特文学地位的应该是彼得·史密斯的总结，"20世纪美国文坛上女性乡土文学传统最出色的继任者是戴拉·凯瑟、凯瑟琳·安·波特和尤多拉·韦尔蒂"。

波特观察生活的眼光是冷峻的，她透过生活的纷繁去把握本真的努力，对"扭曲现实的南方传奇、群体的虚幻梦境和普遍的浪漫情思"的揭露，受到韦尔蒂的大加赞赏。这应该是了解波特所有故事的切入点。统而观之，她的故事创作暗自遵循着一个类宗教的宏大模式：神话—献祭—挽歌。波特敏锐地感觉到了现代人的处境，他们不是生活在真实中，而是在言说创造的文本氛围里。一些拥有权威的"神圣文本"取代现实去塑造并指导人们的言行，已经成为观念上的真实。为了维持这些神话，追随者刻意调整自己的行为，献祭也成了不可避免。因此，不符合神话系统的人或物被强行纳入神话的意义范围，"牺牲"就是他们唯一的功能位置。然而，波特作品的伟大之处在于创造了一个打破神话的歌手，一个在"后神话时代"孤独吟咏、负责重建意义系统的现代追寻者。

## 一、构建神话

如果要为波特笔下的神话系统找一个主旨故事，那么非《碎镜》莫属。女主人公罗瑟琳年届四十膝下无子，整天照料着年长自己三十岁的丈夫。性爱和母爱欲望的双重缺失使她整天以向别人述说自己虚构的梦境为乐。同时，她的卧室里一直摆放着一面碎裂的镜子。通过语言，罗瑟琳创造了自己身体所能创造的情景。那块碎镜是故事的中心象征，强化了扭曲现实的主题。

一言以蔽之，神话的定义便是现实的扭曲镜像。镜子是波特故事中时常出现的意象之一，如《那棵树》中男主人公把听他叙述的同伴先看作"对面的影子"和"镜子"；在《灰色骑士灰色马》的结尾。刚从死亡线上回转的米拉达是在镜子前给死去的爱人写信的，等等。最常见但也最隐晦的便是把语言作为现实的镜像。波特没有刻意去遵守那些神话，相反，她对那些神话体系和价值观提出了质疑，流传甚广的白人骑士和淑女贞洁只是虚幻的想象；奴隶制下的南方也不是鸟语花香的天堂。

波特共描绘了两大类神话：社区神话和家庭神话。社区神话是公共话语，涉及社会（群体）领域，包括政治神话、种族神话和宗教神话；家庭神话是个人话语，用来规训和构建个人身份，包括骑士神话和淑女神话。

《绽放的紫荆》是政治神话的代表。劳拉怀着精神救赎的理想投身墨西哥革命组织，却发现它信奉"机器是圣物，是工人的救赎"。物质主义与劳拉的精神追求格格不入。革命领导人布拉齐奥尼更是个极端自恋、肉欲强烈、玩弄权术的政客。整天纠缠劳拉，觊觎她的贞操，对同志却冷酷无情，甚至还毒死了被敌人关押的尤金尼奥。革命的崇高理想原来只是创造出来的神话，物质和历史至上的客观主义没有带来主观上的慰藉，劳拉陷入了迷茫和虚无，开始偷偷去教堂祈祷。故事结尾，她梦见尤余尼奥给了她一束紫荆花，正当她吞吃花朵时，尤金己奥人叫道："这是我的血肉！"故事的题名来自 T. S. 艾略特《枯叟》一诗，化自犹大在紫荆树上吊死这一传说。象征和隐喻的使用表达了理想幻灭的情绪，揭露了政治神话与现实之间的距离。

种族神话通过两个黑奴故事《目击者》和《最后一叶》得以表现。奴隶制是旧南方赖以生存的基石，也是旧南方神话的基础。两则故事通过黑奴自身的行动揭示了"幸福奴隶"说法的荒谬。《目击者》的主人公是吉比利叔叔。他是讲故事和雕刻的天才，而他的故事和雕刻内容都与死亡有关。表面上他是温顺的汤姆叔叔的翻版，实际上他的雕刻已经成了一种仪式，是传承历史记忆、宣泄苦难情感的另类言说。他是醉心于死亡主题的艺术家，关注的是奴隶制造成的黑奴精神的死亡。《最后一叶》与 19 世纪女作家玛丽·威尔金斯·弗里曼的名篇《母亲的反叛》神似，都讲述了对一间屋子的要求，独立的空间显示了独立的主体性。白人庄园主认为他们对黑奴很好，黑奴将他们的家认作归宿。年迈的老南妮要求另住的举动证明这只是他们一厢情愿创造的神话，奴隶们渴求自己的生存空间和自由。值得一提的是，吉比利和南妮还是夫妻，他们的结合是主人的权宜之计，毫无感情而言，天堂南方之说实质是奴隶们用毕生苦难谱写的虚伪神话。

南方文化深受加尔文教义影响，非常重视宗教应许的救赎和归宿感。波特既强烈地渴望相信宗教又深深地怀疑宗教，这是她性格矛盾的又一侧面。她曾说，"我们就像在地窖里摸黑前行，能够指引我们的只有微弱的理性之光，向那边走来的一个神学者将这唯一的光亮给扑灭了"。《遭弃的韦瑟罗尔奶奶》在主旨和细节上都有趣地呼应着这番话。此故事是韦瑟罗尔奶奶弥留时的意识流，回顾了她的一生。被第一个新郎在婚礼上抛弃的她后来重新嫁人，不料第二个丈夫又早离人世，留下她一个人艰难持家。在生命尽头，她对自己一生的奋斗很自豪，却始终感觉少了些什么。她呼唤上帝的出现，却没有任何迹象。失望的韦瑟罗尔奶奶用尽最后一丝力气吹灭了自己的生命之光。这是波特最可怕的故事，因为它对宗教信仰提出了质疑。一直在场的上帝和救赎仅仅是一个营造的神话，终极所指的最终缺席彻底打碎了宗教人生的意义系统，暴露了信仰的虚无性。《玛利亚·康赛普西翁》的主人公也深感遭上帝遗弃之痛（与丈夫的遗弃合而为一），转而求助原始伦理解决问题。

以单家单户为形式的农业经济和庄园生活造成了美国南方以家庭为中心的社会，家庭的意义在南方比美国其他任何地区都突出，这使得家庭的神话尤为流行。家庭神话主要创建个人的性别筹码，提供男女行为规范。骑士神话是男性的行为准则，淑女神话是女性的行为准则。

波特创作很少以男性为中心，《午酒》是唯一探讨南方骑士传奇的故事。汤普森是个不擅经营的农场主，加上妻子多病，生活拮据。一天一位叫希尔顿的神秘人物来到他家当雇工。他极为能干，使农场渐有起色，却整天一言不发，稍有空暇都在吹口琴。九年后，一位先生来抓捕希尔顿，说他是发疯杀人的逃犯。汤普森力阻韩区，恍惚中将其杀死。汤普森被法庭无罪释放，却承受不住邻居的道德评判，挨家串户解释无效后自杀。评论界多将这篇故事看作对非理性的哲学探讨，而忽略了其文化意义。文中三位男性都是骑士神话的仿拟人物。骑士是英勇的游侠，担负着惩恶扬善、保护家庭和女人的任务。汤姆森为自己的无能和懒惰找了"男女分工"的借口，只会夸夸其谈，未能尽到养家的责任。他只有杀死抓捕先生的行为才稍有一点保护家庭和女人的骑士精神，因为抓走希尔顿势必影响农场经营，一切却是在恍惚的状态下实施的，还触犯了错杀无辜的骑士准则之忌。失语、擅持家、非理性，受追捕的希尔顿处于一个女性化的边缘地位，却是一位生活的骑士，在经济上替汤普森承担了保护家庭和女人的义务。韩区表面上最接近传统的骑士形象：他正是骑着马去抓捕逃犯的。但他只是为了一己之私，客观上侵犯了他人的家庭领域，与高贵的骑士精神背道而驰。骑士最后糊涂丧命，更暗示了骑士风范的沦丧。

理想化的淑女形象是南方文化的核心，很少有人去怀疑其头上的光环。波特笔下的淑女却力图挣脱这个南方神话的束缚。描写米兰达成长历程的故事《斯人已去》是淑女神话的集中反映，也是对它最激烈的反叛。米兰达很小的时候，对大人的话经常感到不解。他们说艾米姑妈是美若天仙，她看来却有点"让人烦"；明明姨奶奶伊莉莎胖得像"金字塔"一样，他们却说家里全是像艾米姑妈一样苗条的美女；他们说艾米姑妈的追求者加日利姑父英俊潇洒，实际上他却是庸俗粗鲁的酒鬼。有关艾米姑妈的一切记忆都成了神圣历史，她成了南方淑女的理想化身和抽象概括。长大后，米兰达终于明白，这是典型的南方家庭。他们不仅景仰自己的过去，而且还刻意地将过去浪漫化。另外一个姨妈伊娃因为长相丑陋而不为家庭所喜，最后投身女权运动。她认为艾米的浪漫故事都是性欲激发的调情，并警告米兰达当心那些"被神化了的""带有浪漫光环的生活"。观点的冲撞使米兰达认识到历史和传奇都是建构的文本，是人为创造的神话。

## 二、惨痛献祭

献祭指为了维持神话而剥夺游离于其意义系统之外的人或物的存在权。《他》可算这一主题的主旨故事。"他"是一个弱智儿，十分要面子的母亲韦珀夫人有外人在场时总说自己最爱这个孩子，实际上危险的活儿都让他干。最后家庭经济窘迫，他被送到公立疗养所去。主人公在故事中没有自己的名字，始终都以英文中大写的"他"相代，与《圣经》中上帝的称呼一致。这一方面暗示了他身份的缺失，另一方面却也点出了其身份的不同一般：他是文学中"神圣傻瓜"的原型。传统戏剧中的傻瓜看似懵懂无知、疯疯癫癫的话中经常包含着真知灼见，而故事中的"他"干脆完全处于失语状态，甚至木板砸了头、等待食物时都没有丝毫声响。他只有两次发出过声音：一次是看到韦珀夫人宰杀他捉来的小猪崽的鲜血，他"被震击般地抽了一口气"；另一次是被送出家门，他流泪时"啜泣，发出吞咽的声响"，这两处不带有任何理性话语意义的声音却折射着对最深沉，最原始的爱的呼唤。韦珀夫人将别人的看法奉为圭臬，刻意营造了一个"受尊敬的"南方家庭的神话，"他"则成了这个神话的祭品。

献祭主题在波特其他故事中也有体现。《灰色骑士灰色马》中被称作"羔羊"的亚当是纯洁的象征，是供奉给现代"知识"祭坛的牺牲；《处女维亚利塔》中小女孩维亚利塔的纯洁（正如题名所暗示的）则是供奉给成人性知识祭坛的牺牲品；《巫术》中妓女尼内特的身体和自由是整个邪恶社会的牺牲，等等。波特笔下的献祭一般有两个层次：动物的牺牲总是伴随着一个弱势的人肉体或精神上的牺牲。在《他》中，杀猪崽一幕预示了韦珀夫人将舍弃"他"。正如她舍弃猪崽去掩饰贫困一样，这也解释了为何波特故事中充斥动物意象的原因。

从献祭的角度理解，波特的一些经典故事会呈现出新的意义。《玛利亚·康赛普西翁》便是一例。孕妇玛利亚·康赛普西翁发现丈夫胡安与同村姑娘玛利亚·罗莎偷情，后来二者私奔。在此期间康赛普西翁的孩子夭折，过了一阵子，胡安带着即将临盆的罗莎返回村庄。康赛普西翁杀了罗莎，收养了她的孩子。同村的妇女群体共同保护康赛西翁，使她免受法律惩罚。故事的结尾展现了一个圣母抱子的经典情景，体现了康赛普西翁的母性情结。这则故事描绘了两组女性特质的相互较量。玛利亚·罗莎的名字（Rosa）和玫瑰有关，她的风情和性感暗示着激情之爱，而玛利亚则喻指母性。她在故事中以怀孕女人出现，她的名字

（Concepcion）也是"怀孕"的意思。故事的男性神话很明显：两个女人围绕着一个男人大动干戈。其实，她们是镜像而非敌手。最后罗莎同样也怀上了胡安的孩子，这一事实说明了这两个女人的同质性。两个女性名字相同（Maria），取自基督教神话中的圣母。她们代表了男性眼中所有女性形象：处女、母亲、妻子、情人，还有"圣母"和"妓女"两个原型的矛盾统一。胡安对男性长者吉文思说："让我们忘了玛利亚·康赛普西翁和玛利亚·罗莎吧，她们有自己的位置，时候到了我会控制好她们的。"这番话鲜明不过地揭示了男性神话的结构。文中有两处杀戮，康赛普西翁这个本该孕育生命的女人杀鸡的利落和杀罗莎的胆量令男性也为之咋舌。康赛普西翁的可悲之处就是盲目信仰了男性神话而谋杀了自己的另一面。尤其可怕的是，文章中的整个女性群体都是这个神话的维护者，小鸡和罗莎（自然和女性）则成了献祭。

波特最负盛名的短篇《坟》呈现了相同的旨趣。故事背景是对《圣经》中亚当夏娃生活的伊甸园的仿拟。九岁的米兰达和十一岁的哥哥保尔去家族墓园里打猎，两人跳到废弃的墓穴里玩，保尔找到一枚戒指，米兰达找到一只银鸽子，两人交换了战利品。戴上戒指的米兰达失去了打猎的兴趣，幻想起作贵妇人的生活来。后来保尔枪杀并解剖了一个即将分娩的母兔，米兰达目睹孕育生命的奥秘，进入了禁忌领域。通过兔子和死于分娩的妈妈，米兰达了解到每位女性都必须经历的血的仪式和祭礼，尽管她现在还不知道交合、月经和临盆的意思。这个短篇是典型的成长故事，叙述了女孩进入男性权力世界的主题。戒指是明显的女性象征，米兰达的幻想与邻居对她男性衣着的批评遥相呼应，表现了社会对女性行为的规训。献给父性象征界的神话系统的祭品是母兔和女孩的纯洁，正是通过这两者的牺牲，米兰达才获得了做"女人"所必备的"知识"。

### 三、自我觉醒

对现实的扭曲、意义系统的僵化和献祭的血腥势必导致神话的崩塌。《斯人已去》中伊娃的一番愤世嫉俗的话，《烈士》中女模特儿绝情地逐利而上，《目击者》中吉比利对白色天堂的拒绝，都宣告了神话的脱冕与死亡。在波特笔下，神话崩塌后的世界并未陷入虚无，而有一个诺亚式的寻求新生活的歌手。她痛感于神话的虚伪、献祭的血腥，在独自面对"后神话"境况下，通过自己的吟咏为那些牺牲守灵，并建构了新的秩序和意义。

此主题的主旨故事是《灰色骑士灰色马》。这篇以戏剧评论员米兰达为主角的故事记载了她在战时的一段短暂恋情。一次世界大战是政客们炮制的关于民主、理想和爱国的神话，它迫使个人行为与其"符合"和"系统"一致。米兰达的爱人亚当就是这一神话的天真捍卫者。他们经常唱一首《灰色骑士灰色马》的民歌，大意是死神带走了一家人，只剩下女歌手在吟唱哀悼。"灰色骑士灰色马"这个短语是《圣经·启示录》对死神的描述。后来米兰达得了流感，昏迷状态下的五个噩梦传达了她对战争、爱情、人生和生死的复杂心态。后来亚当染病死去。结尾是米兰达在医院苏醒后，跟那个女歌手一样面对孤独。米兰达的身份很有象征意义，作为戏剧评论员，她能看透生活中许多如戏剧一般的神话。她自始至终都是一个具有独立思想的怀疑者，游离于神话的影响之外，因而注定要担负歌手的责任。

歌唱是 20 世纪女性作品中的一个经常出现的重要象征。薇拉·凯瑟的云雀之歌、韦尔带的演奏会、麦卡勒斯的音乐之梦，她们通过歌唱的形式打破了女性的失语状态，表现了新女性的职业、艺术、自我追求。但只有波特将歌唱提到了重构世界意义的高度，不仅是惋惜牺牲的守灵之歌，更是发现自我认识的觉醒之歌。"米兰达系列"描述了这样一个辞旧迎新的歌手——米兰达。"米兰达"这个名字被波特称为"我的另用名"。她很小就非常迷恋莎士比亚的作品，但她笔下的"米兰达"不是取自偶像《暴风雨》中女主角名字的拉丁义（"奇怪且迷人的"），而是西班牙语"注视的人"。米兰达成了女性的目击者，通过注视获得知识，也通过注视改变了男性主宰的世界。"她拒斥了所有既定的（过去的、神圣的）意义体系，转而追求不受体系限定的自由生活（现在的、个人的、世俗的）。"她不愿意记忆的不是历史，而是历史的传奇，他人记忆中的历史。"她的一生就是一则现代的追求故事——既渴望逃离家庭所代表的专制，却也害怕逃脱后"无意义"的空虚。所以，她寻找着远方的真理，一个自我独立的意义体系。

在波特的后神话世界里，守灵/觉醒之歌有着许多变体，或是《午酒》中汤普森先生自杀的一声枪响，或是《遭弃的韦瑟罗尔奶奶》中韦瑟罗尔奶奶临终前苦等上帝未见的一声叹息，或是《坟》中成年后米兰达回忆幼时经历的一声轻笑，或是《处女维亚利塔》中维亚利塔既被强吻又遭奚落后的一声哭闹，都是一种顿悟——神话破碎后的自我述说，并通过述说重建生活意义。甚至希尔顿的口琴声都是蕴含新理念的觉醒之歌：曲子的内容是在午前喝完所有的酒，而不是留到该喝的时候，这种行为是非理性的狂欢，是对身体欲望的完全顺从，正与他的女性化特征一致。他的琴音是反男性神话的"失语的话语"。

# 第四节  以笔为剑的斗士——汤亭亭

20 世纪七八十年代的政治文化运动得益于当时思想界的理论武装，同时也为思想界的发展留下了一笔宝贵遗产。此后，多元化成了共识，族裔和文化研究成为热点。随之而来的是大规模的经典修正过程。女性主义批评家和以非裔美国人为首的少数种族评论家开始质疑美国经典所坚持的所谓"审美性"，认为性别、种族等意识形态力量是压制边缘群体发声、阻碍他们拥有读者进入经典的主要原因。为了改变这种状况，一些学者将大学课程设置与文学史、文学经典联系起来，以求突破，并对边缘群体作家进行了特别的关注。华裔作家汤亭亭可谓是这一运动最大的受益者。她的作品不仅入选了《诺顿美国文学》等主流文学选集，而且在当世作家作品中最多入选课程设置，被文学、美国研究、旅裔研究、历史、妇女研究等各个专业选作教材讲授，甚至进入了高中课程。这些令人惊叹的成就奠定了汤亭亭在美国文学史中的地位，使她进入了经典作家的行列。

从童年起，中美文化对待女性的不同态度就让她迷惑甚至恼火，但也引发了她对自我身份的思考。自她 1976 年发表首部小说《女勇士》开始，她的整个创作都执迷于身份问题，力图在中国文化、美国文化、女性这三个支点中取得立足的平衡。

汤亭亭的著作不多，主要文学作品只有四部，即《女勇士：一个女孩在群鬼间的生活忆往》（1976）、《金山勇士（1980，又译《中国佬》）、《孙行者：他的即兴曲》（1989）和《第五和平之书》（2003）。这些作品都是汤亭亭以自己在美国成长的亲身经历为基础创作而成，中间夹杂大量经过改写的中国文化故事，其一贯秉承的核心主题是她身为女性和少数族裔的双重边缘身份诉求。概括而论，性属意识、族裔元素、美国身份和美学艺术是汤亭亭作品中的四大构成，而且彼此彰显，共同铸就了文本的内涵意蕴。不过，尽管这些因素是不可分离的，但汤亭亭的创作所关注的重点却呈现出明显的发展变化趋势：《女勇士》重在体现女性主义意识，表达了女性遭受社会（尤其是华人社会）不公待遇的愤怒与反抗；《金山勇士》重在体现中国族裔意识和中国人在美国历史上占据的位置；《孙行者》重在体现美国身份，强调华裔乃是美国社会的有机组成部分。简单来说，汤亭亭迄今为止的创作经历了几个不同的阶段，总体上反映了自己从女性意识觉醒到文化意识、民族意识不断成熟的过程。

## 一、女性主题

身为一名女作家，汤亭亭自然地以女性为中心、采取女性视角描写美国华人的生活和经验，其关注的对象是母女关系、家庭生活、女性在社会中的境遇等女性化的题材。华人社区里歧视女性的现象严重，经常流传着"女娃好比饭里蛆""养女是倒贴""宁养呆鹅不养女"等说法。厌女文化剥夺了女性的诸多权利和正当的欲望诉求，"不许说"成了长辈呵斥小女孩的常用语，甚至母亲给汤亭亭讲故事时也以此告诫她。强烈的不公引起了汤亭亭的愤怒，她决心以文字的形式打破不许说的禁令，为自己和其他女性争取表述的合法渠道。《女勇士》便是这一愿望的产物。

《女勇士》是汤亭亭创作的首部文学作品，在其中运用了大量的自身经历。作品刚问世便引起学界关注，并于当年获得美国书评家协会的非小说类奖。这个奖项的类别颇有意思，也点出了这部作品的显著特色，即它的体裁始终徘徊在自传和小说之中，使读者难以区分历史和虚构、现实和梦幻之间的界限。《女勇士》共五章，讲述了不同的故事，被叙述者汤亭亭用自己的所见、所闻、所读、所感贯穿成篇。第一章《无名女子》以母亲向汤亭亭讲故事的形式进行陈述，记载/重现/想象了汤家姑姑屈死的故事。汤家姑姑在丈夫外出期间怀孕，被村民们视为有伤风化而遭唾骂和袭击。走投无路之下，她抱着孩子投井自尽。这是被家族有意遗忘、禁止谈论的"家丑"，姑姑自然也就消隐在家族历史的阴影之中，成为"无名的女子"。第二章《白虎山学道》是对中国民间传说"花木兰代父从军"的重写，是整部小说中最明显地表述"女勇士"精神的篇章。木兰在白虎山修炼，练就了一身好功夫，在战争爆发时替父从军。父亲在她后背上刻上了家族的仇恨，她一直"背负"着报仇誓言征战沙场，期间怀孕生子。战争结束后，花木兰返家伺候公婆，做贤妻良母。本章结尾叙述了汤亭亭自己的经历感受。第三章《乡村至生》是关于母亲英兰的经历。她通过个人奋斗在中国获得了行医资格，后来放弃事业远涉重洋与夫团聚，凭借顽强打拼终于在美国站稳脚跟。她的英勇行为和口述的故事深深地影响了汤亭亭。第四章《西宫门外》叙述了性格柔弱的姨妈月兰在英兰的鼓动和帮助下寻夫，却发现丈夫早已在美国另觅新欢。月兰不敢主动争取自己的幸福，也无法释怀，最终精神崩溃，孤独地死在异国的疯人院中。第五章《羌笛野曲》集中记载了汤亭亭自己的一些童年往事，但结尾却笔锋一转，转而描述蔡琰（蔡文姬）的故事。汉人女子蔡琰被南匈奴首领掳至异乡长达十多年。在完全陌生的文化环境中，蔡琰克服了流放的痛苦和语言不通的障碍，成功地运用少数民族的语言和曲调创作了《胡笳十八拍》，用歌唱的形式表达出自己的感受。

从内容中可见，小说以传记（自传和他传并存）形式为主，讲述了汤亭亭姑妈、母亲、姨妈和她自己的经历，但里面穿插了一些历史传说和神话故事，形成了叙述技巧上的"织锦"风格。整部文本中没有一章可称得上严格意义上的小说或完全意义上的传记，但文类的混杂丝毫没有影响文本的统一性，而是浑然一体地呈现了中心主旨。就此而言，《女勇士》呼应并发展了薇拉·凯瑟的《我的安东尼亚》所采取的叙述技巧。也如《我的安东尼亚》一样是一部想象性的回忆录，所有的故事都发生于叙述者的意识之中，意在体现叙述者本人的心理发展历程。小说的副标题是"一个女孩在群鬼间的生活忆往"。小说中确实有很多的鬼魂，如姑姑屈死的鬼魂，母亲英兰住在"鬼屋"的大胆之举，母亲口中的各式墙头鬼、好吃鬼、油炸鬼、警察鬼、公车鬼等。汤亭亭提及副标题的含义时说："鬼不仅仅包括白人，还包括家族历史上的幽灵般的人物，以及中国人、美国白人和华裔美国人身上令人困惑的行为。"可见，汤亭亭所挪用的中国"鬼文化"已经偏离了阴森恐怖的文化联系，而转变为泛化的文化代指，喻指华裔女孩所面对的历史及文化情境。她在"群鬼"间的生活实则就是她在与社会进行持续接触和对话的互动中逐步塑造自身身份、找到自己所属位置的过程。

在这个身份追寻过程中，性别是核心要素，族裔在其中只起到了一个辅助的、提供视角的作用。如评论家所言，《女勇士》是典型的女性自传，通过幻想和想象的生活塑造了女性身份。小说中所采用的中国题材与族裔并没有太大关系，它们不是在谈中国女人的遭遇，而是在谈"美国社会对待女性的方式"。为了突出这个主题，《女勇士》紧紧围绕"言说"与"身份"之间的关系，描绘了母女之间的关系。

在作品中，作为女儿的汤亭亭虽然很抗拒母亲所代表的中国传统习俗，因为它们与美国社会格格不入，经常给她带来羞辱，但她却从母亲所讲的故事中获益良多。"讲故事"这个言说传递的行为不仅让生在美国的女儿理解了母亲身陷种族歧视、生活艰辛、思念故土等移民困境后所表现出来的勇气和力量，还激发了汤亭亭的感受力，使她能够以真实和想象的双重方式来对抗社会的性别歧视。汤亭亭在母女的言说传递过程中并不是被动的接受者，而是主动的挪用者，母亲讲的很多故事并没有达到预期的效果。在《无名女子》中，母亲讲述故事意在强调姑姑所犯的罪过，而"我"却在探究姑姑怀孕的缘由，猛烈讨伐那个让姑姑怀孕却毫不担责的男人。岳飞刺字的传说被嫁接到花木兰的身上，一方面赋予了花木兰男性力量（岳飞），另一方面也揭露了男性（父亲）对她的书写。汤亭亭相信艺术的"救赎"力量，因此她打破"不许说"的禁令。整部《女勇士》都可以视为女儿对女性言说过程的延续，是从被迫失声到"奋起"的飞跃，一次从"沉默"到"歌唱"的羽化。

## 二、文化主题

汤亭亭对身份的关注没有限于性别，而上升到了族裔层面。毕竟，作为华裔作家，她无法忽视这个与生俱来的文化标记。在创作《女勇士》时，她也想要述说家里男性的故事，但为了保持作品的女性主义主题而将男性故事剥离出来单独成篇，扩展成为《金山勇士》一书。无论从技巧还是主题来看，这部作品与《女勇士》都极其相似，是真正的姐妹篇。不同的是，对性别的超越使汤亭亭的创作上升到了史诗般的水准，拥有了浓重的族裔和历史内涵。作品描写了汤家四代人在美国的生活，构成了华裔的历史记忆、建构了一部迥异于美国官方叙事的对抗性历史。在少数族裔尚且遭受歧视的现代背景下，建构历史这一行为兼具充实过去和言说当下的双重意义。正因为如此，作品发表后获得了评论界的极高评价，一举赢得美国书评家协会奖和美国国家图书奖。

《金山勇士》讲述了汤家曾祖父/外曾祖父、祖父、父亲和弟弟四代男性的故事。全书共有十八章，主体部分是汤家四代男性在美国的经历，在目录页中以大写的粗体字母呈现"中国来的父亲""檀香山的曾祖父""内华达山脉中的祖父""其他几个美国人的故事""生在美国的父亲"以及"在越南的弟弟"。其余十二章以中国传统章回体小说中楔子的形式散落地插在主体故事之间。小说以《论发现》开篇，重写了明代李汝珍所著《镜花缘》中唐敖误入女儿国的故事（原小说中是林之洋）。他被打扮成女性的模样，施与女性食物，还被迫洗涤自己的裹脚布。该章的结尾堪称点睛之笔：女儿国在北美，是武周时代由中国人发现的。这段话解释了唐敖在异域的遭遇，这是贯穿全书的宏大隐喻，表现了种族歧视下的华人男子在美国被奴役、被剥夺话语权的阉割般的生存处境。全书的中心章是第九章《法律》。它以年表的形式列举了美国的排华法案，以一种冰冷的、客观的方式勾勒了华人在美被剥削、被压制发声和被驱逐的宏大历史。这一章占据作品的中心地位，在于其提供了个体华人在美经历的大背景。汤亭亭综合运用历史、法律、社会话语展示了种族的集体记忆、家族谱系和个人记忆之间的互动，似乎得益于《愤怒的葡萄》的叙事手法。

汤亭亭通过汤家特定的家族故事对整个华人历史进行想象、再现和剖析，为故人充当了言说的媒介。《内华达山的祖父》一章展示了华工修筑美洲大陆取悦白人读者而强化华人刻板印象的"卑贱行径"。这引发了文坛上著名的"赵汤论战"，两人就华裔作家应该如何理解和使用中国本土文化进行了辩论。汤亭亭认为，神话是可以改写的，每个人认识到的神话都不一样，"神话通过口头流传，而不是文本。你每次讲的故事或者听的故事都不一样。神话没有一成不变的权威版本。林林总总的权威版本都因人而异"。而神话的不同接受则体现了受众各自有别的身份认同方式，"我借着这种地方性、区域性、微观的方式自我认同，来响应那些族裔中心主义批评家……对于那些拒绝在微观中见到普遍性的人，对于那些坚持所有华人都得一样、都具有相同神话、背景和人格的人，我觉得失望"。可见，汤亭亭讲述的中国故事受到其主体认知的重新观照，表述自己作为一名美国华裔女性作家的身份认同。她对原本故事的改变是一种有意为之的文化策略，即通过有意误读的方式摆脱了原有文化背景的限制，建构了自己当下的独特身份。在这个意义上，她很好地实践了哈罗德·布鲁姆的误读理论，为自己赢得了独有的文学和文化地位。也正因为如此，汤亭亭也对自己的所有读者寄予了相同的期望，她的故事真实与否并不重要，重要的是她通过这些故事表述了自我但只是对她个人适用而已。读者不应该把验证故事的责任推给她，而应该通过自己的经历去体会。

### 三、民族主题

虽然汤亭亭以边缘作家的面貌踏上文坛，但这似乎更是评论界对她的建构。她自己则始终怀着像大诗人惠特曼那样代表美国发声的光荣梦想。她有名的散文《美国评论家的文化误读》中说"我是个美国作家。像其他美国作家一样，我也想要写出伟大的美国小说"。不仅美国评论界如此，国内不少评论者在这个问题上也有"误读"，即过分地强调汤亭亭与中国文化之间的联系，而无视她本人和作品的美国性。汤亭亭对此很是不满，在多种场合申明自己是一名美国妇女，写的是美国人的生活，作品属于严肃的美国文学而非"人类学、娱乐之作、异国情趣"。这也是她对自己在亚裔美国文学中角色的定位。为了突出美国性，她甚至提议去掉"Chinese-American"之间的连字符，因为这个连字符使得这个词的两边同等重要，而去掉连字符后能够强化华裔的美国性。

民族性本身是一个以想象的共同特征为基础，并与外界文化社会环境反复协商的持续构建过程。身份的确立因而包含两股对立的力量：认同（consent）和继承（descent）。继承的是物质性和血缘性的东西，而认同则是群体得以形成的情感基础。对于族裔作家来说，他们的美国身份自有特殊之处：继承呈现出混杂性，认同则非常自信。汤亭亭属于族裔作家群，自然具有同样的思维模式。1989年发表的《孙行者》标志着她创作的有意识转变。较之前两部作品，《孙行者》

更加鲜明地扛起了美国性的大旗。

获得美国笔会小说奖的《孙行者》是汤亭亭第一部完全虚构的作品，以在加州土生土长的华裔艺术家惠特曼·阿新为主人公。阿新是60年代末的大学毕业生。60年代是以凯鲁亚克的《在路上》为文化标记的年代。流浪和放荡不羁成为年轻人的生存方式。毕业后的阿新成天与一群白人嬉皮士厮混在一起。不过他很有文学天赋，最大的梦想是创作一部华裔的史诗并把它搬上舞台。这一梦想贯穿整部小说，是小说内在主旨的高度凝缩。

有别于《女勇士》和《金山勇士》，《孙行者》在叙事方面有两个显著的变化，一是没有采用一个女性的叙述者，而选用了一个男性主角；二是没有采用大量的汉语英译，而用纯正的美国英语写作。对于第一个变化，汤亭亭解释到，她以前一直以第一人称单数来组织作品，这是非常自闭/自恋的艺术手法，她要打破这种自我中心，对"他者"有所了解。对一位女作家来说，"他者"就是男性。于是，在《孙行者》中，女性的叙述者完全消失了。在汤亭亭看来，这是一种艺术和心理的成熟。而且小说以美国60年代的社会为场景，而在那时，女性经历由于社会的限制还是不如男性经历那样具有丰富的文化拓展内涵。抛弃汉语英译则是汤亭亭刻意采取的另一个叙事策略，意在淡化主人公的华人背景而着力表现他的美国思想。从《孙行者》在叙事策略上的变化可以看出，汤亭亭所欲表达的主题从性别和文化转向了美国性。

美国性是《孙行者》的中心主题，通过主人公的"继承"和"认同"两个角度表现出来。从认同角度来说，他非常确切地肯定了自身的美国性，反复强调自己是具有中国血统的美国人，而不是中国人。而从继承的角度来看，他身份的混杂性十分明显。小说里混杂了中西文学经典的若干片段（中国文学有《西游记》《水浒传》《三国演义》等；西方文学有凯鲁亚克的《在路上》、惠特曼的诗歌、乔伊斯的《尤利西斯》等），还有大量有关美国华裔历史、文化轶事以及各种议论。这种有意为之的互文方式意在强调阿新的身份独特性。通过塑造这个继承了东西方两种文学传统的艺术家，汤亭亭改写了西方"艺术家成长小说"传统，意在表现华裔美国艺术家的成熟历程。

就如阿新梦想描写华裔史诗并付诸表演所暗示的，书写、言说、表演等与身份建构紧密相关的行为成为亚裔艺术家定义自身的手段。阿新的女朋友南希对阿新说"女演员说别人的话，我是个女演员，知道怎么说别人的话，你吓坏了我，因为诗人只说自己的话"。阿新正是在用美国的语言发出自己独特的声音，他的家族之名（Sing）再明显不过地体现了这一思想。在美国历史上，这一名字却是华裔作家的污名。作家布雷特·哈特（Bret Hart）曾发表一首短诗《异教徒中国佬》，描写一名叫阿新的华工赌博作弊。这首短诗助长了当时的排华情绪。汤亭亭对"阿新"名字的再度使用也有了历史蕴涵。就如孙行者用金箍棒打碎已有的秩序，汤亭亭也在用自己的笔打碎华裔的定势形象，恢复他们的美国身份。汤亭亭赋予自己的"阿新"一个全新的个人之名（Wittman），化自美国民族诗人惠特曼（Whitman），这一变化不仅表现了美国史的传承，也表现了亚裔的个体自豪感（Witman）。

# 第七章　美国族裔小说中的内在意识研究

## 第一节　黑人小说的身份意识

### 一、托妮·莫里森小说中的身份建构

（一）莫里森早期小说对黑人身份的探索

作为首获诺贝尔文学奖的黑人作家，托妮·莫里森无疑代表了黑人文学的最高成就。在近40年的文学创作生涯中，莫里森创作了10部小说、1部戏剧、1篇短篇小说、6部非小说、若干篇论著，还与儿子斯莱德·莫里森合著了儿童文学作品。

莫里森从小沉浸于黑人传统文化，同时又接受过西方经典文学熏陶。她在传承民族文化传统的同时，努力探索黑人文学发展的新方向。她的作品具有强烈的社会感和历史感，她认为艺术具有政治性，艺术家应担负为历史作证的使命。莫里森始终关注非裔美国人的身份建构，但反对割裂历史，反对把"黑人身份"和"非裔美国族群"同质化。她既不赞同把身份视为固定、独特和统一的假设，也反对把身份完全解构和消融，而是积极地在历史和现实的语境中探究黑人文化身份的定位和建构。

在专著《黑暗中的游戏》（1992）中莫里森指出，白人把身份建立在黑人的"他性"之上，黑奴便成了他们自我的替代品。"美国人"的概念及其相关的国族概念中的重要部分常常依赖对于黑色非洲他者的压制和静音。在这本篇幅不长的论著中，莫里森分析了威拉·凯瑟、爱伦·坡和海明威等人的文学作品，从中挖掘出隐藏在文本后的黑人"他者"，由此得出结论，非裔美国人的经历在美国文学诸多经典中居于中心地位。

在第一部小说《最蓝的眼睛》（1970）中，莫里森揭露了白人文化对于黑人姑娘身份建构的破坏性影响。对于白人文化关于美和黑的定义的内化毁灭了一个11岁的黑人姑娘佩柯拉·布里德拉夫。小说开篇是人们熟悉的初级识字课本《狄克和简》的内容，描写了一幅白人中产阶级安逸的生活画面。但它很快被搅

乱、转译，成为与佩柯拉一家人贫穷、混乱、绝望的生活丝毫不相干的再现符号。在以白皮肤蓝眼睛的白人姑娘为美之理想化身的社会中，大家都把漆黑的佩柯拉与丑陋和失败联系在一起。佩柯拉梦想着拥有一对像电影明星秀兰·邓波儿那样的蓝眼睛，认为这样自己就会变得美丽可爱，得到别人的爱心，世界就会变得更美好。这种幻想使她发疯了。对于白人价值观的内化使得周围的黑人，包括佩柯拉的父母都把佩柯拉作为替罪羊，因为佩柯拉代表了他们所憎恨但又无法摆脱的一切——肤色和贫穷。当然，并非所有的黑人都认同白人价值观。小说的叙述者克洛狄娅就对白人神话极其反感，她曾拆散洋娃娃，探究这个蓝眼睛、黄头发、白皮肤的玩偶为什么成为全世界人关于可爱和美丽的标准。这一具有象征意义的行为显示出克洛狄娅的心中已经萌生对强势文化话语的反感和对黑人文化身份的认同。通过佩柯拉的悲惨故事，莫里森提到了黑人身份建构中一个重要课题：在白人社会的价值观念中，黑人和黑性是作为他者存在的，那么，黑人要建构自我身份，首先必须抵制而不是内化白人的价值体系。

莫里森的第二部小说《舒拉》（1973）延续黑人女性对自我身份的追求，小说主人公舒拉具有叛逆精神，她与儿时好友奈尔以不同的方式应对自己作为黑人女性在种族和性别上的双重边缘化地位，"因为两人均在多年前发现，她们既非白人，也非男人，所有的自由和胜利对她们都是禁脔，她们便着手创建别样的自我"。结婚生子后，奈尔渐渐陷入平庸的家庭生活，淡忘了发展独立自我的需求；而个性张扬的舒拉则拒绝做男人的附庸、拒绝家庭和社会的任何束缚。在她看来，失去自我的生活虽生犹死。舒拉在外独自闯荡十年后回到家乡，因其对于种族、性别藩篱的超越以及对于社区、家庭道德规范和价值体系的蔑视，被家乡人视为恶魔的化身，成为孤立于社会及群体之外的人。但是，舒拉仍然无悔地寻求着自我心灵的成长，并坚信家乡的人们最终会理解她，舒拉的病逝似乎为她充满坎坷地寻求自我之路画上了沉重的句号，然而奈尔最终对舒拉的理解，暗示将会有更多的黑人女性开始自我发展的新征程。

《所罗门之歌》（1977）以物质主义盛行的 19 世纪中期为背景，描写了黑人男性寻求文化身份认同的历程。全书围绕绰号为"奶娃"的黑人青年的成长展开。奶娃出身于富裕的黑人家庭，由于受父亲的影响，极度自私、蔑视女性、没有责任感，是一个内心极度匮乏的人，他既缺少对于民族文化的认同，也谈不上自我身份的确定。为寻找传言被姑姑藏匿的金子，奶娃离开北方都市来到南方。这是奶娃心灵成长的发现之旅。途中，他经历数次考验，丢掉了象征虚荣心和物质主义的时髦衣服，在民族历史文化中接受了心灵的洗礼。通过对于祖先足迹的探询，对于家族乃至民族历史的了解，奶娃寻找到了自己的"根"，增强了对黑人文化的自信，从而对于自我有了新认识，最终成长为像祖先那样自由"飞翔"的人。

《柏油娃》（1981）以 20 世纪 70 年代加勒比海一个小岛和美国纽约及南方为背景，以森和雅丹之间的爱情纠葛为线索，探讨了黑人青年的文化抉择和身份认同。雅丹虽然出身黑人家庭，但通过百万富翁白人糖果商瓦莱里安·思特里特的资助，接受了高等教育，在巴黎大学读书，又做了高级模特儿，接受的是巴黎、纽约等大都市的文化价值观。森与雅丹有着截然不同的经历和文化信念。他出生在美国南方小镇，目不识丁，不愿在白人价值观统治的社会赢得所谓的成功，因而一直游荡在社会的边缘。森固守黑人传统，珍视过去，崇尚自然，成为非洲传统的极端守望者。雅丹与森不同的文化抉择使他们的爱情发展受到阻碍。森希望雅丹与他一起回到佛罗里达的家乡，但雅丹受不了那里的封闭和单调，森同样无法适应都市生活，雅丹终于悄悄离开了森，小说在森寻找雅丹的途中结束。

森与雅丹代表了黑人文化身份认同的两个极端。雅丹代表的文化抉择以牺牲自己的民族性为代价，她在思想上已经被白人强势文化同化。然而，对于白人文化价值观的全身心拥抱并没有给她带来身份上的认同。她无法完全抛弃自己的黑人性。它们以种种意象出现在她的噩梦中，纠缠着她。而森对于西方文明的一概否定，对于传统的死守和拒绝变通也使他身上具有种种局限性。从一定意义上讲，雅丹是一个文化孤儿，森则是一个黑人民族主义者。雅丹和森之间的矛盾以及由此引发的痛苦实际上是黑人青年文化抉择和身份认同的痛苦和矛盾。

（二）《宠儿》对沉默历史的"重现回忆"与身份建构

要了解现在、掌握未来就必须了解历史。为了对抗主流文化对于黑人历史的静音和歪曲再现，莫里森同许多非裔美国作家一起致力于"反记忆"的文化斗争。她曾在 1988 年接受访谈时宣称，"在这个国家发掘黑人民族历史具有非常重要的意义，因为你不可能责备征服者按照他们自己的方式书写历史，但你完全可以去反驳它"。莫里森已经敏锐地意识到历史记录乃是权力关系的显现，通过不同的记忆和记录则有可能颠覆强势话语。

《宠儿》是一部"发掘黑人民族历史"之作。在此，莫里森重新讲述了一个被湮没的关于奴隶制的故事，一个谁都不愿讲述，也不愿听的故事。《宠儿》的写作素材来自一个真实的历史事件。早在 70 年代莫里森在蓝登书屋编辑《黑人之书》时，在一份简报上发现了一个名叫玛格丽特·加纳的女奴的悲惨故事。玛格丽特带领几个孩子从肯塔基州逃到俄亥俄州的辛辛那提。当奴隶主赶来追捕时，她抓起一把斧头，砍死了她的小女儿，希望这样女儿就能逃离黑奴的非人生活。这个惨烈的故事一直在莫里森心中挥之不去，直到1981年她决定把它作为创作素材。经过六年的艰苦创作，《宠儿》于1987年出版，成为让许多读者萦绕于怀的故事。在《宠儿》中，赛丝做了与玛格丽特同样的行为：面对奴隶主的追捕，在她的孩子们可能失去历尽艰辛获得的自由时，赛丝计划用一把手锯将孩子们送到另一个世界。最终她只杀死了刚刚会爬的女儿，后来以"宠儿"的名字把她埋葬了。

《宠儿》也是一种奴隶叙述，与传统的奴隶叙述不同，《宠儿》没有回避伤痛的记忆，而是揭开面纱，直面历史。小说的主体叙述时间和地点是1873年的辛辛那提，即美国历史上的南方重建时期。莫里森强调的是奴隶制的后果，它在制度结束后仍然存在余威。通过对前黑奴的后殖民内心世界的描画，莫里森刻画了他们艰苦的自我身份建构。

1. 奴隶制话语对黑人的物化和他者化

《宠儿》揭示出奴隶制真正可怕之处，它给黑人民族带来的不只是身体的伤害，更重要的是心灵的奴役。奴隶制对于黑人民族主体性的剥夺给他们的身份建构带来长期的影响。这段历史带给黑人的最大伤痛就是奴隶制话语中黑人的"物化"：黑人成为他者的化身。为了维持白人的殖民统治，黑人的"他性"必然被不断延续和强化。更可怕的是，这种殖民话语可能被内化，导致前黑奴在获得身体自由后无法获得真正的精神自由。因此，尽管奴隶制度的结束表明了美国黑人"后"殖民阶段的开始，他们的身份仍然被奴隶制的殖民主义意识形态所左右。

莫里森对于奴隶制的揭露，从最"仁慈"的角度写起。生活在"甜蜜家园"的黑奴们很幸运有一个开明的主人。奴隶主加纳先生声称把奴隶当人看待，允许他们读书、自主选择配偶，甚至拥有枪支，似乎"甜蜜家园"真的名副其实。加纳一死，"学校教师"的到来终于打破了黑奴们的美梦，他们意识到"加纳先生宣称他们是男人——但只能在甜蜜家园，而且由他许可"，原来他们一直生活在加纳先生"美妙的谎言"中。"学校教师"的到来让黑奴们进一步意识到他们是"被定义者"，绝不是"下定义的人"。"学校教师"，名字本来代表着文明和睿智，却成为最残酷的种族主义者。他的所谓文明实则是对其他民族人性的压制和否定。在"学校教师"的眼里，黑奴只是一群动物。为了验证这些黑奴需要"照料和指导……以使他们远离他们喜欢的野蛮生活"，"学校教师"观察他们的行为，指导他的侄子们把黑奴的人类特征和相应的动物特征对照记录。"学校教师"的社会实验是奴隶制话语对黑人物化和"他者化"的一个比喻。在这种话语中，黑奴被迫居于一个灰色区域，介于人和动物之间的模糊地带。这种物化产生了心理、感情和精神的摧残，它的危害持续到奴隶制度结束以后。

对黑人的物化还包括对其家庭的毁灭。正如玛格丽特·艾特伍德在评论《宠儿》时指出的那样，奴隶制"是人类所发明的最反家庭的机制。奴隶们没有母亲、没有父亲，被夺走了配偶、孩子、亲人。在这个世界，人们突然消失，再也看不到，这不是源于突发事故、秘密行为或者恐怖主义，而是每一天的正常情况"。

人的地位和正常家庭生活的丧失使得黑奴们被剥夺了人类关系中最重要的东西——爱。对于母爱来说尤甚。因为在奴隶制度中，黑人女性只是"不花成本自我繁衍的财产"，母亲与孩子的感情纽带被割裂。

赛丝幼年时无法和在田间劳作的母亲生活在一起，直至母亲去世，赛丝被剥夺了做女儿的机会。有了自己的孩子后，她希望通过母亲的资格获得某种主体地位。然而，在把黑奴作为交换物体的社会，赛丝又如何坚持得住自己的母亲地位？乳汁是母爱的象征。赛丝在幼年时得不到母亲的乳汁，深知"没有属于自己的乳汁，必须挣扎着叫喊着得到它是什么滋味"，深知它对于女儿的重要性。因而，最终促使赛丝逃离"甜蜜家园"的原因不是遭到的毒打，而是被"学校教师"的侄子按在地上夺走乳汁。这一行径不但与强暴无异，更侵犯了赛丝的母亲地位。

母性和奴隶制的矛盾突出表现在赛丝杀婴上。首先，赛丝杀婴之举源自对孩子的爱。她坚信自己是在帮助孩子逃脱"不可言说"的命运。深知黑人的物化意味着"任何一个白人都可以因为脑子里突然闪过的一个什么念头，而夺走你整个的自我"。赛丝的逻辑很简单，"如果我没有杀她，她就会死，我无法忍受这样的事发生在她身上。"赛丝对于孩子的爱只能通过夺取其生命，使其逃离扼杀生命的环境来完成，这真是残酷的反讽！

其次，赛丝的行为也是为了捍卫自己做母亲的权利和主体地位。赛丝把孩子视为自己身上唯一未被玷污的地方，仍然"清净、美丽"。到达辛辛那提后，她初尝了自由的滋味，绝不允许"学校教师"侵犯、玷污、占有她最美好和神奇的东西。她必须保护自己的神圣之地，哪怕它意味着谋杀的绝望之举。杀死孩子的行为表明赛丝坚持对于孩子的所有权，坚持自己的主体地位，是"黑奴女性自我定义"之举。霍米·巴巴指出，"杀婴被认为是反抗制度的行径，至少承认了黑奴女性在公共领域的法律地位"。

2. 对历史的"重现回忆"与黑人的身份建构

要重获主体地位，获得爱的权利，赛丝和其他黑奴一样，有漫长的路要走。首先，需要正视昔日充满伤痛的历史。如何重新认识历史，重新接受乃至挪用历史，对于任何非裔美国人来说都具有重大的意义。因为文化身份建构的一个重要途径和手段就是对于历史的重访和反思。帮助莫里森从历史的深度、从心灵和人性的角度来重现这段历史的，是一个贯穿整个文本并且超越文本的概念——"重现回忆"。

"重现回忆"是莫里森在小说《宠儿》中臆造的一个词语。它是一个复杂的概念，它不是单纯的记忆，它既是过去在现实中的再现，也是对过去意识的回顾与把握，它既是个体的，也是集体的，甚至是种族的记忆。"重现回忆"在小说中恰似一条红线，连接着不同层次的文本，跨越不同纬度的个人史与民族史，多角度地体现了历史对现实的意义。

首先，莫里森所表现的是奴隶制的阴影以"重现回忆"的形式对昔日黑奴，特别是黑人女性生活的影响，而正面面对它，重新把握它是昔日奴隶们获得新生活的先决条件。"重现回忆"成为揭示小说主题内涵的重要层面。

小说的主叙述时间放在奴隶制废除后的 1873 年。此时内战早已结束，黑人们至少在名义上被完全解放了。然而主人公赛丝的生活却毫无生机。她同孤僻的小女儿丹芙住在一所闹鬼的屋子，每日与过去的回忆徒劳地做着斗争。昔日的痛楚如此深刻与巨大，赛丝似乎只有努力关上记忆的闸门才能使自己不被其吞噬掉。然而，对记忆的苦苦压抑带来的是精神的苦闷，是生活的苍白和孤寂。赛丝几乎与外界隔绝，拘囿在 124 号的房子里，也拘囿在"使过去不再迫近"的枷锁中。她的生活没有阳光与希望。

而且，尽管赛丝努力击退过去，但却永远无法超越它。过去的一切时时以"重现回忆"的形式出现。正如赛丝告诉女儿丹芙的那样，"有些东西你会忘记，有些东西你永远也忘不了"。即便当她"尽量不去回忆"任何东西时，过去的一幕幕情景仍然如洪水滚滚而来，"猛然间，'甜蜜家园'到了，滚哪滚哪滚着展现在她眼前，尽管那个农庄里没有一草一木不令她失声尖叫，它仍然在她面前展开无耻的美丽……"

奴隶制虽然结束了，但奴隶制下的体验却阴魂不散，因为它仍然存在于另一个维度空间，无法摧毁。它不但存在于赛丝的大脑中，成了她个人的"重现回忆"，同时也成为一种集体的存在，成为与现实共存的东西，影响着他人的生活。

哪天你走在路上，你会听到、看到一些事情。清楚极了。让你觉得是你自己编出来的。一幅想象的画。其实不然。那是你撞进了别人的重现的记忆。我来这儿之前待过的地方，那个地方是真的。它永远不会消失。哪怕整个农庄——它的一草一木都死光，那幅画依然存在。

赛丝全力把守着过去记忆的大门，不仅仅是因为它对自己是一个无底的痛苦深渊，还因为在她看来，过去的一切都存在于"重现回忆"中，永远对她的孩子是一个威胁。于是，赛丝有意向女儿丹芙隐瞒着过去，"至于丹芙，赛丝有责任让她远离仍在那里等着她的过去，这是唯一至关重要的"。然而，对过去的无知使丹芙越发增加了孤独和苦闷，她处心积虑地向母亲打听和自己有关的故事，却得不到完整的回答。由于找不到关于过去的完整故事，丹芙成了一个孤僻的长不大的姑娘，她走向成熟、走向未来的路受到了阻挡。

赛丝的婆婆贝比·苏格斯曾是位老黑奴，在奴隶制下经历过数不清的折磨，一生目睹了黑人"男男女女像跳棋子一样任人摆布"，并且"没有人因为棋子中包括她的孩子而停止下棋"。她所生的八个孩子，包括赛丝的丈夫黑尔全都或被卖、或失踪，离开了自己。因此，她也非常清楚一提起过去就会唤起痛苦。"过去的一切都是痛苦，或者遗忘，"她与儿媳"心照不宣地认为它不可言说"。当贝比·苏格斯向同伴们宣扬她的宗教时，她宣扬的是在现实中想象、在现实中实现的天恩。然而，白人闯进了她的院子，儿媳在将要被捕的时刻做出的骇人之举让她失去了判断。她对生活心灰意冷，丢弃了自己的教义，死前总结道："那些白鬼夺走了我拥有和梦想的一切，还扯断了我的心弦。这个世界上除了白人没有别的不幸。"她那根植于现在，与过去和未来隔绝的生活哲学失败了。

而保罗·D，这个曾经被拴着铁镣、套着牲口嚼子多次转卖，连被自己救活的公鸡"先生"都不如的昔日奴隶，同样也认为锁住记忆是劫后余生的必要生存手段。他对往事的压抑有一个具体的象征，"他将其余的留在它们应该待的地方：在他胸口埋藏的烟草罐里；那胸口，曾经有一颗鲜红的心跳动。罐子的盖子已经锈死了"。然而，对于保罗·D以及小说中所有的昔日奴隶们来说，这种对"不可言说的过去"的压抑是徒劳的，它只能窒息现在的生活，使他们看不到任何未来的希望。

宠儿是小说中一个多角色多介质的形象。她神秘地出现在赛丝的家门前，穿着一身漂亮衣裳，带着长途跋涉的疲惫，但是脚上的鞋子却崭新干净，她看起来有赛丝被杀的女儿宠儿若能长大时的年龄，但皮肤却如婴儿一般光嫩，连掌纹也没有。除了知道自己的名字叫宠儿外，她记忆混乱，对自己的身世一无所知。虽然按照老黑人斯坦普·沛德的说法，她可能是母鹿溪边被一个白人锁在房子里的那个姑娘，一个"还是个小狗崽时"就被白人长期关闭，最后终于逃脱的姑娘；然而，她的名字，她脖子上的疤痕，以及她哼唱的多年前赛丝自编的摇篮曲又都表明她似乎就是赛丝还魂的女儿；更为奇怪的是，她虽然对自己的身世懵懵懂懂，却有一些奇特的与年龄不符的记忆。在她的记忆中甚至有着当年黑人们从鲜花盛开的非洲大地被贩卖至美洲，在横渡大洋的贩奴船上遭受惨绝人寰待遇的情景。

事实上，宠儿正是莫里森在小说中的一个隐喻。莫里森让这个鬼魂真实化，并赋予她特殊的气质特征是为了让历史与记忆真实化。宠儿正是奴隶制沉淀于黑人民族心中的种族记忆，是"重现回忆"的具象化。

因而，当宠儿出现在 124 号之后，恰如打开了"潘多拉的盒子"，过去的记忆如潮水般涌入了小说人物，尤其是赛丝的头脑中。当赛丝确信宠儿就是 18 年前自己杀死的女儿时，她对外部世界关上了大门，让自己的生活完全听从于宠儿的意志和愿望。她完全忽略了对自己的照顾，全身心投入到宠儿身上，以致身心疲惫，日渐消瘦与萎缩，而宠儿却日益庞大和膨胀起来。正如白人流浪女艾米·丹芙为逃亡途中的赛丝揉搓已失去知觉的双脚时所言："让死去的东西苏醒过来总会痛的。"宠儿的到来充分证明了这一点。

压抑回忆与"重现回忆"的张力贯穿整部小说，压抑过去的回忆是徒劳的，而沉溺于个人的回忆中有可能剥夺现在的生活，同样没有未来的出路。莫里森想要表明的是，要走出过去的阴影，需要整个社区乃至整个民族的协力支持，因为"重现回忆"不是个人的，而是家庭、朋友乃至民族的集体记忆。对于个体来说，记忆是痛苦的，正如赛丝发现的那样，而只有当小说中的人物学会"把他的故事同她的放在一起"，同群体的故事放在一起，才能真正治愈伤痛、走出过去的阴影。目睹母亲身心日益憔悴，丹芙终于走出家门，求助于社区的黑人妇女们；宠儿，这个痛苦记忆的化身，在黑人妇女集体的祈祷中，在女人们一声加一声，直到找到它那恰切的和声中，终于消失于她来自的林间水中。

## 二、艾丽丝·沃克对女性主体意识的塑造

艾丽丝·沃克是当代美国文坛一位具有重要影响的黑人女作家。她所倡导的妇女主义思想，代表了她的哲学立场，也促成了她具有特色的妇女主义文学创作艺术的形成。贯穿于艾丽丝·沃克整个文学创作并渗透她的创作思想和创作艺术的是被沃克称为"完整生存"（survival whole）的理想。它不仅是沃克针对黑人妇女在种族主义和性别主义双重压迫下的破碎生存状态发出的呼唤，更体现了沃

克对包括男人和女人、有色人和白人的生存关怀和对完整的人类社会的憧憬。

艾丽丝·沃克和托妮·莫里森一样，都是在 20 世纪六七十年代开始从事文学创作的。她的第一部小说《洛兰奇·科帕兰的第三次生命》与莫里森的处女作《最蓝的眼睛》同时发表于 1970 年。作为黑人女性，沃克和莫里森都深刻地意识到美国文坛女性声音的缺失。莫里森宣称从事文学创作的动机是写自己想要读的书，沃克则宣称要写自己不应该读而没有读到的书。艾丽丝·沃克的创作重在揭示黑人妇女在种族主义和性别主义双重压迫下破碎的生存状态，但它更强调呼唤黑人妇女自我意识的觉醒，树立黑人妇女的自尊自信，探索将黑人妇女破碎的灵魂缝合以实现完整生存的途径。

（一）对母亲艺术的发掘

沃克对作为女性和作为艺术家的自我认识，部分来源于她自觉把自己与处于不同时代和不同地理位置、遭受种族主义和性别主义压迫但仍然进行各种创造的女性联系在一起。在《寻找我们母亲的花园》中，沃克赞美那些被剥夺了文字表达权，从有限的材料中进行艺术创作的无名黑人艺术家。

这本书记录了沃克对母亲艺术的发现。过着颠沛流离生活的母亲总是带着她的花种子。无论生活多么困苦艰难，母亲拒绝被打倒。每天从田里辛苦劳作回来，母亲总要伺弄她那 50 种不同的花草。他们家破烂小屋墙上的洞全部被母亲用花草覆盖了。沃克写道，"因为她种植花草的创造力，使我对贫穷生活的记忆通过鲜花的屏风看到"。沃克母亲的生活艺术深深影响了沃克。从母亲那儿沃克获得了许多有形或无形的宝藏。收入微薄的母亲给过她三件礼物。在艾丽丝·沃克十五六岁时，母亲给了她一台缝纫机，让她自己做衣服，艾丽丝从而懂得学会自立的重要性。母亲的第二件礼物是一个漂亮的旅行箱。它意味着母亲同意艾丽丝离开家领略旅行的乐趣，艾丽丝从此爱上了旅游。第三件礼物是一台打字机，母亲看到了艾丽丝的文学才能，她的意思非常明白：好好写作吧！一位一直挣扎在贫困线上从未受过教育的黑人母亲能有这样的见识和精神，的确令人钦佩。

（二）对赫斯顿的发现和黑人女性文学传统的传承

与托妮·莫里森一样，在文学道路上蹒跚起步的艾丽丝·沃克发现无论在生活上还是文学上都缺少能让她心智成长、给她的艺术探索提供指导的典范。黑人女性文学基本处于静音状态。在她先后求学的黑人学院和白人大学，都没有任何关于黑人女性文学的课程。甚至当她在杰克逊州立大学旁听当时的黑人女诗人玛格丽特·沃克的黑人文学课程时，涉猎的也只是黑人男作家的作品。沃克为这个教育的盲点感到愤怒，她渐渐意识到，自己有责任发掘和弘扬被埋没的黑人女性文学传统。

对左拉·尼尔·赫斯顿的偶然发现使艾丽丝·沃克找到了与过去的联系，一条将自己与黑人艺术家群体，尤其是女性艺术家群体相联系的纽带。沃克创作一篇以母亲的生活经历为题材的短篇小说，需要查找 30 年代美国南方"伏都教"仪式的资料。她发现白人民俗学家对黑人民间的"伏都教"描述很少，即便有，也大多采用不屑甚至歧视的视角。在一本书的脚注中，沃克发现了赫斯顿的名字。沃克从此与这位文学前辈结下了不解之缘。1973 年 8 月，艾丽丝·沃克到佛罗里达州"寻找"赫斯顿，当地已经没有什么人记得她了。经过不少周折，沃克在路边一块长满荆棘和杂草的废旧坟地里，辨认出属于赫斯顿的那一块陷下去的小坑——没有任何其他标记。沃克买了块墓碑，找人在碑上铭文如下："左拉·尼尔·赫斯顿/'一个南方的天才'/小说家/民俗学家/人类学家/1901－1960。"1975 年，沃克在《女士》杂志上发表《寻找左拉》，开始了赫斯顿的"文艺复兴"。1979 年，沃克编辑出版了赫斯顿文集《当我大笑时，我爱我自己》，使得几近湮没的赫斯顿作品得以被更多读者了解。

赫斯顿的文学贡献生前未被充分认识，原因在于她是一位走在时代前头的女性。她每发表一部作品，在得到某些赞誉的同时，总会遭到批评家们的攻击。就连她最优秀的作品《他们的眼睛盯着上帝》（1937）也因所谓"迎合白人"的倾向被基本排除在严肃评论之外。在她一生的最后几年，学术机构及文学史对她完全不屑一顾。她死在佛罗里达一家福利院，死后连块墓碑也没有。

在沃克看来，赫斯顿的可贵之处在于她"不因从属地位而卑微"。沃克欣赏赫斯顿面对生活的"幽默"和"勇气"，赞叹她对于自己文化的倾心欣赏，并引为楷模。当同时代的黑人作家如理查德·赖特等致力于揭露美国社会的种族歧视，描写被侮辱和被损害的黑人民族的悲惨生活时，赫斯顿选择描写黑人生活中积极的一面。在她的笔下，黑人并没有被种族歧视和贫困压倒。相反，在她的作品中，黑人被给予了人性的尊严和独特的精神气质，他们具有独特的文化传统，他们和其他人一样独立而自信地存在着，一样的喜怒哀乐，一样充满对新奇事物的向往，热切地追求对生活的体验。他们是心理健全、具有强烈自尊自信的黑人。

赫斯顿以大胆的笔触描写了黑人女性主体意识的觉醒。《他们的眼睛盯着上帝》是关于一个妇女从软弱孤独成长为独立坚强的故事，作品的主人公珍妮·克洛夫德成了非裔美国文学中最早的女主角之一。在前两次婚姻中，珍妮都不满足做丈夫的附属品。最终，她抛弃富裕、安逸的生活，与一个平等爱她，给她的生活带来真正快乐的农民远走他乡。虽然他们的恋爱以恋人的不幸去世而结束，但珍妮发现了生活的真谛：忠实于自我的真实感受。小说有一个非常巧妙有力的结尾：珍妮无奈中开枪打死了可爱的、鼓励她独立的男主人公，在自我生存和浪漫爱情之间，珍妮选择了前者，这就使作品在形式和主题上逃脱了一般女作家在维护女性意识和挑战传统之间悬而不决的困境。

此外，《他们的眼睛盯着上帝》体现了赫斯顿作为一个富于创造的艺术家和扎实的民俗学者的完美结合。赫斯顿将幽默风趣的黑人方言、民间传说糅合到美国文学传统的多种叙事技巧里，具有独特的魅力。沃克尤其欣赏小说人物的语言，指出书中"那曾被嘲笑、抵制、忽视，或者被'改进'以便白人和受过教育的黑人能够听懂的'滑稽的黑鬼方言'，简直美极了"。沃克认为"这一本书中有着足够多的自爱，对于社群、文化和传统的热爱足以恢复一个世界，或者创造一个新世界"。《他们的眼睛盯着上帝》被沃克认为是对自己最重要的一本书。

阅读赫斯顿的民俗研究作品《骡与人》（1935）时，沃克感觉它简直是完美的书。沃克向她的亲友热情地推荐这本书。"左拉的书做到了这一点，它重新带来已经被他们遗忘或者让他们羞于讲述的故事（这些故事多年前我们的父母或者祖父母曾讲给我们听，他们每个人都会讲述让人流泪或者微笑的故事），并显示它们是多么美妙，简直是无价的"。在赫斯顿身上，沃克找到了致力于黑人文化传统的继承和发扬、致力于黑人民族完整生存之探索的先驱。沃克和赫斯顿一样，关注的不仅仅是民族的生存，而是完整生存。

（三）对黑人妇女生存状况的书写

为在种族社会和男权社会遭受凌辱的黑人女性寻找重建主体地位和可行身份，沃克提出了著名的"妇女主义"理论。沃克抛弃传统"女性主义"（feminism），突出"妇女主义"（womanism）中黑人妇女和有色人种妇女的思想体系，以区别于黑人民族主义和白人女性主义。黑人民族主义是一个以男性为中心的单纯反种族主义思想体系，它旨在揭露种族迫害，但忽略了种族内部矛盾，尤其是黑人社会内部性别歧视的存在。白人女性主义关注的主要是西方白人中产阶级妇女所面临的父权制问题。它在一定程度上忽略了第三世界妇女、下层妇女和有色人种妇女所面临和关注的问题，忽略了妇女内部如阶级、民族、种族上的差别。沃克对"妇女主义者"的定义是"有色人种的女性主义者"，"在性爱意义或者非性爱意义上热爱其他女性"，并"致力于包括男性和女性的整个民族之生存和完整"的女人。

艾丽丝·沃克从母亲以及像母亲一样既普通又伟大的黑人妇女身上看到了黑

人古老文化传统和艺术创造力的闪光，从赫斯顿身上看到了作为作家传承黑人文化、重建女性叙事声音的责任。沃克通过对黑人妇女生存状况的揭示，对于她们寻找主体地位，建构可行身份的描写，成为"妇女主义"的倡导和实践者。

艾丽丝·沃克在《寻找我们母亲的花园》中，把黑人妇女按照成长历史分为三类：第一类是受男权社会欺凌、身心麻木的黑人妇女；第二类是那些有机会接触外面世界而拒绝本族文化，受矛盾本能折磨的妇女；第三类是新兴黑人妇女，她们从母系祖先的创造性遗产中获得力量并实现了完整的自我。在种族歧视、性别歧视、经济压迫的重压下，这些妇女身心饱受摧残，成为美国社会最弱势的群体之一。然而她们始终不甘于受压迫的地位，为自己的生存完整一代代生生不息地抗争着。

# 第二节　印第安文学中的创伤意识

## 一、列斯丽·马蒙·西尔科揭开历史的伤疤

《仪式》是美国当代印第安女作家列斯丽·马蒙·西尔科的代表作。小说的主人公是二次大战退伍军人塔尤。他身患恶疾，几近崩溃的边缘，部队医生束手无策，只得听任其回到位于保留地的故乡。然而他却通过几次印第安巫医的疗伤仪式，神奇地康复了，并找回重新生活的信心。格里高利·萨尔叶认为，塔尤的"疾病"是混乱的记忆叠加所致。他无法从一团乱麻的记忆碎片中，辨析出"模式"（the pattern），以致找不到自己生命的意义。萨尔叶将塔尤的种种病态反应视为社会问题的隐喻，认为塔尤身体的疾患与拉古纳地区的干旱相互影射，因此，塔尤必须正视社会现实，认清本民族的疾苦，才能抛开个人问题（即个人身体痛苦），积极应对社会问题。尽管萨尔叶将塔尤的个人际遇与部族苦难并置的研究视角值得称道，但是他将塔尤的种种病症统称为"疾病"（sickness），不禁让人怀疑他有意使主人公脱离二战的大背景，忽略了小说的历史性。而深受 N·斯科特·莫马戴的《黎明之屋》影响的西尔科，将小说背景安排在二战之后，绝对有其深意。

小说发表于 1979 年，距越南战争（1961—1975）结束仅 4 年。越南战争对美国人打击之沉重、影响之深远，自不待言。从 19 世纪起，美国战争小说一直围绕着美国内战和越南战争展开，似乎因为这两次战争才是美国主动参与、投入巨大、并伤亡惨重，换言之，是真正意义上的战争。但是，仍然有很多作家将视线集中在二次大战上，因为二次大战所影响的绝不仅仅是美国人的命运，而是全

人类的生存问题。以二次大战为背景的战争小说，其关怀对象就不再局限为美国人的战争体验和战争记忆，而是以更为博大的胸怀书写人类本性和对未来的思考。譬如约瑟夫·海勒的《第二十二条军规》、托马斯·品钦的《拍卖第49批》、科尔特·冯尼古特的《第五号屠场》和《翻绞绞》等，都从不同的角度深刻揭露了战争的荒谬和对人性的摧残。《仪式》的作者，印第安人女作家西尔科，虽然也将故事安排在二战这个背景之下，但不同于这些白人男性作家的是，她把战争、个人和种族问题结合起来，让印第安人的苦难充当战争创伤性记忆的前文本，通过塔尤疗治创伤的经历，使读者认识到战场上血腥的屠杀和痛苦的回忆，其实是印第安人五百多年来殖民化过程的重现。因此，《仪式》中的历史背景十分重要，而塔尤所受的病痛折磨，与其战场经历更是有着直接联系。

裴德·托德则将塔尤的遭遇与其他退伍军人的遭遇并置，指出塔尤返乡后种种病态表现，如恶心、呕吐、腹痛、尿频、痛哭、幻听等，属于"创伤后应激障碍"症状。同时，他还注意到，塔尤的战争创伤有别于其他退伍军人：他并没有在战场上受到任何身体伤害，比如肢体受损、瘫痪或莫名头痛等。然后，托德将注意力集中在塔尤的腹痛上，认为在印第安神话中，腹部和大脑是一体的，塔尤不停地呕吐，是因为"他必须清除和净化肚子里那些从小被灌输的谎言"。而最终与大地之母"莎儿"的结合，象征他完成了最后的仪式，回归印第安传统，成为了普韦布洛文化中"男女一体""身心合一"的英雄。尽管托德指出塔尤罹患的是"创伤后应激障碍"，可他的注意力却仅仅集中在塔尤反复发作的腹痛上，认为塔尤之所以不断地腹痛和呕吐，目的是彰显普韦布洛神话及其文化内涵。实际上，托德并没有将塔尤创伤纳入一个宏观的历史视野加以考察，而是将其某一表征看作文化隐喻。虽然他也指出塔尤有别于其他战争创伤病人的表现，却仅仅停留于此，没有继续探寻其创伤的真相。尽管托德和萨尔叶的研究或多或少涉及创伤问题，但他们都没有就创伤本体展开进一步研究，因此也无法解释作家究竟何故要不吝笔墨表现塔尤的创伤？塔尤的创伤与其他战后的"创伤后应激障碍"有何不同？塔尤创伤的真相是什么？为什么他的创伤唯有回归印第安仪式才能痊愈？

《仪式》从创作时间、小说背景和表现主题等方面，都涉及"创伤"主题，然而这部荣膺1980年"美国图书奖"的佳作，却没能跻身当代创伤小说之列。两部重要的创伤文学研究文献《创伤小说》和《创伤小说：当代集体灾难的象征描写》，都没有提及《仪式》。诚然，创伤文学的研究大多集中在反映二次大战期间纳粹对犹太人大屠杀主题的作品上，但撇开种族偏好的因素，单就塔尤的创伤表现出的种种复杂性而言，也让"创伤后应激障碍"这一标签显得有些武断和唐突。作者对塔尤创伤的刻画，表面上是病症的呈现，实际上却隐含了深层的意图。那么究竟何谓"创伤"呢？

《创伤：系谱论》的作者露丝·雷斯指出，近代心理学大师弗洛伊德最早提出，心理创伤即性伤害。雷斯进一步明确，"弗洛伊德是创伤概念形成中的奠基人物。"创伤原本指身体受到的伤害，弗氏将其引入心理学的研究领域，创造性地将其用于自己的"诱惑理论"，指身体曾经受到伤害，及至肉体创伤康复之后，突发性歇斯底里病症发作。弗氏在《歇斯底里症研究》中描述了卡特琳娜的个案。卡特琳娜怪异的突发性窒息，始于两年前她意外窥见叔叔和堂妹的奸情。年仅16岁的她并不明白自己看到的一切，恐惧使她"忘记"了自己当时的感受，只知道那是她第一次发生窒息。后来，卡特琳娜又回忆起自己十三四岁时曾两次受到叔叔的性骚扰。弗氏指出这两次事件对后来诱发卡特琳娜歇斯底里症的事件有着重要的影响，卡特琳娜真正的创伤其实在她最早受到叔叔性骚扰的时候就已经发生了，只是这一伤害发生得太早，她的自我处于保护的本能，将创伤故意"忘记"，等到后来她无意中发现了叔叔的奸情时，触发了她的创伤记忆，导致创伤力量真正显现，出现歇斯底里症状。弗氏将两次事件的间隔时间称为"潜伏期"。

除了《歇斯底里症研究》，弗洛伊德在《超越唯乐原则》《摩西和一神教》《科学心理学计划》等论著中，都从不同角度探讨了创伤的起源、形成、症状和影响。在其研究基础之上，后人对创伤理论进行了深入研究。凯丝·克鲁斯是当代颇具影响力的创伤理论家，她的杰出贡献是将心理分析与解构主义结合起来，对于创伤、叙事和时间之间的关系，有着独特的洞见。克鲁斯主编的文集《创伤：探究记忆》，堪称创伤理论研究的里程碑。克鲁斯在引言中指出了创伤性事件的巨大冲击，源于延迟性（belatedness），因为创伤拒绝简单地置身某一特定场域，坚持在任意时间和任意地点出现。克鲁斯认为，正如卡特琳娜的故事里她幼年遭受的性骚扰一样，最早的，或真正的创伤，发生太早，使当事人无法理解事件的重要性和后果，故自我出于保护的需要，选择了"忘记"，换言之，将这一段记忆自动封存。然而，看似遗忘的记忆，却如隐形的地雷，随着当事人年龄增长和知识积累，一不留神，就可能引爆。后一事件则无疑是创伤病症，即歇斯底里症发作的直接诱因。两次事件的关联不容忽视。同时，潜伏期不论长短，丝毫不会削弱创伤的影响。克鲁斯在次年出版的专著《无名的体验：创伤、叙事和历史》里，进一步阐释了创伤与时间的关系。她把创伤叙事比作"延迟体验的叙述"，认为其"绝不是躲避现实、躲避死亡的讲述，而是证实自己对生活无尽的影响"。克鲁斯认为，创伤揭示的是真相，但这一真相往往推迟出现，并延迟发作，其原因是创伤主体的意识中这一段记忆已然缺席。显然，创伤记忆不啻为德里达所说的"缺席的在场"。克鲁斯的思考，使创伤研究从表层推进到深层，穿越了时间的阻隔，捕捉似有似无的记忆。尽管克鲁斯的解构主义研究视角，容易导致创伤研究的虚无化，但她对创伤性事件延迟性的探讨，却无疑可以帮助我们更好地认识创伤叙事所揭示的真相。

《仪式》的创伤叙事采用了亦真亦幻的口述神话模式。使他的故事自然而然地成为印第安人口述历史的一部分。林恩·多敏纳认为，尽管神话有时会与某些认知方式发生抵牾，但作为一种认识世界起源的阐释体系，文化神话已成为印第安人部族文化的一个重要内容。"无疑，缺少神话的世界混乱无序。"就像其堂姐波拉·甘·艾伦一样，马尔科对拉古纳普韦布洛神话也十分重视。在她眼里，神话故事是部族传统和文化的载体，是延续印第安人身份的烙印，是不能忘却的记忆。小说的叙事者是神话人物。这或多或少为小说平添了几分奇幻色彩，然而，女始祖接下来讲述的故事，却丝毫没有罗曼蒂克的成分，反而非常写实，尤以塔尤的心理描写为甚。这似乎又颠覆了读者对神话的刻板认识，使神话更加贴近真实，甚或与生活重叠，难分彼此。

故事的一开始，塔尤病容满面，噩梦缠身，幻觉频现。病房局促的空间，更让塔尤的世界显得压抑和窘迫。战争记忆不断浮现，令塔尤陷入痛苦和绝望的泥沼，其健康令人堪虞。"潮湿的梦魇""黑沉的夜""日本兵那令人窒息的黏黏的声音"，和"旧铁床""床上方高高的小窗户"、一缕温暖的黄色阳光形成鲜明的对照，幻觉、幻听和真实的场景重叠交织，不辨彼此。除了色彩分明的意象，小说精彩的开场还包含了一个重要的幻听细节：起初是日本兵的声音，后混杂了乔西亚舅舅的拉古纳口音以及有关乔西亚的记忆，似有似无的女人声音和母亲的声音再穿插进来，接着，塔尤脑子里的音响幻化为"一种他不懂的语言"，最终所有的声音被现实世界的一只音乐盒里嘈杂的音乐声湮没。塔尤混乱的精神世界里，日本兵影射了战争回忆。乔西亚舅舅则是当代印第安人的化身，女人和母亲则代表了文化和历史。三者分别寓示了三种知识维度，彼此纠葛，并控制了塔尤的意识，不断浮现，使他备受创伤病症的折磨，也让他的创伤显得扑朔迷离。寻根究底，这三种记忆都混杂着痛苦和挣扎。

塔尤二次大战退伍军人的身份，失眠、腹痛、呕吐、尿频、痛哭、神经衰弱、身体机能紊乱等病理反应，似乎都在印证他是"创伤后应激障碍"的受害者。值得注意的是，作者不仅倾力表现塔尤的病症，而且注重刻画其心理现实。女始祖的叙述打破线性的时间顺序，任由塔尤的意识穿梭在过去和现在之间，各种记忆不断涌现。这些记忆是弗洛伊德所说的"受压制的记忆"，或曰"创伤记忆"，如蠢蠢欲动的火山，只待时机成熟，便要喷涌而出。

　　塔尤蜷缩在小小的病房里，耳际不断回响着各种声音。这些声音既陌生又熟悉，陌生感源于遗忘，熟悉感来自记忆。复苏的记忆，使他一面接受军队医生的治疗，一面回忆自己以往的生活。但是这些记忆，根本不受他意识控制，拒绝循规蹈矩地出现，而是任意滋事，一边撩拨他心灵深处的伤疤，一边缓缓地揭开那过去生活的面纱。当记忆的闸门打开，首当其冲的却不是充满血腥味的杀戮，而是即将处决的日本兵与乔西亚舅舅合二为一，恍若同一人。尽管他没有开枪，但却不能阻止别人开枪。"而塔尤站着，恶心得全身僵硬。他们则开枪打死俘虏，他却眼睁睁看着自己的舅舅倒下，他确信那就是乔西亚。"塔尤号啕大哭。尽管表兄罗基试图让他明白死的是日本兵，但他看到的，却始终是舅舅乔西亚。停止哭号之后，"他开始发颤，手指头先开始，继而发展到整个胳臂"。罗基的话不仅丝毫没有减轻他的痛苦，反而使他全身麻木，"唯有肚子一阵痉挛，一股巨大的悲伤冲向喉咙"。很显然，这是塔尤第一次创伤（或歇斯底里症）发作，此次杀戮场面是塔尤病症的直接诱因。从病理学上看，塔尤的创伤由此开始，后反复发作。那么，这次战场经历无疑是塔尤创伤的主导事件，但并非真正的创伤。因为按照弗洛伊德和克鲁斯的观点，真正的创伤应该发生得更早。第二次事件不过是导火索罢了，两者的共同之处才是诱发创伤记忆并导致歇斯底里症的真正原因。

　　那么，塔尤真正的创伤究竟是什么呢？可以肯定的是，他的创伤过早发生，被自我出于保护的本能"遗忘"了，但仍潜藏于其记忆深处，而且与后来战场上亲眼目睹的杀戮场面有某种共通之处。这样，创伤在遗忘和记忆的阈限空间游弋，过去、现在和将来的时间界限不复存在，创伤打破了时间的线性格局。如果将克鲁斯的"延迟性"一并纳入思考范畴，不难发现，表面上遗忘对应的是过去，记忆对应的是现在，但过去和现在之间并没有清晰的界限，因为创伤一旦发作，过去和现在立刻重叠交织，时间的界限顷刻模糊，属于过去心灵深处的隐秘，或曰历史，如幽灵鬼魅一般随时显现，如附骨之蛆，痛彻心扉，挥之不去。阿维夏·马加里特在《记忆伦理》一书中，将创伤视为隐藏了的污点，"依然发挥着作用"，其作用表现为要么让备受创伤折磨的人面对现在的刺激，重复过去伤害的创伤体验，而后过度反应，要么干脆用某种与过去有联系的客体，置换掉引发创伤的对象。马加里特的污点隐喻，极富想象力和启发性，很容易让人将创伤与"痕迹"联系起来，而这一痕迹绝不是令人愉悦的记忆。

## 二、路易丝·厄尔德里奇的印第安历史构建

放眼当今美国印第安人作家群，最吸引人眼球的非路易丝·厄尔德里奇莫属。她文笔优美，风格独特，体裁多变，而且创作力旺盛，是"为数不多的拥有很多读者的印第安人作家。自 1982 年发表了短篇小说《世界上最伟大的渔夫》起，厄尔德里奇的创作便一发不可收拾，完成了 10 余部长篇小说、2 本诗集、1 本儿童读物及 2 本散文集。她与迈克·多里斯（Michael Dorris）长达 10 余年的夫妻合作关系，共同创作所有作品，成为了文学史上尤为罕见的合作典范。二人自 1995 年分居之后，厄尔德里奇的作品依然源源不断，评论界也好评如潮，充分证明她独立完成的作品丝毫不逊色于夫妻合作的成果。厄尔德里奇文学生涯的最高成就，当属她 10 余年潜心细绘的北达科他传奇小说系列，包括《爱药》(1984)、《甜菜女王》(1986)、《足迹》(1988)、《赌博宫》(1994)、《燃情故事集》(1996)、《羚羊妻》(1998)、《无马镇最后的奇迹报告》(2001)、《肉店歌唱俱乐部》(2003)、《四个灵魂》(2004)。2012 年长篇小说《圆屋》荣获美国国家图书奖。据称，厄尔德里奇还将继续这一鸿篇巨制。有趣的是，这些小说并不是依照故事的时间先后完成和发表的，作者仿佛查漏补缺一般，逐渐让虚构世界里的人物生动和丰满起来。似乎是为了强调系列小说的历史性，厄尔德里奇格外注意每一部小说的时间安排。前四部发表的小说又称马其曼尼托湖四部曲（或齐佩瓦人四部曲），即《爱药》《甜菜女王》《足迹》和《赌博宫》，讲述了生活在北达科他龟山保留地内外、马其曼尼托湖畔的白人、齐佩瓦人和印白混血儿的故事。四部小说相互关联，时间承前启后，内容相互补充，人物彼此联系，共同勾绘了一幅纷繁精彩的齐佩瓦人生活图景。厄尔德里奇娴熟地使用多角度叙事，让虚构的人物各自讲述自己和他人的故事，故事主要围绕纳那普什一家、卡什坡一家、皮里杰一家、拉扎尔一家和莫里斯一家展开，这些虚构世界的男男女女，或为这部小说的主要人物，或为那一部的次要人物，俨然组成一个生动、鲜活的印第安人大舞台，场面浩大，人物繁多，堪与卜迦丘的《十日谈》、乔叟的《坎特伯雷故事集》和福克纳的"约克纳帕塔法世系"小说媲美。

1986 年，四部曲之二《甜菜女王》发表了，厄尔德里奇在一片赞誉声中，却迎来了知名印第安女作家列斯丽·马蒙·西尔科严肃的批评。西尔科在书评《童话书架的怪摆设》中，批评厄尔德里奇过分注重语言表达，耽于"后现代式的自我指涉"，其文字更是"撇清了任何历史的、政治的或文化的联系"。路易

斯·欧文斯则认为她小说表面的幽默和繁复的叙事手法是在讨好非印第安读者之中一些激进的印第裔人学者。伊丽莎白·库克琳恩则批评厄尔德里奇回避民族主义议题以讨好主流读者群。有趣的是，库克琳恩将西尔科一并纳入自己批评的对象，其中还包括了莫马戴、韦尔奇和凡仁纳等重要的印第安人作家。似乎是为了回应西尔科们的批评，厄尔德里奇随后出版的《足迹》，则将故事的焦点集中在历史问题上，并依然坚持后现代式书写，完成了自己对历史的重新解读。苏珊·佩里兹·卡斯蒂洛在谈及西尔科和厄尔德里奇之争时，则认为西尔科应深入研究厄尔德里奇的文本，因为厄尔德里奇的小说体现了布莱恩·麦克黑尔对后现代主义小说的定义，即利用表征自己来颠覆表征，借此对所谓的真相加以质疑。南希·皮特森（Nancy J. Peterson）在《反对失忆症：当代女作家与历史记忆危机》一书中，对厄尔德里奇在《足迹》和《赌博宫》里展现的历史感，给予了高度的评价，认为厄尔德里奇不仅意识到，"在自己所生活的文化时间，少数裔的历史不为人熟知……（所以需要）努力将过去带入读者意识的现存时间，以便我们'牢牢把握'历史记忆"。皮特森进一步指出"厄尔德里奇作品所体现的后现代式自我指涉，与创伤的不确定性不乏相似之处，并不影响厄尔德里奇重构历史的叙事。而她抒情优美的文笔，则"迫使读者倾听这些痛苦的历史并牢记于胸"。最近，阿诺德·克鲁帕特和迈克·A. 埃利尔特在重读印第安人小说时，也充分肯定了厄尔德里奇小说中的历史意识，称其为"社群主义"的最佳体现，认为小说虽然没有事无巨细地营造历史意识，却成功地将非官方历史故事渗透在其阿里希纳比人的社会意识里。

　　显然，论争的焦点集中在作家卓越的写作技巧是否妨碍了她再现印第安人的历史和苦难，小说细腻精致的文字书写是否背离了印第安人的口述传统，还有小说的后现代意识是否影响了历史感的建构。厄尔德里奇既醉心于小说的艺术创新，也深知当代印第安人作家的历史使命，而她所致力追寻的，是艺术与责任的完美结合。诚然，她精湛的小说技巧，让很多评论家和读者不由自主地联想起威廉·福克纳和舍伍德·安德森等响当当的名字，也令一些印第安作家和学者批评她太欧美化了、偏离印第安人口述文学传统、变成"为艺术而艺术"。然而，任何优秀的文学作品，都应兼具艺术性和现实性。两者缺一不可。同时，印第安人文学的发展也绝不能仅靠固步自封和抱残守缺。毕竟，很多印第安人已经走出了保留地，融合已是既成事实，而印第安人要面对的是主动结合还是被动融合。前者指以积极的姿态，用"拿来主义"的原则，并努力让更多的人了解自己的文化传统，让印第安人的价值观、自然观、世界观影响更多的人；后者则指以保存为宗旨，抗拒一切外来文化，但结局不外乎同化和蚕食的命运。由此可见，印第安人文学的未来，不应原地踏步，而应积极地适应变化的世界并加大自己对世界的影响。再者，关注印第安人生活的，也不再只限于印第安人自己，很多白人和其他族裔的读者都渴望了解这些古老的民族。厄尔德里奇本身的混血身份，使她对混血印第安人的认同问题格外关注，也赋予了她更为宽阔的胸襟来看待印第安人走出保留地的前因后果。因此，厄尔德里奇小说中印第安性的多少，既不是以她的小说中口述传统所占的比例来衡量的，也不是决定其是否受读者青睐的因素。同样的，她小说是否"非政治化"，也不能成为指责她艺术创作的理由。其实，厄尔德里奇绝不是漠视历史、政治和文化议题，相反，她一直对此保持了高度的关注。从四部曲的第一部《足迹》开始，她一直在解构历史，确切一点，解构书面的官方"书写历史的话语暴力"。同时，她更是通过强化对话，将印第安人的口述传统语境化，通过大量家长里短的闲谈，使读者更清楚地看到印第安人的故事是如何保存下来的。因此，厄尔德里奇不仅没有如伊丽莎白·库克琳恩所指责的那样，为艺术而艺术而淡忘了历史责任，反而极大地推动了印第安人口述传统在当代文化政治背景中的传承与发扬。

按照小说的时间顺序，《足迹》的故事发生得最早，小说讲述了1912年至1924年期间马其曼尼托湖畔和阿格斯镇上的故事。小说有两个叙事者，纳那普什和波琳，但故事的灵魂人物却是芙乐。芙乐的声音没有在《足迹》中出现，她的故事由纳那普什和波琳共同讲述，两人从不同的立场、不同的视角发出的声音，形成了有趣的对话，内容则是殖民主义的利弊。纳那普什眼里的芙乐，是印第安人古老神话中的精灵化身，充满魔力和智慧；波琳口中的英乐，则是野蛮不逊的土人和鬼怪附体的妖女。小说也引发了《爱药》中的核心人物内科特、玛丽和露露三人的三角关系，是《爱药》中最富戏剧性和幽默效果的画面。

《爱药》的时间跨度最长，从1934年到1984年。故事开始时，《足迹》里的混血女婴玛丽和幼女露露已经长成美丽的少女，她们虽然缺少各自的母亲波琳（里奥波德修女）和芙乐的养育和教导，但却深受天主教思想和奥吉布韦文化的影响。内科特和自己的哥哥埃里也形成了有趣的对照。内科特积极地面对外来文化，参与部族事务，担任部族首领，埃里却偏居丛林湖畔，孤身抚养弃婴琼恩，保持传统的生活方式。小说讲述了长达50年的时间里三代人之间复杂的爱欲、情仇、亲情和友谊。小说以琼恩去世、大家纷纷回家参加葬礼为楔子，用回家的主题将复杂的人物紧紧联系在一起。全书经1993年修订后，共由18个短篇构成，既包含第一人称叙事，也不乏第三人称的全知全能视角和有限全知全能视角，多角度、全方位地呈现出众多人物彼此纠葛、彼此联系的情况。

《甜菜女王》的故事也跨越了 40 年之久，始于 1932 年，结束于 1972 年。有趣的是，《甜菜女工》也延续了《足迹》里的故事，不过地点不是龟山保留地，而是芙乐和波琳都曾逗留过的阿格斯镇，一个虚构的北达科他州位于马其曼尼托湖区的白人小镇。故事里的人物也分为白人和印白混血儿两类。芙乐、波琳的姑姑瑞金娜和她的儿子洛苏·卡什坡将《甜菜女王》和其余三部小说联系起来。《甜菜女王》以玛丽·阿代尔到达阿格斯镇开始，以朵特·阿代尔回家结尾，一前一后呼应了回家的主题。《甜菜女王》为厄尔德里奇的马其曼尼托湖传奇揭开了另一个精彩的序幕。小说人物的德国背景，正是具有德国血统的厄尔德里奇一直希望表现的另一面。这个白人小镇上的男男女女充满了孤独和寂寞，彼此之间横亘着不可跨越的距离。家庭也四分五裂，但瑞金娜的混血女儿克里丝汀·詹姆斯和白人同性恋男子华莱斯·普费弗所展现出来的母爱和激情，却跟保留地上的印第安人何其相似！这样，小说成为印第安人意识与欧美中心思想交锋的场域。厄尔德里奇似乎在告诉我们，受到所谓的"印第安性"影响的绝不仅仅是保留地上的印第安人。印第安人文化在白人的殖民化进程中，也潜移默化地进入了白人的意识形态里。

《赌博宫》则又把视线拉回到龟山保留地，续写《爱药》故事结束后几年里发生的故事。主人公及其对手变成了露露的外孙、琼恩的私生子立朴夏和他的叔叔莱曼。小说围绕着保留地上的赌场宫展开，立朴夏从祖母那里继承来的魔力，却因为他用其来赌博谋私利，莫名消失了。立朴夏和莱曼及其情人香丽之间的三角关系，为小说平添了不少喜剧色彩。迷失的立朴夏靠赌博、寻梦和访祖来重建自己的身份认同。《赌博宫》同样重现了回家的主题：芙乐在一次暴风雪里消失了踪迹，隐喻她回归到湖妖的怀抱，结尾时，琼恩、立朴夏的父亲盖瑞和立朴夏都回到保留地。这样，通过回家回归主题的复现，《赌博宫》为马其曼尼托湖四部曲画上了一个完美的句号。

综观马其曼尼托湖四部曲，时间跨度达大半个世纪。作家通过齐佩瓦人社群的变迁，解构了"历史"的官方定义，实现了自己的另类历史书写，展现了印第安人顽强不屈的生存意志。四部小说从时间、地点、人物、情节、叙事手法和主题等方面彼此呼应、彼此映照，表现出很强的交集性和总体性。而作者所精心建构起来的交集和整体里，核心元素为杂糅。在马其曼尼托湖四部曲里，描写了很多二元关系，譬如官方名称（齐佩瓦人）和印第安人土话（奥吉布韦人和阿里希纳比人）、天主教与奥吉布韦人宗教、白人小镇和保留地、白人和印第安人、纯种和混血儿、多角度叙事和闲话家常，以及权力和魔力等。这些二元关系，看似对立，但一经文本解构，顷刻颠覆其原始的等级关系，呈现出一种模糊、混杂和动态的宗教、政治、经济、文化、美学和历史的格局。其实，这正是厄尔德里奇通过马其曼尼托湖四部曲营造的一个杂糅的社群，是印第安人传统赖以延续自己传统和文化的根基。

那么，何谓"杂糅"？霍米·巴巴指出，"杂糅性是通过重复歧视身份的效果重新评价殖民身份的假设，展示了所有歧视和控制场域的变形和移位，拆解了殖民力量的模仿和自恋需求，但重新暗示对将受歧视的凝视转回权利的眼睛的颠覆策略的认同"。值得一提的是，巴巴的杂糅性，借鉴了德里达的"延异"的概念，突出了延迟性和差异性，将后殖民话语中的种族和性问题结合在一起。巴巴的定义强调了杂糅性对既定殖民身份和传统殖民力量的颠覆性作用，凸显了这一概念对于殖民地人民的反抗斗争意义非凡。诚如德博拉·曼德森所言，杂糅性是一种有力的对抗殖民化的策略，是后殖民社会各种文化遗产混杂的结果。杂糅的文本则有意颠覆了西方传统的时间观念，并全力重写历史，时刻强化殖民地人民的视角和世界观。曼德森的洞见，无疑表明杂糅性在对抗殖民化的同时，也动摇了"纯种""真实性""原住民性"，甚或"印第安性"等极端本质主义倾向的概念。巴巴和曼德森都将种族、血统和性看作杂糅的场域，杂糅性动摇了同一性，使差异成为同一性的新内涵。而杂糅性首先解构和重释的概念是混血身份，杂糅性更是成为不纯性和异质性的新名词，其内涵更加丰富、更加有力，成为对抗和解构殖民者用于维系其权力的二元对立关系的新武器。对于当代美国印第安人而言，混血身份使得所谓的"真正的印第安性"成为不可企及的神话和带有殖民主义烙印的标签。印白接触、混血、身份和文化交流，使杂糅的多元文化经历成为不争的事实，让如何应对主流欧美文化的冲击和殖民化以及如何保存原住民文化或多或少面临调整的必要。那么，究竟混血身份或混杂文化是否意味着印第安人部族文化的式微呢？其实不然，譬如厄尔德里奇，奥吉布瓦人和德国人的混杂身份，并不影响其尊重生活在龟山保留地的齐佩瓦人，也没有妨碍她栩栩如生地刻画他们真实的生活现状。那么，是否杂糅单纯地指涉混血的情况呢？抑或蕴涵更多的元素？

当美国当代印第安人面临混血身份和保持民族性的两难困境时，杂糅性的介入更有利于印第安人的身份认同，便于其找到适合自己生存和延续民族性的新空间。身为混血儿的厄尔德里奇体会到同质性和普遍性的困扰和压力，通过芙乐和波琳这样一对迥异的人物，对血统神话进行了颠覆。《足迹》和《爱药》中混血儿波琳·里奥波德修女受白人同化神话的蛊惑，投奔天主教的怀抱以摆脱自己身上印第安人的印记。波琳·普亚兹生于 1898 年，是典型的同化政策和殖民化迫害的牺牲品。她拒绝学习印第安人传统的串珠和皮革固化手艺，却主动到白人小镇阿格斯去向修女学习编织花边。

除了我，普亚兹家族大多沉默寡言。我们是混血儿，无名之辈，部族里掉了一层皮的人。就在那个死了很多齐佩瓦人的岁末初春，我缠着父亲送我去南边白人的镇子。我决心去向修女学习编织花边的手艺。

"你到那儿会褪色的。"他的话让我想起自己比姐妹的肤色更浅。

"等你再回来，就不是印第安人了。"

"那我就不回来了。"我对他说。我想跟母亲一样，有一半是白人。

"我想跟祖父一样，是纯种的加拿大人。"然而，到了阿格斯之后，波琳却不得不在姑姑开的肉店里打工谋生。那里，她目睹了印第安少女芙乐被三个白人男子强暴，却自私地没有伸出援助之手。波琳备受良心的谴责，在紧接着发生的飓风中，她将三个强暴芙乐的男子关在肉柜里，间接地导致其受冻致死，但她并未因此得到良心的救赎，反而噩梦加剧。芙乐被施暴的场景和一个幽魂让她寝食难安、痛苦不堪。波琳视芙乐为对手，但有趣的是，她一方面仇视自己的印第安人血液，一方面却嫉妒芙乐身上绽放的光芒和神奇力量。与芙乐被强暴之后回归保留地和印第安传统相映的是，波琳自始至终拒绝部族文化的疗治，因为她一厢情愿地以为自己对同化政策的积极响应，会有利于自己融入白人社会，并最终获得白人的认同。她甚至挑选了信仰天主教的混血寡妇伯纳迪特·莫里塞和她的兄弟拿破仑·莫里塞来实现自己的同化之梦。波琳羡慕伯纳迪特所代表的财富、教养、教育程度和文明的生活方式，编造了自己身心受虐待的谎言，获取对方的怜悯和帮助。从伯纳迪特那里，波琳真正开始见识白人的文明，诸如读书、写字、算术和医药，也更加渴望能够完全"变白"。波琳甚至有了拿破仑的孩子，但她却深受罪恶感折磨，临产之际，决心和孩子一起死去。但伯纳迪特却用汤勺助产迫使她生下了女儿，汤勺在婴儿玛丽的太阳穴上留下了永远的印记，波琳说那是"魔鬼的指印"。有趣的是，《爱药》中少女玛丽却让"魔鬼的指印"变成神迹见证，成为教堂的圣女。产下私生女之后，波琳真正投身天主教以求解脱。她到教会后的生活十分艰难，在饥寒交迫、孤独疲惫中坚定自己的信仰。她心目中的上帝是引领她蜕变为完整的白人的真神。

一个最冷的夜晚，"他"坐在月光下，炉子上，俯视我，光芒四射地对我微笑，并向我解释。"他"说其实我不该是这个样子。我其实是个孤儿，父母死得很光彩，而且，我身体的某些特征是骗人的，我和印第安人一丁点不沾边，是完完全全的白人。"他自己"一头黑发，眼珠却碧蓝如玻璃瓶，所以，我信了。……"他"赶走我的泪水，告诉我我是选定来侍奉主的。

显然，波琳这么信仰天主教的原因很简单，那是白人的宗教，是她实现自己同化之梦的最后途径。厄尔德里奇的描写颇带幽默效果，原来波琳心目中的神竟然是帮助她摆脱印第安人身份的救命稻草。可是，在她成功地欺骗了自己之后，却依然不能摆脱心里的梦魇。一个亡魂依然紧紧地尾随。米歇尔·R.海瑟尔认为波琳之所以噩梦缠身，是因为她既放弃了奥吉布韦传统的宗教信仰和习俗，又不能把握真正的天主教思想。海瑟尔的见解不无道理，其实波琳通过投奔天主教来改写自己的身份，是殖民者对印第安人洗脑的结果。宗教之于波琳，不过是重新建立文化身份的媒介，并非真正的信仰，因为天主教在波琳眼里，是通向白人世界的大门。波琳是否实现了她的白人梦呢？《甜菜女王》和《爱药》之中乖戾恶毒的里奥波德修女，彻底揭露了波琳白人梦的幻灭。里奥波德修女的丑恶，成为了白人梦对人性的扭曲与摧残的最佳佐证。

与波琳的堕落和失败相对应的是，其对手芙乐的强悍与成长。芙乐是《足迹》的另一位女主人公，在《爱药》中充当重要的配角。她美丽、神秘，是萨满和促狭鬼。芙乐独立、自主、有行动力。同时，她身具魔力，似乎是连姜印第安神话传统和保留地现实世界的媒介。《足迹》秉承了南美作家阿莱霍·卡彭铁尔和加西亚·马尔克斯所开创的魔幻现实主义小说传统，继承的同时也加入了奥吉布韦口述传统，对魔幻现实主义小说技巧的本土化做出了很大的贡献。《足迹》里的魔幻色彩，并不像伊丽莎白·库克琳恩所批评的那样"为艺术而艺术"，仅仅停留在技巧创新的层面。恰恰相反，小说中的魔幻手法，其实是服务于小说所表现的历史意识。正如芙乐身上所体现的魔力、紧紧纠缠波琳的亡魂、怪异的飓风、神奇的湖妖等都和印第安人的文化传统密切相关，深深植根在马其曼尼托湖区的口述传统中。芙乐是皮拉杰家唯一逃过疫症劫难的幸存者，她与马其曼尼托湖有着千丝万缕的联系，从小生长在湖畔，是湖妖米什希皮苏热恋的对象。虽不会游泳，却两次落水安然无恙，救她的人反倒莫名遭殃。波琳眼里的芙乐，"跟魔鬼搅在一起，嘲笑老妇人的意见，穿得像男人一般。她钻研不为人知的药草，学习我们不应该谈论的旧习"。纳那普什也肯定了芙乐和湖妖之间的某种联系，"她管得住湖里那东西。可她也让马其曼托尼湖周围的地方不得安宁"。芙乐身上的魔幻色彩，秉承了印第安人的口述传统，同时对主流官方历史也起到了颠覆的作用。

厄尔德里奇有意让芙乐显得神秘莫测，因此她成了别人故事的主角，小说的灵魂。但芙乐绝不是白人词汇里"消失的印第安人"。相反，她身上同样有时代的烙印和杂糅的痕迹。芙乐玩牌如有神助，轻松赢光了三个白人男子的钱袋。芙乐的这一魔力，遗传给了女儿露露和外孙立朴夏。赌博是白人的舶来品，却成为印第安人生活中的重要组成部分。博弈所代表的机遇，是印第安人生存现状的写照；博弈所带来的成功和惊喜，则是苦苦挣扎的印第安人最好的褒奖。尽管芙乐深谙其道，凭借魔力立于不败之地，然而赌博的成功却招致暴力的报复。芙乐的遭遇就像印第安人苦难的历史。印第安人可以学会游戏规则并赢得机遇，但白人却是规则的破坏者和最终的毁灭者。赌博进入印第安人的生活，如同酒精一样，让印第安人沉沦，也带给他们希望，成为他们生活中不可分割的一部分。芙乐与湖妖的神秘联系，让她与超自然的神灵一道，成为印第安人土地的守护人。

芙乐和波琳的对手关系，在下一代继续延续。但露露和玛丽之间的矛盾和对立，却不再是有关归化问题的争议，而是情感和宗教信仰上的冲突。波琳是马其曼尼托湖四部曲里唯一否认自己印第安人身份并坦露心声的角色，尽管形象看似令人生厌，但却栩栩如生，因为厄尔德里奇希望通过这么一个负面形象，揭露殖民主义归化神话的罪恶。芙乐虽然传统、强大，并充满魅力，但却远离人群，颇似白人笔下的"消失的印第安人"，难以让人产生真实的感觉。其实二人都缺乏直面杂糅的勇气，波琳因此抛弃自己的混血私生女玛丽，芙乐同样也无法面对自己遭强暴后诞下的混血女儿露露。小说尽管一再暗示露露并非埃里之女，而是三个强暴芙乐的白人男子之一，但却对真相闪烁其词。等到露露的监护人变成了纳那普什，似乎说明身份认同与血统和肤色没有必然的关系，起决定因素的，应该是养育和影响她的那个环境。《爱药》中波琳的外孙女泽尔达认定自己混血女儿阿伯丁的种族身份，"我女儿是印第安人……我按印第安人的法子养她，她就是印第安人。"这既是小说虚构人物的声音，也折射出作家本人对印白混血儿身份认同问题的观点。因此，厄尔德里奇对白人殖民化事实的批判，是通过肯定杂糅性对印第安人身份认同的重要意义来完成的。

在马其曼尼托湖四部曲里，厄尔德里奇塑造了形形色色的混血人物。其实，如果认真辨析，不难发现，四部小说里的大部分角色均有印白血统混杂的情况，所不同的是，有的人选择了印第安人身份和文化认同，如露露、玛丽、泽尔达、朵特·阿代尔、立朴夏、艾伯丁等；也有人抛弃了印第安人身份，渴望变成白人，如波琳和琼恩的儿子金。从那些坚持印第安人身份的人物身上，不难发现白人文化的印迹，但那并不影响他/她们保持印第安人的习俗和思维方式。而那些企图远离印第安人、远离保留地、远离自己文化根基的人，只会如浮梗漂萍，走入迷失的宿命。因此，不论血统纯正或是混杂，都须明确自己的文化身份。唯有如此，方能对抗无孔不入的殖民化，营造健康、和谐、积极的印第安人社群，延续印第安人的历史和文化。

# 第三节　亚裔作家文学作品中的寻根意识

## 一、印裔作家的文化身份探求

1965 年美国移民法放宽后，大批印度人到了美国。在人们的心目中，印度裔移民是楷模，是其他少数族裔学习的榜样。这既令印度裔移民自豪，又给他们带来隐忧。因为这样一来，这个群体的许多问题就被掩盖忽略：失业、贫穷和少年犯罪。为了塑造良好的公众形象，印度妇女需要做的工作更多一点。他们必须给外人树立一个谦逊、服从的形象。所有女性都要自觉向这个标准看齐，离经叛道者即为众矢之的。很自然地，女权人士被打入另册，列为异类，理由很简单：她们在外抛头露面，言辞激烈地宣传鼓动，这与印度传统妇女形象格格不入。1995 年在美印度人联合会（FIA）在纽约市举办印度日游行，妇女团体、同性恋团体和其他"政治"组织被排除在外。《茉莉花》一书的流行使人们的偏见进一步加深。有人认为印度女性只有在戏剧中才可能获得自由、独立和解放，在印度只会是怯懦、没有个性、将自己藏在丈夫背后的女子。这实际上是个误解。评价印度女性的形象过于简单，要么是女神，要么是娼妇。实际生活中，印度妇女的形象多姿多彩。长期以来，印度国内的妇女就有投身自由平等解放事业的优良传统。她们身穿莎丽，可以拥有高学历，也可以学柔道，或者成为国际语言专家。可以说，印度妇女的力量和伟大传统在移民自我再造的过程中渐渐丧失。

相比而言，男子移民自由度更大，加在他们身上的约束较少。从整体来看，不同地域的男子在人们心中的形象不同（当然这中间不无偏见）。一般认为，西方男子独立、坚强、高大、无畏；非洲裔男子无业，犯罪率高，醉心于毒品文化，已经被边缘化；拉丁裔男子懒惰、愚蠢、散漫。不过，在人们心目中，非洲裔和拉丁裔男子雄性犹存。他们如同贪婪的野兽，时刻处于性饥渴状态，加上他们身上无法自控的力气，令白人男子望而生畏。一般人认为印度男子是虚弱、偷偷摸摸、发出异味、个矮、性无能，可以被人压制，低人一等。印度男子在主流社会没有地位，只能在家里作威作福，称王称霸，通过约束自己的女眷来显示自己的男子气概。

近年来，美国印度裔作家的崛起吸引了许多读者的注意。他（她）们的作品，想象大胆奇特，情节跌宕起伏，既有印度民族的浪漫色彩，又有美国现代社会的风韵，成为美国少数族裔小说中一道独特景观。作家裘姆帕·拉希莉 1967 年出生于伦敦。她的短篇小说集《医生的译员》（又译为《疾病解说者》）（1999）于 2000 年荣获普利策小说奖。2003 年，她的《同名之人》问世。她的《陌生的土地》（2008）获得弗兰克·奥康纳奖。1971 年出生的基兰·德赛凭借小说《失去的遗产》获得 2007 年全国书评界奖最佳小说奖。

美籍印裔女作家的优秀代表有狄瓦卡鲁尼和莫卡基。诗人兼作家狄瓦卡鲁尼 1956 年生于印度加尔各答，19 岁时，她移居美国，继续接受英语教育，先后获得俄亥俄州赖特州立大学硕士学位和加州大学伯克利分校博士学位。上学期间，狄瓦卡鲁尼做了许多份工作以支付学费。她做过保姆，当过店员，曾在实验室打工清洗仪器，也曾在餐厅当招待。作为一个多产作家，她在包括《大西洋月刊》和《纽约客》在内的 50 多种杂志上发表文章。她的作品已被译为十多种语言。诗集《河流一般的黑暗》（1987）、《黑色蜡烛》（1991）、《离开尤巴城》（1997）和短篇小说集《包办婚姻》（1995）、《我们生命中不为人所知的错误》（2001）奠定了她的声誉。三部小说《香料女王》（1997）、《心上的姐妹》（1999）和《欲望之藤》（2002）为她锦上添花，其中第二部小说在印度被改编成一部获奖电影。此外，狄瓦卡鲁尼还编辑过《大众》（1993）和《我们也歌唱美国》。狄瓦卡鲁尼在旧金山港湾地区居住和从事高校教学达 20 年之久。1997 年，她和丈夫携两个孩子搬到得克萨斯州。如今，她在休斯敦大学教创造性写作，业余时间继续进行文学创作。

商店只开张了一年时间，但许多人认为它一直在那里。门上写着几个褪色的大字：香料店。我也觉得我一直在店里。顾客来的时候，他们看到一个躬着腰的老妪，皮肤呈沙褐色。店里的食物让他们想起印度，那一片他们到达美国时抛在身后的土地。

当然，他们不知我的真相。他们不知道我年纪并不是很老。这个身体的躯壳也不是我的。我是泰罗，香料女王。我能看透人们的思想和人生。我知悉他们的秘密和烦恼。

以上是《香料女王》封底摘选的一个段落。这本书以印度引以为傲的香料为切入点，以一个能利用香料魔力的女孩在美国开香料店为依托，展开故事叙述。情节大体如下："我"是印度村庄一个具有特异功能的女孩。海盗将"我"劫持，拥"我"做了首领。"我"伺机逃离海盗，无意中到了香料岛。在这里，

"我"和一群姐妹跟着一位老奶奶学习掌握香料的魔力：芝麻可治心脏和肝部疾病；姜给人勇气和力量；姜黄意味着爱和好运；莳萝可预防邪恶；豆蔻象征友谊；阿魏防止人们坠入情网；莲藕使人相爱；番红花使人忘却自己的愤怒和烦恼，增强战斗力；茴香使人意志坚强；印度茜草使人平静；红辣椒可战胜邪恶，也可造成毁灭。女作家狄瓦卡鲁尼充分开发香料的功能，弘扬了国粹，使世人对印度民风有了更好的了解。她关于香料作用的阐述并非空穴来风。"香料的微妙之处，在于它难以觉察，却又确实存在，使其在象征上跟精神存在和灵魂本质相像……实验表明，香气与气味对心理现象有影响。它们使有意义的图像与场面容易出现。这些图像反过来刺激并引导感情和欲念；也可以与遥远的过去相联系。"香料使人想起了南亚次大陆，想起了印度。从这个意义上讲，文本从一开始就渗透着印度文化的汁液，散发着印度文化的芬芳。

学成之后，所有姐妹由老奶奶起名，被派到世界各地用香料拯救受苦受难的人们。和其他人不一样的是，"我"没有接受老奶奶给的名字，而是自己为自己选了一个名字"蒂洛塔玛"。"蒂洛"表示芝麻。"蒂洛塔玛"也有深意：印度传说中，她是个美丽的少女，在雨王宫殿里负责领舞，她被警告不得爱上异性，但她还是与一个男子相爱，结果被逐出王宫，同时身体畸形，奇丑无比，令人望而生畏。"我"下决心以普度众生为己任，不重蹈她的覆辙，遂被派至加州奥克兰市执行任务。实际上，"我"虽然可以读出人的心思，看到人的未来，可以利用香料的魔力，但也被附加了很多限制条件。比如，"我"不能有自己的欲望（自己的欲望会影响思想，也会使香料丧失力量），不能用香料帮助自己，不能照镜子，不能走出香料店，更不能爱上异性。"我"只能用别人的需要来填补自己的孤独。这样，人的作用被削弱，香料的作用得到凸显。通过作者这样的设计，印度和美国、东方和西方走进文本，交汇相遇，产生了文化冲突。

小说揭示了美国印度移民，尤其是印裔妇女的历史困境以及她们在女权主义思潮影响下的逐步觉醒。比如来向"我"寻求援助的，既有苦恼的妻子、出租车司机，也有小学生和年迈的老人。他们集中体现了印度移民在美国的尴尬处境。阿休亚的妻子拉丽塔是个典型的印度女性。对丈夫，她只知道唯命是从，对于她自己的权利和聪明才智则茫然不知。同时，家庭暴力使她苦不堪言，只得天天以泪洗面，有时甚至须戴墨镜才能遮盖面部的伤痕。"我"给了她一些姜黄以消除她的皱纹和老态，使其恢复青春活力。不料，她的情况并没有好转。阿休亚疑心更加严重，不仅更频繁地强迫拉丽塔与自己做爱，而且还不断打电话侦查她的行动，防止她的不贞。当拉丽塔再次来到香料店时，"我"给了她一些茴香，以增强她的意志。同时，还送给她一本《现代印度》杂志，让她阅读。后来，拉丽塔在杂志上找到了妇女救援者组织。她毅然决然地离开家，开始了愉快的新生活。

拉丽塔是印度新女性的缩影。她们曾经在思想上和身体上受到束缚，甘心情愿被男子奴役。但是如果有人伸出援手，给予进步思想的滋育，她们的女权主义就会觉醒。心灵上的成长会让她们不可避免地走上独立、自强和个人发展的康庄大道。

向"我"求助的第二个人是为一个印度贵妇开劳斯莱斯的哈鲁恩。他压力大，郁郁不得志，于是改开自己的新出租车。"我"通过慧眼发现有黑影伏在他的方向盘上，于是给了他一些莳萝辟邪。出于对哈鲁恩的关心，"我"打破规则，造访哈鲁恩的住宅，正遇上他头破血流，从外面归来，一头倒在楼梯上。哈鲁恩的邻居也是位印度妇女，因为不能生育男婴被休。她平素就对哈鲁恩有深情厚意。"我"和她将伤者扶至室内，留下女士照看他的身体。康复后，两人终成眷属，过上了幸福的生活。

哈鲁恩的美满婚姻如一缕阳光，赋予全书以乐观的色彩，给困苦中的印度移民以希望。如果你爱一个人，就把他送到美国，因为那里是天堂。如果你恨一个人，就把他送到美国，因为那里是地狱。美国打工族生活从来不易，对于印度移民尤其如此。只要坚持，团结一心，亲人朋友相濡以沫，困难终会过去，好运总会降临。这也许是哈鲁恩的经历带来的启示，也是女作家狄瓦卡鲁尼想传达给读者的信息。

到"我"商店求助的第三人为 10 岁小学生杰格吉塔。他会旁遮普语，不会英语，因而在学校被歧视，遭到大孩子凌辱。回到家里，他的委屈无人倾听，母亲反而责怪他将衣服弄脏。当他吐露辍学的想法时，母亲大为不解，十分恼怒："你父亲在工厂里累死累活，就为了你能上学！亏你说得出！""我"给了杰格吉塔一些象征友谊和摧毁敌人的豆蔻。后来，事情的发展却超出了"我"的预料。有一个流氓集团保护了杰格吉塔，使他向他们靠拢。杰格吉塔也向"我"表示，将来他要像同伴一样，用刀枪保证自己的安全。"我"劝杰格吉塔远离地下黑集团，并给了他一些钱，作为学习空手道自卫的学费，保护自己。事情得以圆满解决。

美国有校园暴力，青少年的社会成长环境不容乐观，而处于弱势的广大印裔移民子弟更是首当其冲。现实显然比小说中的世界更复杂，关系更加盘根错节，工作不可能一蹴而就。但认识到问题并正视问题是解决问题的第一步。让人们意识到这一点是狄瓦卡鲁尼作为作家的历史使命，也是她铁肩担道义的具体体现。

第四个前来求助的是一位老人，他是少女吉塔的祖父。他埋怨孙女头发太短，化妆太浓，对孙女和男同事的熟不拘礼看在眼里，急在心里，更不同意孙女晚上到男同事家中。最让老人上火的是孙女用嫁妆钱买了轿车。代沟本来就横亘中间，印度传统观念与美国现代婚姻观更成为家庭风暴的催化剂。当吉塔拒绝包办婚姻，不接受印度一个28岁的法官作为自己的新郎时，矛盾变得不可调和。吉塔父亲要与女儿断绝父女关系，吉塔拂袖而去，扬言要与自己的男友同居。听完诉说，"我"给了老人一些杏仁和番红花。为了彻底解决问题，"我"喝了姜茶，去拜访吉塔。她大吐苦水，埋怨祖父只知道控制，不知爱的含义。当老人再次来访时，"我"给了他一些荆棘药草。服用虽然能使他疼痛几天，但在其中一个小时内，他却可以得到一个金舌头，使周围的人对他言听计从。老人愿意承受痛苦，促成家人和解。最后，家人言归于好，老人也支持孙女对终身大事的选择。

老中青三代共居家庭有甜蜜也有苦恼。老一代印度移民同守传统，维系过去。他们吃苦耐劳，隐忍负重，愿意为家庭做出牺牲，令人动容。不过，他们在新环境中需要更新思想，跟上时代发展。这既有改变传统习俗的痛苦，也伴随着焕发新生的喜悦。年轻人锐意进取，也需注重传承下来的价值观。只有了解过去，才可能更好地迎接未来。

作为救世主的"我"也有烦恼，亟须救助。规则明确规定"我"不能相爱，但"我"却不可救药地爱上了一个孤独的美国人。在吃了"我"开的能使人泄密的胡椒粉后，他向"我"倾诉了他的过去。他看起来是个白人，实际上是个印第安人。他的母亲向父亲隐瞒了她自己的家族背景之"耻"。在陪同母亲到曾祖父居住的贫民窟访问后，他明白了自己出身之寒微。虽然曾祖父指责母亲离家而去，母亲在临走时向儿子说明，如果她不离开这里，他将过着衣不蔽体、贫困痛苦的生活。他万分痛苦，不知何去何从。晚上，他做了一个梦，梦到自己正欲自尽，一只乌鸦救了他。于是他给自己起名为雷文（Raven，"乌鸦"的意思）。人间有太多的苦难，"我"孤注一掷，决定放弃魔力，与雷文共同奔向人间天堂。命运之神通过惩罚"我"周围的亲友处罚香料女王"我"的背叛。就在"我"和雷文刚刚逃离加州之后，加州发生了强烈地震。"我"意识到，人间并无天堂，只有通过救助他人才能获得至高无上的幸福，方能使爱情升华。于是，"我"和雷文返回灾区，投身救灾工作。

"我"抛弃了为神之尊，选择了人间爱情和肉体凡胎。这是"我"思想觉悟的一次飞跃。亚当夏娃走出伊甸园，才有了人类的生息繁衍，大地才有了勃勃生机。这个决定象征着主人公既以为人，在为别人谋求利益的同时兼顾自己的幸福，从而达成多赢局面，意义重大。作为一位美国印裔作家，狄瓦卡鲁尼是个真正的香料女王。她还写了许多记录东亚妇女在美国生活经历的诗歌。她不仅用笔维护了少数族裔妇女的权利，而且付诸行动。1991年，她参与建立了一个组织，旨在帮助那些被丈夫或伙伴虐待的南亚妇女。她在美国文坛的崛起受到美国学界的欢迎和广大读者的好评。

另一位重要的女作家是巴拉蒂·莫卡基。她于1940年出生于印度加尔各答。印度从英国独立后不久，她和家人离开家乡到欧洲游历、上学，接受英语教育，1951年回到故乡。1959年，她获得加尔各答大学英语学士学位。两年后，她获得巴洛达大学英语和古代印度文化硕士学位。同年秋，她获得国际和平奖学金，前往美国衣阿华大学作家进修班深造。获得美术硕士学位后，莫卡基1969年获得衣阿华大学比较文学博士。在衣阿华期间，莫卡基结识和嫁给印裔作家克拉克·克莱兹。他们育有两子。1966年，他们移居加拿大蒙特利尔长达14年。莫卡基在大学教学，出版了自己的两本小说《老虎的女儿》（1972）和《妻子》（1975）。1977年，她和丈夫合作，以在印度度学术假为基础写出了非小说《加尔各答的日日夜夜》。莫卡基曾遭遇种族歧视的困扰，她写道，"在蒙特利尔麦克吉尔大学，我同时是几个角色：全职教授、作家、信心十足的演讲者、（我希望我是）一个迷人而称职的女主人和宾客。但同时，我也被束缚在家中，因为强迫性神经症而痛苦恐惧……每当读到有女子自杀，我觉得自己在举起一面镜子"。

1980年，莫卡基离开这个带有种族偏见的环境，重返美国，先后在衣阿华大学和哥伦比亚大学任教。1985年，她出版了短篇小说选《黑暗》。第二部短篇小说集《中间人和其他故事》1988年问世，获得全国书评界奖。她和丈夫出版了第二部非小说《苦难和恐惧》（1987）。1989年，她被加州大学伯克利分校授予杰出教授称号。

## 二、华裔作家赵健秀小说的历史探寻

赵健秀在《唐老鸭》（1991）中紧紧抓住早年华工在美修建铁路时所做的贡献这一基点，通过讲故事、查档案等方式将文本历史化，再现当年华工修建铁路的宏大场景和艰辛历程，修正美国主流文化对那段历史的错误再现或者再现不足，从而打破白人社会强加在华人身上的文化枷锁，重构属于华人/华裔自己的历史。作品以主人公唐老鸭的心理成长历程为主线，叙述主人公从受主流社会教育影响而不喜欢自己的中国属性到通过查阅历史档案修正历史老师错误言论的认知转变。年近 12 岁的唐老鸭一家住旧金山的唐人街，但是，他不喜欢自己的迪士尼卡通的名字，也不喜欢自己是个华裔。其根本原因是主流社会教育的潜移默化。他的白人老师教他，"19 世纪的华人移民由于几十年来儒家思想和禅宗神秘色彩的影响而变得消极被动、缺乏自信。因此他们面对高度自由和民三的美国人而惊慌失措"。唐老鸭想与家人断绝关系，一心只想成为白人歌星弗雷德·艾斯泰尔。

谁会相信名叫唐老鸭的人跳起舞来象带雷德·艾斯泰尔，唐老鸭不喜欢他的名字。他从来没有喜欢过。他恨他的名字。他不是鸭子，他不是卡通人物。

作者暗喻主人公不喜欢自己名字的两个原因。首先是他本人不喜欢。他的名字就是迪士尼乐园的唐老鸭。但是作者有意玩文字游戏，在拼写上故意漏掉一个字母"c"，变成"Duk"，而不是"Duck"。迪士尼乐园里的唐老鸭是西方文化的产物，象征地道的白人主流文化。这就是说，故事中的主人公唐老鸭永远也成不了地道的唐老鸭，成不了白人。诚如赵健秀所说的，"不管我们在穿着、说话和举止上多么像白人，我们永远也成不了白人。"从另一方面来说，这名字里漏掉一个字母，是要敦促主人公去把丢失的、遗漏的部分找回来。换一句话说，从一开始，作者就赋予主人公一个特殊的使命，要他寻找和挖掘出他名字中丢失的东西，他家庭历史中丢失的一环。

唐老鸭不喜欢自己名字的第二个原因是外部环境，也就是白人社会对华裔潜移默化的影响。唐老鸭虽然生活在唐人街，但是他上的学校是白人私立学校，深受白人价值观的熏陶。由于白人的种族主义歧视和白人至上主义的优越感，白人通常都把华人、华裔当成二等公民来对待。这就迫使年轻华裔无意识地接受他们的价值观，从而仇视自己的族裔属性。唐老鸭先是不喜欢自己的名字，接着痛恨自己是个华裔。在他眼中，一切和华人、华裔有关的东西他都不感兴趣。他的梦想是成为弗雷德·艾斯泰尔。因此，他偷偷地学踢踏舞。如果他能够跳得一招半式，人们就会对他另眼相待，因为人们一提到弗雷德·艾斯泰尔眼睛就会发亮。同时，学校的教育对唐老鸭来说是刻骨铭心的。他的历史老师说华人消极被动，这就注定"从他们迈上美国土地的第一步起到 20 世纪中叶，腼腆内向的华人一直都是孤弱无能，不折不扣地成为进取心强、富有竞争力的美国人的牺牲品"。他的同学没有听清楚，问他老师说了些什么。唐老鸭回答说，"跟大家说的一样，华人浮夸成风，装腔作势，胆小如鼠"。白人的洗脑教育在唐老鸭身上顾见成效。他听到白人指责华人时既不脸红，也不气愤，而是心平气和地接受了。难怪他的叔叔（和唐老鸭同名）指责白人学校，"我知道你所上的目中无人的私立学校已经驱走你心中的勇气，把你变成仇视华人、华裔所有一切东西的机器"。

唐老鸭虽然憧憬白人的生活，希望能够像他们一样，但是，白人对他的看法却截然不同。他们不可能把他当成自己的一员。他手里拿着鞭炮在唐人街走着，这时，一个白人过来问他哪里能够买到鞭炮。这位白人想当然地以为他的英语说得不好。"孩子，你说英语吗？哪里有鞭炮呢？"一听到这个问题，唐老鸭顿时觉得浑身不自在，脑袋一片空白，无奈之下耸耸肩，指着自己的耳朵和嘴巴，摇了摇头。身边的白人妇女抓了抓那人的袖子，提醒他说这个孩子听不懂。最后，这个男人觉得不好意思，掏出 5 美元塞到唐老鸭的手里，因为"他不会听，不会说"。一个活蹦乱跳的孩子在白人面前突然惊慌失措，无言以对。虽然他的失语症是暂时的，但是，引发失语症的霸权话语却是无处不在，难以动摇的，这让唐老鸭感到震惊。

中国的新年将至，也就是说，唐老鸭将从一个孩子长成青年（达到法定年龄）。他把父亲制作的、代表梁山泊 108 个好汉、准备在新年放飞的 108 架飞机模型中的一架损坏。他的父亲暴跳如雷，想不要这个不孝儿子。唐老鸭陷入困境。这时，奇迹发生了。唐老鸭身上的中国文化开始发生作用。他每日必梦，而且都梦见同一内容：自己回到 1869 年，亲身参加修建东西大铁路，和其他华工一起经历各种辛酸苦辣，亲眼目睹许多华工在劳动中献出生命。这些梦让唐老鸭感到震惊，成为医治他那痛恨华裔属性痼疾的良方妙药。

唐老鸭正是通过自己所做的梦，把华人的过去、现在和将来紧紧地连在一起。他梦见自己是个筑路工人，在华人工头关公的带领下，顶风冒雨，爬冰卧雪，修筑铁路。联合太平洋铁路公司的爱尔兰工人一天（从日出到日落）铺设 4 英里，而关公说华工一天铺设 6 英里，创下世界纪录。爱尔兰工人不服，一天工作 21 小时，也只铺设 7.18 英里。从此，这两个公司的两队筑路大军互相较劲，进行比赛，看谁能一天铺设铁轨 10 英里，拿走 1 万美元的巨奖。在关公的组织下，全体华工齐心协力，终于创造日铺设铁轨 10.12 英里的世界纪录，也就是说，平均每个华工几乎铺设 1 英尺。

唐老鸭在梦中见到各种各样的人物，其中包括中央太平洋铁路公司的四巨头韩亭顿、克罗克、马克·霍普金斯和莱兰德·斯坦福。为了证明梦的真实性，他和同学阿诺德到唐人街公立图书馆分馆查阅历史档案。他对管理员说要查找"有关铁路的资料……我们建造了这条铁路，因此，我们不妨看看这方面的资料"。以前，唐老鸭谈到华人、华裔时，总是说"你们"。他终于下意识地说"我们"，把自己和整个华裔群体融为一体，找到了归宿。他在图书馆查到的四巨头与他梦见的一模一样。这就更加唤起他内心的意愿——核实华工修建铁路的情况，重写这段历史。

由于时间紧迫和利益的驱动，1866 年冬天，中央太平洋铁路公司强迫华工继续工作。工地的积雪厚达 60 英尺，华工只能在隧道中工作和生活。一切都在积雪之下，只有通风管道连接着外面，工作条件十分恶劣。更糟的是，雪崩时常发生，将整个帐篷和工人活活地埋在下面。他们的尸体只有等到来年春天冰雪融化后才能找到。就这样，华工默默无闻地工作着。他们吃苦耐劳，顶风雪、冒严寒，见山开路，逢水架桥，终于用自己的生命把铁路铺到普罗曼陀利山峰。

关公带领华工在最后一根枕木上刻下他们的名字，但是，大胡子杰克·凯斯蒙特提议把这根刻有华工名字的枕木换掉。而唐老鸭极力反对，因为刻写名字是为了让人们永远记住筑路华工的贡献。克罗克对他说，"你只是个孩子，太小了，不知道历史是如何被创造的"。接着，一场驱散华工的运动开始了。

杜兰特先生，我向你保证，在明天的庆典大会上你看不到一个异教徒（华工）。在你的允许下，我会在机车上和电报杆上派驻枪手。如果华工未受邀请就过来，他们会发出警告，把他们赶走，当然必要时要使用武力。金色道钉、银色道钉。最后一根道钉将要钉上。我们会发出电报，拍下照片，以保留我们国家史上的伟大时刻，不能有华工在场。我钦佩、尊敬华工，同时，我也要让他们看看是谁建造了这条铁路。是白人，白人的梦想，白人的智慧和力量。

克罗克这段露骨的表白进一步说明白人扼杀华工贡献的丑恶性。1869 年，东西两段铁路全线贯通，1500 人参加这个具有历史意义的庆典。具有讽刺意味的是，在整个庆典过程中看不到一个华工，在庆祝连线的合影留念上也找不到华工的影子，都是清一色的白人。原来，在全线贯通的前两天，中央太平洋铁路公司开始驱散筑路华工，并警告他们，如果他们出现在庆祝大会上，会被捕下狱。因为，这条划时代的铁路怎么会是华人建成的，当然只有美国人才能建造这样的铁路！二三十家新闻单位到场采访，加州州长斯坦福和他的幕僚也要参加。这么重要的场合不能有华工出现，更不能让外界知道华工参与铁路建没。唐老鸭义愤填膺。华工的鲜血和生命筑成铁路的贡献就这样轻易地被抹杀了。不仅华工的工头关公没有被邀请去参加庆典，甚至连铁路上的合影留念也只有 8 个爱尔兰工人代表。唐老鸭的父亲一针见血地指出，"他们不想让我们的名字出现在他们的历史书中。那么怎么了？你感到惊奇。如果我们不书写自己的历史，他们为什么要呢？……孩子，你要自己保留历史，否则就会失去，这是天命"。

唐老鸭完成天命的时候到了。历史老师敏怀特先生在课堂上说，华工和其他移民一样，不想在美国定居创业。他们只是过客。那些修筑铁路的华工被称为克罗克的宠物。他们的消极思想和缺乏竞争力的天性使他们沦为被剥削者和受害者。唐老鸭听到这里，忍无可忍，当场批驳老师的错误观点。"敏怀特先生，你说我们消极被动，缺乏竞争力，这是不对的。整条山顶隧道是我们炸通的，两个寒冬腊月我们在内华达山脉的崇山峻岭中不停地工作。我们为了及时发放工资和华工要有自己的工头而罢工，而且胜利了。我们创造了铺设铁轨长度的世界纪录。我们在普罗曼陀利山峰铺下最后一根枕木。正是像你之类的井底之蛙的人不让我们在那里拍照。"至此，唐老鸭终于完成自己的"天命"，核实梦中的内容，挖掘被埋没的历史，寻找到家庭丢失的环节，并用它来对抗霸权话语。

汤亭亭和赵健秀一起运用新历史主义，把过去的历史话语大量引进当代话语的文本中，通过拼贴等构建了一个具有共时历史的文本，解构了过去与现在的时间差距、中国与美国的空间距离，把古今中外诸多话语并置于一个共同空间的话语中，将遥远的历史微缩进当下的文本，使得文本成为一段压缩的历史，凸显其历史的文本性和文本的历史性，完成华人先辈交给他们的"保留历史"的天命，剔除美国主流历史中关于华人"消极被动、缺乏自信、软弱无能"等"胶水"式的叙述，挖掘出华工披星戴月、风餐露宿修建铁路的真实历史画面，还原1869年普罗曼陀利山峰铁路通车庆典中没有华工参加的真实场景，冲破主流文化的静音，打破白人强加在华人、华裔身上的刻板形象，颠覆霸权话语，重构华人、华裔历史。正如赵健秀本人所说的，"我运用童话，运用美国华工历史，以及那些似乎被遗忘的美国华工历史的片段，修建铁路的历史，矿工的历史，旧金山的历史和堂会的历史等。我的主要关怀是运用所有可以获得的材料写成一本小说，写成一本探讨白人种族主义、美国华人、华裔历史、真正的中国神话和英雄传统的小说，以展示美国华人、华裔无需求助白人也能独当一面，同时说明人们会将其当成一本好书"。这充分地展示了华裔作家的使命感。

# 第八章　美国科幻小说与探索精神

## 第一节　科幻小说中的探索精神

### 一、延伸的探索欲——科幻小说

科幻小说，是小说类别之一。用幻想的形式，表现人类在未来世界的物质精神文化生活和科学技术远景，其内容交织着科学事实和预见、想象。通常将"科学""幻想"和"小说"视为其三要素。是随着近代科学技术的蓬勃发展而产生的一种文学样式。

中文最早也有译作科学小说。虽然从科幻史的角度来看，暂时还没有一个能被所有研究者所公认的定义标准。在科幻爱好者中盛传的一则"世界上最短的科幻小说"是这样的："地球上最后一个人坐在房间里。这时响起了敲门声……"可以说，这比一个精确的定义更能概括科幻小说的特质。美国著名文学评论家布哈伊·哈桑曾说，"科幻小说可能在哲学上是天真的，在道德上是简单的，在美学上是有些主观的，或粗糙的，但是就它最好的方面而言，它似乎触及了人类集体梦想的神经中枢，解放出我们人类这部机器中深藏的某些幻想"。

（一）打破传统

科幻小说代表着一种"开放的系统"，它不受传统社会思想的束缚，可以无拘无束地探讨各种各样的社会概念和科学概念。当然，对科幻小说是不是"开放的系统"一直存在着争论，但科幻小说是充满了不同的种族、不同的生命、不同的社会和变化多端的不同的环境，却是不可否认的事实，它们为科幻小说的形式和内容提供了无限广阔的空间。因此麦克因泰尔说科幻小说"是最有价值的文学方式"，"科幻作家正开始挖掘科幻小说无限的可能性，生产出文学领域里最激动人心的作品"。

今天，世界正在发生前所未有的变化，高新科技的发展，尤其是生命科学和大众传媒的发展，不仅会改变社会结构和道德伦理，而且会改变人们的思维方式和心理习惯。实际上，在发达的西方资本主义国家，跨国公司的发展已开始削弱公民社会的构成，而国际互联网络和影视的发展，正在使以语言为中心的文化形象转向以视觉为中心。这些变化对置身其外的人或许很难理解，但无疑它们是科幻作家进行想象时所依据的现实背景。

因此我们读当代西方的科幻小说，必须摆脱传统的阅读方式，充分驰骋自己的想象，因为科幻小说本身就是与现实拉开距离的"陌生化"的作品，而西方现实又是我们感到陌生的现实。换句话说，西方当代科幻小说是与我们拉开双重距离的作品，以传统的阅读方式想象，很难理解其绝妙之处和真正的意义。

（二）映照现实

随着科学技术的发展，有些科幻小说中的事物正在走进现实，纳米机器人就是其中的一例。例如：由科幻小说改编而成的美国科幻大片《惊异大奇航》中，科学家把缩小到几纳米（一纳米等于十亿分之一米）的人和飞船注射进人体血管，让这些超微小的"参观者"直接观看到人体各个器官的组织和运行情况。纳米级的技术在当时只是一种科学幻想，但如今已出现在现实世界。纳米机器人的研发成功，就是这一崭新技术的完美体现。有关专家预言：用不了多久，个头儿只有分子大小的神奇纳米机器人将源源不断地进入人类的日常生活。中国科学家和未来学家周海中教授在 1990 年发表的《论机器人》一文中甚至预言：到 21世纪中叶，纳米机器人将彻底改变人类的工作和生活方式。

（三）探索未来

科学总要发展，自然和社会会不断变化，人们必须面对变化了的未来。科幻小说正是探索未来各种可能的最好形式，它既可以使人们为未来做思想准备，也可以使人们更好地创造未来。科幻小说还可以使人们产生新的思想，或者从旧的思想里发掘新的意义。正如麦克因泰尔所说，"科幻小说描写科技发展的后果是探索人类和人类的价值。它需要更多的工作，更敏锐的洞察，更优秀的作品，它是探索感情和心理的工具"。

## 二、美国科幻小说的发展

美国 19 世纪小说家埃德加·爱伦·坡也被视为美国科幻小说的鼻祖。坡的《汉斯·普法尔历险记》（1835）讲述了主人公乘坐气球到月球的故事，将想象和科学很好地加以互动起来，形成了科幻小说的美学。坡对于科幻小说的贡献就在于，他将自己令人震惊的想象力赋予最自由的王国，并不再为传统的宗教虔诚所牵绊，为后期的科幻作家照亮了道路。到 19 世纪中晚期，科幻小说在美国已经是家喻户晓，尽管当时"科幻小说"一词还尚未为人们所知。爱尔兰裔美国作家菲茨·詹姆斯·奥布赖恩创作的短篇科幻小说《钻石透镜》（1858）有着科学技术和魔法的混搭风格。约翰·约伯·奥斯塔的《到其他世界的旅行》（1894）中出现了磁力悬浮的理念。爱德华·贝拉米甚至以他的乌托邦小说《回顾：公元2000－1887》（1888）被誉为"19世纪美国最富影响力的科幻作家"，其对乌托邦的想象性再创造不仅在文学界，也对当时的美国社会产生了影响，促使人们对现实世界进行反思。威尔·哈本的《另一个太阳的地方》（1894）是一部反乌托邦的科幻小说，科技高度发达的文明生活存在于地心深处，那里有着一个机械制造的太阳。弗兰克·鲍姆的系列科幻小说，展现了一片神奇的土地、奇特的武器、机器人以及一系列技术发明，他的小说还可能是第一个提到手提式无线通讯的作品。杰克·伦敦涉及外星人的《红色的人》（1918），提到细菌战和种族灭绝的《空前入侵》（1910），还有其他有关隐身人和威力无比的能源武器等的作品，都给科幻小说注入了新的内容。爱德华·埃弗里特·赫尔的《砖月亮》（1869）展现的历验故事中，还首次提到了人造卫星。19世纪的科幻小说中展现的理性与技术，以及对科学的向往，使得20世纪的美国科幻小说更加快速地走向了繁荣阶段。

　　和欧洲相比，20世纪初期美国科幻小说的繁荣并不是以欧洲现代主义的科幻小说文学声誉得到注目，而是以通俗杂志科幻小说流行起来的，并且集聚了一群具有高度自我意识的科幻迷，换句话说，科幻小说以"专业杂志和它自己的专业读者"得到欢迎与认可。1892年一本名为《弗兰克·里德图书馆》的通俗小说杂志被视为"最早的完全刊登科幻小说的系列出版物"。美国作家哈罗德·科恩撰写的"弗兰克·里德"系列冒险故事受到了读者热烈的欢迎。1926年雨果·根斯巴克创立了《惊异故事》杂志，正如前文所述，是雨果选择了"科幻小说"一词来命名这种文学类型的。雨果倡导这些小说根据科学事实来告诉读者有关科学的理念，并为此在杂志编辑上作出了很多努力。但事实上，雨果也很快发现，读者要的不仅仅是科学，也需要多变的情节、鲜明的人物、对立的善恶和奇异的场景。根斯巴克对于科幻小说的贡献极大，可以说是"开启了、预见了并包含了整个科幻小说文类"。在这一时期，通过大量类似的通俗杂志，许多脍炙人口的科幻小说不断涌现。最有代表性的就是埃德加·赖斯·巴勒斯的《火星公主》（1917）及其火星系列，充满了冒险和血腥的战斗，塑造了英雄的权力意志。《人猿泰山》（1912）也是巴勒斯刊载在通俗杂志上的另一部为读者所追捧的科幻小说，此后一系列以泰山为主角的孤胆英雄冒险系列故事影响了后来的许多作家，有评论家甚至认为巴勒斯是"除了凡尔纳和韦尔斯之外，在这一领域中最有影响力的作家"。

然而，虽然这类通俗杂志的科幻小说拥有巨大的发行量，也得到了读者的热烈欢迎，但是通俗杂志科幻小说也无法避免哗众取宠的短处。1937 年，美国科幻小说家约翰·坎贝尔出任《惊骇》杂志主编，从此迎来了美国科幻小说的黄金时代，更确切地说，是科幻小说被从 20 世纪 30 年代末期到 20 世纪 50 年代在坎贝尔的《惊骇》上发表的故事类型所主宰的时代。坎贝尔鼓励年轻人创作，重视作品的质量。而且，科幻小说不再只是青少年的喜爱，大人们也期待着凭借太空旅行和冒险来将他们带出这枯燥无味的现实生活。以艾萨克·阿西莫夫、罗伯特·安森·海因莱因、克利夫·卡特米尔、阿尔弗雷德·贝斯特和詹姆斯·布利什等为代表的美国科幻小说家，在坎贝尔的鼓励和赏识下，创作了众多影响巨大的科幻小说。阿西莫夫的《基地》（1951）及其后来一系列的基地故事中对人工智能机器人的描述，让读者产生了对道德的探索。海因莱因被誉为"美国科幻小说史最具影响力的人物"，他的作品关注政治领域，宣扬自由主义，《异乡异客》（1961）预设了非常狭义的权威主义，讲述权威人物的故事。卡特米尔的《生死界限》（1944）对原子弹爆炸的描述甚至震惊了美国中情局。贝斯特的《被毁灭的人》（1953）和《虎！虎！》（1956）展现了人类靠纯粹的意志进行心灵的传输，实现意志的技术化，这一点使得他对后期科幻小说的"新浪潮"和"赛博朋克"产生了巨大的影响。布利什的《事关良心》（1958）拷问人们对神学的焦虑，将故事背景设置在宗教统治的社会。

如前文所述，1957 年之后科幻小说经过了"新浪潮"时期在欧洲国家的发展，也使得美国的科幻小说进入了一个更加全面繁荣的阶段。事实上，在美国的 20 世纪 60 年代，科幻小说"广为人知，相较于之前科幻小说有选择的流行度，可谓今非昔比"。弗兰克·郝伯特的《沙丘》（1959）及后来的有关沙丘的系列故事描述了漫无边际的沙漠覆盖的沙丘行星，有着政治、宗教、生态学、技术和人类感情的复杂互动。这部小说和传统的科幻小说有很大的不同，它反对技术，充满神秘主义和对宗教的超越，将救世主置于一个精确描述的政治语境中。菲利普·K. 迪克则从另一个现实的角度来探讨以丰富科幻小说的创作，小说弥漫了妄想式的恐惧，《艾德利治的三道印记》（1965）、《机器人会梦见电子羊吗？》（1968）和《尤比克》（1969）是他最具影响力的三部作品。在他的科幻世界里，世界充满了不确定性，它侵蚀着理性，也摧毁着生活的确信和连贯"。厄秀拉·勒奎因推断了人类本质上会发生的社会和生物变化，《黑暗的左手》（1969）有着不少的神秘色彩，并在形式和主题、象征和叙事之间达到了平衡。萨缪尔·德兰尼虽然不愿意放弃传统科幻小说，却也在文体和形式上寻求科幻小说的创新，

《爱因斯坦交集》（1967）是极具复杂性和紧凑性的框架结构，是一部不同凡响的作品。罗伯特·西尔弗伯格则兼顾了科幻小说的通俗性和文学性，《人之子》（1971）讲述了复活在遥远未来的 20 世纪人类，又一次展现了新浪潮对弥赛亚的热衷。

与此同时，不仅是热衷于科幻的作家，一些非科幻的实验小说作家也加入了这个群体，创作了具有先锋性和碎片化的类科幻小说。20 世纪六七十年代的一些实验小说作家，后来也被称为后现代派小说家，也在他们的作品中呈现了对科幻元素的热衷。一批主流文学革新者创作了实验性的、具有科幻色彩的小说。这些作家在主题、创作动机和其他元素上都和先前的科幻小说有一定的联系。约翰·巴思的《羊孩贾尔斯》（1966）中充满了对弥赛亚的讽刺。贾尔斯卷入了超级计算机的冲突之中，成了一个迷茫无措的救世主。弗拉基米尔·纳博科夫的《阿达》（1969）展现了实验性的小说形式和文体，探讨了美国的多维世界。托马斯·品钦的《万有引力之虹》（1973）更是后现代主义和科幻的结合体。不过，小说中虽然科幻元素泛滥，去无法引发科幻读者对其文本的热衷，晦涩难懂的长篇巨著使它们从来没有被大众接受过，而只在学术界受到重视。

到了 20 世纪 80 年代，"新浪潮"开始慢慢在科幻小说的领域中黯淡下去。随着电脑计算机开始日渐成为社会不可或缺的一部分，科幻小说作家们开始蠢蠢欲动，想就电脑计算机在文化和政治领域的影响发出一些声音。虽然科幻小说文本受到了视觉科幻的冲击，却仍然有极具特色的科幻小说不断涌现。吉恩·沃尔夫的《新日之书》（1930 – 1983）、威廉·吉布森的《神经浪游者》（1984）、奥森·斯科特·卡德的《死亡代言人》（1986）等都是十分受欢迎的科幻杰作，但其中最具重量级的，就是以《神经浪游者》为标志的赛博朋克运动。美国后现代文学评论家拉里·麦克弗雷将这个科幻小说的子类称为"后现代科幻小说"，而将上文所述的品钦等主流作家创作的具有科幻色彩的后现代派小说称为"类科幻小说"，由此标明了"后现代科幻小说"是科幻小说界在吸收后现代理念和文学创作手法后，展现出的创作新动向。

# 第二节　帕特·卡迪根的人机连体空间

## 一、帕特·卡迪根

帕特·卡迪根（Pat Cadigan, 1953 – ）是美国本土的科幻小说家，其作品也常被看作是以吉布森为代表的赛博朋克运动的重要组成部分。不过，作为女性，卡迪根对科幻世界的认识有着自己独特的视角，相比之下，卡迪根的科幻小说和故事大多以关注人类思维和技术之间的联系为主。

卡迪根出生在纽约州斯克内克塔迪市，她的童年在马萨诸塞州的菲其堡市度过。少女时期的卡迪根充满幻想，常和自己的女伴沉迷在想象中的神秘世界，那里有来自金星的姐妹，她们有很多的超能力，就连超人和神奇女侠也是她们帮助的对象。卡迪根甚至还幻想着自己喜爱的披头士乐队也走进了这个神秘世界，央求神通广大的金星姐妹替代疲惫不堪的他们，去完成各种录音和环球音乐会。此后，卡迪根先后进入马萨诸塞大学阿默斯特分校和堪萨斯大学求学，并在堪萨斯大学获得学位。她在大学期间有过一次短暂的婚姻，却以失败告终。

在大学期间，卡迪根认识了著名的美国科幻作家詹姆斯·冈恩，从此更加醉心于科幻小说。1976 年，她参加了美国第 34 届世界科幻小说大会。期间，她担任大会联络员，和罗伯特·海因莱因联系颇多。她还曾为科幻作家汤姆·瑞米做过绘本设计。20 世纪 70 年代末 80 年代初，她和第二任丈夫阿尼·费纳一起担任科幻杂志《豺狼》和《刹幽》的主编，并于 1980 年发表了自己的第一篇成熟的科幻故事，从此开始投入科幻小说的写作。1996 年她和家人移民英国，目前居住在伦敦北部。

卡迪根的第一部科幻小说《心灵操纵者》（1987）好评如潮，1988 年被提名菲利普·迪克奖。在第一部小说中，她就提出了一个贯穿其所有科幻小说作品的主题：即人类思维是真实存在的、可以探寻的领域。卡迪根的这一理念，模糊了现实和意念之间的界限。在她的第二部作品《合成人》（1991）和第三部作品《傻瓜》（1992）中，卡迪根更是深入地讨论了这个主题，即人类通过技术直接进入人类大脑思维是绝对有可能的。《合成人》和《傻瓜》分别获得 1992 年和1995 年的阿瑟·克拉克奖。迄今为止，卡迪根已出版了 13 部小说和多篇发表在《欧姆尼》、《幻想与科幻小说杂志》等科幻杂志上的科幻故事。重要短篇作品集《模型》（1988）于 1990 年获得莲花奖。不过，最引读者注意的还是《心灵操纵者》《合成人》和《傻瓜》这三部展现人机连体世界的三部曲。

卡迪根这三部小说有着赛博朋克这种文学种类的很多特点，也基于同一个赛博朋克的假定：即人类与机器之间有着联结体的存在，因为人类和机器有着同样的基本密码。她将视野放在技术和人类思维感知的关系上，探讨赛博空间中虚构的各种可能性。卡迪根强调当今社会的新技术给予人类在自我评价、身份构成和个性形成等方面的影响，使得不同人体之间记忆的限制、存储和转让成为可能。在卡迪根的科幻世界里，人工眼替代了人类原先的肉眼，人类可以通过人工眼进入赛博的空间，电脑与人脑之间可以进行直接的交换。事实上，在卡迪根的世界里，人类思维能够涉及的地方，就是赛博空间能够到达的疆域。思维的互动是有体系的，也是因为体系而促成的，思维汇集在一起，构成了可以被操控的媒介，就像操控机器一样。正是这一点使得卡迪根的小说世界与众不同，充满了无尽的想象。在卡迪根的小说文本中，我们看到了一个在思维与电脑控制下的模拟世界，它们看起来和叙述构建起来的"真实世界"相似，却有着梦境般的超现实逻辑，当然，所有科幻小说的形式和文学的其他形式一样，都是最根本的虚拟现实。不同场景的转换让读者看到了令人遐想的人类思维世界。

卡迪根善于以梦境超现实逻辑为主，运用各种象征构成模拟心境，如《心灵操纵者》里的蛇就是一个典型的例子。在卡迪根的文本世界里，心灵操纵的空间是一个充满丰富想象的场所，也是有助于思考和探索解决现实世界中存在问题的情景空间。电脑技术在科幻世界里也同样存在着合法与非法使用的界限，这是卡迪根小说的一种矛盾形式，也和赛博朋克小说中模糊传统价值观的手法相似。卡迪根也强调高科技改变人类社会的力量，同时她也表达了对黑社会滥用高科技的担心与焦虑。

卡迪根对于赛博空间中一切的想象有着自己的看法。她坚持人类自身的想象力具有令人瞠目结舌的改造能力。在她看来，所有小说作品都具备创造某种虚拟现实的能力和形式。科幻小说作品对于高科技的倚重，更是助长和引发了这种虚拟现实的创造能力。当吉布森徜徉在赛博空间本身无限的想象世界中时，卡迪根正在回望人类本身扑朔迷离的思维空间，她不仅假设人类思维中所有的资料和电脑数据库之间相互联系，而且彼此还是可以直接转移的。这种联系不仅有着视觉的模拟空间，也有着文字式的交流。卡迪根的主人公不是被动地进入赛博空间，而是有着很大程度的主动状态，人类思维与电脑之间的联系使得心灵操纵者之间能够进行沟通，这种沟通不像吉布森笔下的主人公那样充满危险和冲突，而是更多地体现了一些友善和无奈的困惑。如果说吉布森的赛博空间中都是电脑程序化的地域，那么卡迪根的想象空间就是借助人类思维意识，包括潜意识和无意识等，形成的意象和符号世界。在吉布森的世界里，电脑起到的作用是至关重要的，而在卡迪根的世界里，电脑起到的作用虽然重要，但更重要的是其作为进入思维空间的工具性。因此，在吉布森的主人公们不断追逐最先进和最强大的电脑硬件和软件的时候，卡迪根的心灵操纵者们则追求着在思维活动的空间中获得自己想要的信息，改变和转移那些令人无奈的思维记忆。

卡迪根在后期的科幻小说创作中，渐渐远离了赛博朋克的风格，但不可否认的是，卡迪根在赛博朋克世界里留下的思维模拟世界仍是 20 世纪 90 年代以来科幻小说中被模仿的元素，由此，当代科幻小说的虚幻世界更加纷繁复杂。

## 二、人机连体：《心灵操纵者》《合成人》和《傻瓜》

如前文所述，卡迪根对于赛博朋克做出的贡献更多的在于她对人类思维空间的关注。《心灵操纵者》《合成人》和《傻瓜》这"思维空间三部曲"是最能体现卡迪根思维跳动的科幻空间的作品。《心灵操纵者》的女主人公艾丽是一名追求刺激的年轻女孩。一次她的朋友杰里给了她一顶"疯狂帽"，这是一顶能让人经历精神病状态的特别装置，可这顶号称十分安全的帽子偏偏就出了差错，艾丽只好接受治疗，同时也面临着两个选择：要么为她非法使用"疯狂帽"而坐牢；要么受训成为一名合法的心灵操纵师。艾丽选择了后者，在受训过程中，艾丽熟悉了虽连贯有序却又变化无常的由许多思维构建起来的思维环境——"思维池"。慢慢的，艾丽从一个被动的心灵操纵者变成了一个更为主动的心灵操纵师，成为一名帮助因各种原因失去记忆的艺术家寻回记忆的职业心灵操纵师。她通过思维之间的联系自由出入于各种状态，也不断探索着思维与现实的交替状态。在帮助了一个个感伤的人们之后，艾丽也遇到了困境，虽然每一次的任务所面临的危机都给了她一个重新看待自己的视野和机会，但她自己也慢慢成为了不断适应各种新挑战和困难的受害者，每次经历留下的残余记忆给她带来了无尽的烦恼。蛇的意象慢慢地成为她的护身符，一如那被改变了人类的意识状态一般。

《合成人》是卡迪根的三部曲中最具赛博朋克色彩的小说，因为这部小说穿插了许多摇滚音乐的元素，并将它和模拟现实相互联系起来。一方面是艺术上对虚拟技术的极度吸收，另一方面则是高科技在商业用途上的紧张状态，由此，这部小说更加具有赛博朋克作品的眩晕感和刺激感。"合成人"是基于"合成器"（synthesizers）一词，用来描述那些创造未来摇滚碟片者的。《合成人》叙述较为复杂，一个名为"多元"的跨国公司发现了一种在人脑中植入插孔以连接人脑的方法，为的是将他们的产品（类似音乐碟片一样的东西）直接和人的意识思维联系起来，而不需要任何中间媒介。

这种新型的大脑插孔移植使得靠近和接触模拟现实景象更加方便，因为它提供了人类大脑神经和电脑配线之间的直接交流。想象力丰富的录像制片人马克是这项实验的最佳人选，一旦实验成功，这种插孔就可以移植到全世界人类身上。然而，在这项实验的背后有着邪恶的幕后推手曼尼先生，他计划着在人类大脑中植入其他的信息，其中也包括一些病毒在内。这样的病毒袭击会引发大脑死亡，而且人类思维和电脑世界之间的直接联系会使得信息和病毒得以更加快速的交互，电脑病毒会蔓延到人体，而人类中风可以导致电脑体系的瘫痪。于是"合成人"就担负着去除病毒，拯救人类的使命。广告制片人加比是"合成人"之父，为摆脱中年无聊贫乏的生活，加比把大量的时间花在能使他进入虚拟实境的装置上，在赛博空间里，他左拥右抱着两个美女，痛惩坏蛋，拯救世界。加比的女儿桑姆作为刚从"电子黑社会"解放出来的黑客，也像他一样加入了这个虚拟实境，让人一时分不清现实世界和虚拟的电脑空间。

《心灵操纵者》和《合成人》都是对人类思维空间无限想象力和影响力的幻想，而《傻瓜》虽然继续关注心灵操纵的空间，但却更进一步地探索了角色更替的潜力。事实上，模拟现实世界类似于角色的更替，也是一个发现自我和进行实验的过程，不可避免地和人类自身的身份息息相关。"傻瓜"在小说中并不是传统意义上的"笨"的概念，而是让某人相信某种幻象的意思。一种幻象或表演如果可以制造令人信服的效果，其影响力也是巨大无比的。《傻瓜》中也有和《心灵操纵者》中一样的记忆交换，新人格的吸收和思维之间的直接交流。小说一开始就是一场噩梦，一场自以为自己知道发生了什么，事实却是一无所知的那种噩梦，就像身穿着从别人那里偷来的衣服那般。玛娜作为一名著名的女演员，她的容貌就是公众消费品。玛瑟琳是一个心灵操纵师，效命于一家护卫公司，帮助那些在模拟世界中自杀的人在回到现实世界时选择和获取有用的记忆。玛娜发现自己思维深处潜藏着另外一个人格，只好前往求助于玛瑟琳所在的护卫公司。当玛娜的人格和玛瑟琳交汇时，头脑警察的人格跳到了玛瑟琳的思维中。其实头脑警察的目的就是为了渗入人的思维，从而揭发人格走私贩团伙。小说也基本围绕着这三个人物的叙述展开，故事情节变得复杂起来，叙述角度不断进行变化，先是玛娜的叙述占主导，接着是头脑警察，最后是玛瑟琳，卡迪根借助巧妙的叙述手法将玛娜的专横、头脑警察的冷静以及玛瑟琳的自我牺牲勾画得淋漓尽致。角色的更替使得每个人物似乎都是被愚弄的对象，各种幻想节奏频率飞快，形成了一个精彩绝伦的迷宫。

这三部小说对于人类思维世界的描述，超出了人们日常知识的想象，也充满了戏谑的效果。卡迪根借助科幻小说的创作手法，结合赛博朋克的特点，给予了读者一个思维跳动的世界，相比于吉布森的扑朔迷离的赛博空间，卡迪根的科幻世界更多关注了思维世界里人类角色的更替，从而揭示了高科技给予人类的两面性。卡迪根汲取了赛博朋克后现代性的叙述手法，以多层叙述角度展现了具有萦绕效果的神秘世界。

# 第三节  威廉·吉布森的网络蔓延世界

## 一、威廉·福特·吉普森

威廉·福特·吉布森（1948）是美加双重国籍的科幻小说家，是科幻小说子类"赛博朋克"的开创者。迄今为止，吉布森创作了二十多部短篇故事和十几部备受好评的长篇小说，还发表了大量的杂志文章。他还和许多表演艺术家、电影制片人和音乐家进行了多方面的合作。他作品中的许多观点都影响了其他科幻小说作家、设计师以及电脑技术人员等。作为北美科幻小说界最有名气的作家之一，吉布森以其极具后现代风格的科幻概念和创作手法，使科幻小说闯入主流文学的视野，呈现出亮丽的色彩。

吉布森出生于美国南卡罗莱纳州的康威市。父亲是一家大型建造公司的经理，吉布森和母亲经常随着父亲辗转各地。吉布森在弗吉尼亚州的诺福克镇上小学时，父亲在一次出差时意外地窒息死亡，伤心的母亲不忍亲口告诉吉布森这一噩耗，只好委托他人告知真相。曾经在一次采访中，吉布森提及此事时说，"失去对一个艺术家来说未必不是一件好事。我所尊敬的许多艺术家，都曾有过创伤和打击"。失落的母亲带着吉布森回到了她自己的家乡——弗吉尼亚州的威斯维尔镇，这座临近阿帕那契亚山脉的小镇伴随着吉布森度过了童年和少年时光。他的成长环境平凡而又单一，出于对宗教的排斥，他更热衷于读书和听音乐，特别是科幻小说。13岁那年，他瞒着母亲购买了一整套美国"垮掉的一代"作品集，沉浸在艾伦·金斯堡、杰克·凯鲁亚克、威廉·巴勒斯等人的作品中。他受巴勒斯作品的影响很大，在某种程度上，巴勒斯改变了他对传统科幻小说的看法，也就是从那时候开始，吉布森立志要成为一个科幻小说家。

由于吉布森在学校的成绩很糟糕，导致母亲十分焦虑，在万般无奈之下，就以送他去寄宿学校来要挟其好好读书，不料却正中吉布森下怀。吉布森想去南加州，但母亲支付不起那里的寄宿学校学费，转而送他去了亚利桑那州图森市的一所男子寄宿学校。虽然他很厌恶学校的规章制度，却在多年之后，仍然庆幸那时参加了各种让他获益匪浅的社会活动。他的写作天赋在那时也开始显露出来。18岁那年，母亲去世，吉布森离开了学校，离群索居。1967年，他移居到加拿大，以躲避当时美国的越战征兵。他向往着"垮掉的一代"作家群那样的生活方式，在多伦多遇到后来的妻子黛博拉后，两人结伴去欧洲旅行，并对当时的反主流文化特别关注。1972年，吉布森结了婚并定居温哥华，过着简朴的生活。因为在大学里可以申请助学金，吉布森就申请了英属哥伦比亚大学，并于 1977 年获得英文学士学位。大学的生活使他接触了更多的小说，对后现代派文学的认识更加深刻，也开始了他最初的科幻小说创作。大学毕业后，吉布森一边在母校当助教，一边继续他自己的科幻小说创作。1980 年，吉布森结识了朋克音乐家和科幻小说家约翰·谢利，两人一见如故。通过谢利，吉布森又结识了著名科幻小说家布鲁斯·斯特林、路易斯·谢纳和鲁迪·卢克等，也正是这四个人，成了赛博朋克这种科幻小说的开端人物，并开始了后现代科幻小说的创作与发展。

吉布森的早期作品大多涉及自动控制和电脑模拟空间对人类的影响，充满了赛博空间、网络冲浪、神经移植、矩阵等新颖的词汇。从 1977 年发表的第一部短篇故事《全息玫瑰的碎片》开始，到首创了"赛博空间"（cyberspace）一词的《整垮柯罗米》，再到与谢利合写的《附属品》（1981）、与斯特林合写的《红色星球，冬季轨道》（1983）以及与迈克尔·斯万维克合写的《空战游戏》（1985），等等，着重讲述了科技与人性的敌托邦混合，以及贫民窟与高科技的混合，也呈现出悲凉与黑色的情感。美国后现代文学批评家拉里·麦克弗雷（Larry McCaffery）十分赞赏吉布森的创作才能。事实上，吉布森的创作是有意识地远离传统科幻小说的手法，让读者感受到了和传统科幻小说叙述手法不同的新鲜感觉。由于这些作品带给读者的新奇感和冲击力，使得科幻小说批评家达科·苏文将它们视为形成赛博朋克文学"地平线"的作品。

真正让吉布森一举成名的是他 1984 年出版的《神经漫游者》，它如同一颗"新星"般地照亮了科幻小说领域。吉布森前期作品的主题、背景和人物在这部小说中也达到了巅峰状态，获得了评论界的极大关注和商业上的极大成功。这部极具特色的科幻小说，成为首部囊括科幻小说界三大奖（星云奖、雨果奖和菲利·普迪克奖）的作品。用美国批评家劳伦斯·柏森的话来说，《神经漫游者》是一部赛博朋克的原型作品，从此奠定了赛博朋克这一文学类型的开端。"赛博空间"这一概念在这部作品中占了核心位置，带给读者极具冲击力的感觉。这部作品发表在网络普及的 20 世纪 90 年代之前，也为读者带来了未来的想象空间。2005 年，《时代》杂志将其列为 20 世纪 20 年代以来百部最佳英语小说之一。随后，吉布森又发表了《计数零中断》（1986）和《蒙娜丽莎超速》（1988），这两部作品和《神经漫游者》同样都探讨赛博空间，人物也有所交叉，故而形成了"蔓生三部曲"，也奠定了吉布森的文学地位，《计数零中断》和《蒙娜丽莎超速档》也获得了星云奖和雨果奖提名。

1990 年，吉布森和斯特林合作了穿越历史的科幻小说《差分机》。这部小说虽然也是源于赛博朋克的根基，却提出了一个貌似荒诞的简单假设，即在后维多利亚时期，蒸汽作为动力的机械电脑是可行的。似虚似实的故事使得这部小说引发了科幻读者的热烈反响，也促成了"蒸汽朋克"这一文学种类的形成。

20 世纪 90 年代吉布森的科幻小说创作开始探求当代社会各个主要因素，如都市化、跨国集团、人工智能、大众媒体等等。他的第二个系列"桥梁三部曲"由《虚拟之光》（993）、《伊朵儿》（1996）和《明日之星》（1999）组成。这个系列将小说背景设在未来的旧金山市，关注后资本主义城市环境的社会问题。主人公的生活穿梭着跨国公司、人工智能、名人崇拜等。《虚拟之光》描述了资本主义后期阶段，人类逻辑思维对私人企业和利润动机的掌控。《伊朵儿》和《明日之星》则是典型的表现吉布森从对科幻小说本身的痴迷转向对当代社会嘲讽的转变。"我觉得我在试图描述一个不可想象的当下，我也确实觉得科幻小说最棒的用处就是能探讨当代的现实状况，而不是预测我们的未来。今天我们用科学能做的最好的事情就是用它来探讨现在。地球现在成了一个异星球"。

2000 年后，吉布森的创作偏向更为现实主义的风格，关注当下的世界。但他的作品依然充满先锋性，在科幻小说批评家约翰·克鲁特看来，这些都是"新世纪的科幻小说"的代表。美国"9·11"事件发生后，吉布森将这次恐怖袭击视为历史的一个节点，是"一种文化经历"，而且"在某种程度上，可以称作是 21 世纪的真正开端"。吉布森作为以"9·11"事件为主题创作的作家之一，对"9·11"事件之后的美国社会和文化有着独到的审视。他的《模式识别》（2003）、《幽灵山村》（2007）和《零历史》（2010）都以当代生活空间为背景，和我们目前生活的世界基本相似，人物也有交叉，成为享誉科幻小说界的主要作品，登上了主流畅销榜，吉布森本人也被认为是"北美洲享誉盛名的科幻小说作家之一"。

吉布森的多部作品被改编成了电影，其作品也影响了很多流行音乐和电影，最有名的当属电影《黑客帝国》（1999）中所描绘的网络虚拟空间，就是从《神经漫游者》中获得的灵感。以人工智能为特色，力图将他们自己从人类控制中解放出来，正是吉布森的赛博空间的视觉呈现。

相对而言，吉布森创作的赛博朋克小说，特别是其最初的"蔓生三部曲"，是其迄今为止的创作中最具特色的，也是最重要的科幻小说文本。作为后现代科幻小说的主要代表，吉布森通过赛博空间展现了信息时代的图景，以朋克式的反文化色彩，折射出反技术控制和信息控制的后现代文化，让读者在荒诞和幻想的情境下对当代生活进行了深度的思考。

## 二、吉布森的"赛博空间"观

从《整垮柯罗米》中首次创造"赛博空间"一词开始，吉布森在他的科幻小说作品中一直展现这个令人眼花缭乱的空间。在《神经漫游者》中，吉布森对"赛博空间"有着十分清晰的描述："赛博空间，指的是世界上每天都有数十亿合法操作者和学会数学概念的孩子可以感受到的一种交感幻觉，是从人体系统的每台电脑存储体中提取出来的数据的图像表示，复杂得让人难以置信！一条条光线在智能数据簇、数据丛的非物质空间排列着，像城市的灯光渐渐远去，变得模糊"。实际上，"赛博"（cyber）意指科学，是对自动控制学引发的人类与机器之间联系的革命性重新定义。而"朋克"（punk）一词，暗指基于都市街头文化的挑衅态度，也喻指当代社会的无根性、异化感和文化混乱。"赛博朋克"展现的就是基于广泛应用赛博空间这个概念的未来世界。它的主要特点是从经典科幻小说对机器人和太空飞船的强调，转为对自动控制和生物技术的关注。这种文学类型注重技术科学和具有朋克色彩的都市亚文化的结合，注重蔓生的技术，也注重到处是失败者和疯子的混乱世界的敌托邦式的描写。

"赛博朋克"一词来自1983年发表在约翰·坎贝尔主编的《惊骇》杂志上的美国科幻小说家布鲁斯·贝特克所写的同名小说《赛博朋克》。1984年，美国科幻作家加德纳·多佐尹斯用"赛博朋克"一词来描述斯特林和吉布森等人所著的作品。事实上，赛博朋克一再关注所谓的真实人类和人造智能、机器人、生化人、突变种、克隆人等之间的联系，也一直叩问是什么能够区分自然事物和人造事物。这些赛博朋克小说的人物大多是社会边缘人，挣扎在垃圾遍布的世界。用拉里·麦克弗雷的话来说，赛博朋克"系统地歪曲了我们对自己是谁、来自何方、什么是真实、什么是人类最高价值等等的感觉"。

在当今社会，电脑、智能手机等已经成为人们日常生活中不可缺少的一部分，也是人们自我身份、生活模式和价值体系的决定因素。这些高科技产品的设计者和广告商以各种理念和意象来吸引消费者的注意，在人们的脑海中形成一种幻想，这些产品在某种程度上也成为一种幻觉，"令人困惑、充满虚幻、如海市蜃楼一般"。在吉布森看来，这些幻象是通过让众人不断地分享个人体验所慢慢形成的共识。传统的西方哲学注重理性，推崇科学技术这种理性话语；赛博朋克突出了理性的地位，却将理性与非理性混合起来，将高科技结构和街头混乱的亚文化混合起来，形成极具赛博空间特色的文化。赛博朋克常常显现高科技世界的光耀闪亮和毒品犯罪世界的阴暗浑浊，二者之间的相互作用正是这一类文学的主要特点。浸淫在电子科技中的赛博文化及其在赛博朋克这一文学类型中的展现使得我们重新审视时间、现实、物质、团体和空间的概念，使我们认识到当下与未来的间距越来越小，正如布鲁斯·斯特林所说，"也许，赛博朋克作家是既受传统科幻小说影响，又成长在现实科幻般世界的一代"。可以说，赛博朋克改变了读者对科幻小说的理解。

吉布森曾对电脑有过这样的界定，"我的小说中的电脑只是人类记忆的隐喻而已。我感兴趣的是记忆的方式和原因，如何界定我们的身份，如何轻易地被修改"。英国学者丹尼·卡瓦拉罗在分析赛博朋克作品时曾指出，赛博朋克与哥特、神话和科技密不可分，同时它也和侦探小说、敌托邦叙事以及后现代小说息息相关。无论从人物、小说背景以及对人类躯体的态度和叙事风格上，赛博朋克都和哥特、侦探、敌托邦有着许多共同之处。这里所指的哥特不仅仅是一种风格，也是一种文化话语，强调心理意象和物体毁坏，以及四处蔓延的异化、碎片和衰败，这和赛博朋克展现的以暴力、残忍和混乱为核心的赛博文化有着许多的相似之处。赛博朋克的人物常常表现得十分无助、恐惧、疯狂，生活充满了混乱和溃败的气息，疾病、朽败、兽性等也是"赛博朋克"中常常出现的令人痛心的表象。夸张的风格、细节的堆砌、层叠的叙事等也都是赛博朋克和哥特、后现代小说共用的叙述手法。此外，赛博朋克和神话与科技的渊源在于其对人类躯体的关注。发达的生物科技可以瓦解人类的肉身，同时也为在肉身上做各种新奇的实验提供了可能。在赛博空间里，人们生活在冷酷的通讯网络中，人的肉身被抛弃，人与人之间不再亲密，却往往受困于被废弃的物体形成的迷宫之中。卡瓦拉罗从人类肉身在赛博空间的演变这一角度，关注赛博朋克这一文学类型所创造的科幻世界，这个方法有着一定的积极意义，它打破了读者对传统科幻小说的幻想，并使之惊觉当下世界的不确定性。后现代主义小说对现实可信度的强烈质疑为赛博朋克的发展提供了很大的可能性，托马斯·品钦、唐·德里罗等后现代主义作家的作品中高雅文化与大众文化的交织、技术修辞的使用以及对偏执和异化的人物的描写，都深深地影响着赛博朋克的创作。

应该说，以吉布森为代表的赛博朋克作家相比于早期的科幻小说家而言，不同在于他们亲眼见识到了科技发展的迅速和不可思议。拉里·麦克弗雷一针见血地指出，"赛博朋克作家是第一代不再以电视天线、电脑、数字手表等为奇异事物的艺术家，也是第一代读着品钦、巴洛斯等人的作品长大，浸淫在科技和流行文化以及和毒品与朋克摇滚等反主流文化中的作家"。因此，他们的作品中展现的，不是那些看起来天方夜谭的东西，而是有可能正在成为现实的技术。在"赛博朋克"中，无处不在的充满不稳定因素的赛博文化让读者意识到，任何权利和知识结构从来都不是透明的，我们的所见所知都是不确定的。理解当下，要先理解我们所知的、未知的和想象的是如何充满了矛盾和动荡。后工业情境下构造大规模的技术社会关系，是后现代消费文化的叙述版本。赛博朋克作家对后期资本主义的描述，及其对主观性、人类意识和技术造成的新问题行为的重述都是读者和批评家特别关注的地方。

吉布森的作品突出了电脑技术如何让我们对自己和无数他者（通常是没有面孔的）之间的关系产生奇妙的概念，他的作品设想未来，但是通过当下发现未来的根基，通过当下找到未来的暗示。在吉布森的赛博空间中，他展现了一个这样的世界，"那是一个无比庞大、成倍增长、无边无际的领域，向量线将它们一分为二，又在无尽的远方融合在一起，四处充斥着跨国公司的资料体系"。在他的作品中，矩阵（matrix）是体现赛博空间文化的焦点。所谓矩阵，就是"数据随着人类意识舞动，人类记忆被文字化和机械化，跨国信息体系突变、繁殖成令人震惊的新结构，其美感和复杂度都是不可想象的、神秘的以及非人类的"。吉布森受益于青少年热衷的电子娱乐游戏，他被孩子们的入迷激发了灵感，"神经元在他们体内游荡，电子在游戏中到处运动，这些孩子显然相信游戏机所投射的空间的存在"，这让吉布森开始想象电脑终端空间的阐释。在《神经漫游者》中，吉布森首次使用"矩阵"这个词来指可视化的网络。主人公凯斯通过神经病学的手术，对电子空间的感受犹如现实空间一般，任他在其中探寻。在他面前的这个空间，是立体的，触手可及的。吉布森因此也在国际互联网出现之前，以科幻小说的形式预想了一个便于全球沟通的网络。在吉布森看来，互联网对世界的改变就像汽车对世界的改变一样，是"本世纪人类最吸引人、最史无前例的成就之一，是一种新的文明"。吉布森的作品成功地让科幻小说焕然一新，他以小说创作中的后现代美学艺术，影响了科幻小说研究中新视角的发展。他的赛博空间视野和现实世界相碰，影响了人们思考和说话的模式，成为基于科学幻想基础上的令人深思的作品。

应该说，吉布森的赛博空间开创了赛博朋克科幻小说运动，并且更加关注科学技术的力量及其对人类的影响。朋克式的反主流文化色彩，让人们看到了赛博空间里技术和信息对于人性的控制；未来世界里新兴科技泛滥引发的灾难、社会伦理道德的崩溃、人类的无能为力和消极反抗等，这些也都是对后现代文化的折射。以吉布森为代表的赛博朋克科幻小说，也通过电影、电视、游戏等各种媒体形式散播开来，给人们带来强烈的视觉冲击和对未来科技的大胆想象。在吉布森的赛博空间里，地球上的一切都以空前的形式紧密相连，各种组织和势力操纵着全球的经济和社会。人们迅捷地穿梭于世界各地，交通与通讯信手拈来，畅通无阻。可与此同时，人与人之间的情感越来越模式化，越来越淡漠，信任似乎成了过时的感觉，人的内心无限孤独，时刻面临着背叛与被背叛。悲观和不满的情绪蔓延在赛博空间中，引发人们对后现代社会的反省和思考。

# 第四节　保罗·菲利普的朋克世界

## 一、菲利普的科技魔法世界

保罗·迪·菲利普（Paul Di Filippo，1954 - ）出生于美国罗德岛州的文索基特市（Woonsocket，RI）。父亲是一个纺织厂员工，母亲也是一名普通的会计员。1972 年中学毕业后，他在夏威夷待了一段时间，也正是在夏威夷时他开始尝试写作。1973 年他回到罗德岛，进入普罗维登斯市（Providence，RI）的罗德岛大学英文系半工半读。1977 年，菲利普首次将短篇故事《失落的期望》出售给《发掘》杂志。这个短篇是对美国科幻小说家巴利·莫兹伯格作品的效仿。1979 年菲利普决定去欧洲旅行，回国后，他就开始接受电脑培训，成为一名商业通用语言程序员，后来就开始从事与电脑相关的工作，还在布朗大学书店做过店员。1982 年起，他开始靠着他的积蓄生活并开始创作。1985 年，他的两个短篇《拯救安迪》和《石头生命》分别发表在短篇小说集《暮色区域》和杂志《幻想与科幻小说》上。《拯救安迪》是一部具有喜剧色彩的奇幻小说，《石头生命》则有着典型的赛博朋克作品的特点。此后，菲利普写出了 100 多篇短篇小说，其中包括获得星云奖提名的《小孩查尔斯曼》（1987）和《列侬·斯拜克斯》（1992），获得英国科幻协会奖的《双螺旋》（1994），入围世界奇幻文学奖的《卡鲁那公司》（2001），获得法国奇幻小说大奖的《西西弗与陌生人》（2004）和入围侧面奖的《是的，我们没有香蕉》（2009）。

菲利普创作的短篇小说很多，成绩斐然，此外，他在科幻界的声誉也同时建立在他的长篇小说上。1995 年他创作的《蒸汽朋克三部曲》，不仅进一步奠定了他在科幻界的地位，也让读者看到了他在科幻小说写作上的后现代风格。1996 年他发表了系列故事集《里博疯克》和科幻小说集《摧毁大脑!》。1997 年菲利普出版了小说《密码》，同时也出版了获得世界奇幻文学奖提名的故事集《碎片旋花呢》。随后，菲利普迎来了创作的高峰期：故事集《失落的页码》1998）、小说《乔的肝脏》（2000）、故事集《奇怪的交易》（2001），他还以"菲利普·罗森"的笔名与迈克尔·毕肖普合作写了两部疑案小说《致命微笑》（1998）和《麝鼠勇气》（2000）。2002年他又出版了四部作品：故事集《巴比伦姐妹和其他故事》、《小门》、近代未来奇幻小说《一嘴的话》以及入围雨果奖、西奥多·斯特金短篇小说奖和世界奇幻文学奖的《线性都市的一年》。之后，菲利普更是一发不可收拾，陆续发表了小说《糊涂的骰子》（2003）、故事集《中微子障碍》（2004），以及有关经济的科幻小说《金钱》（2004）和奇幻故事《竖琴、笛子和交响乐》（2004）。2005年，他发表了故事集《高瓦纳地国王》。2006年小说《黑礁动物：时代的黑礁》出版，故事集《时间代理商的睡眠》和《帕格索斯的羽衣》也同时出版。2009年故事集《严酷的绿洲》出版。2010年文学小说《路边的菩萨》出版。2011年故事集《坍塌之后》、《线性都市的一年》的续集《线性丛林中的公主》出版。

菲利普不仅是一位高产的科幻小说家，也是一位科幻评论家，他为《阿西奠夫科幻杂志》、《华盛顿邮报》等期刊和杂志撰稿，还为一些漫画杂志撰稿。目前菲利普和妻子定居罗德岛的普罗维登斯。

菲利普的作品有着非同寻常的敏锐、充满情感的人物塑造、精致紧凑的文体和令人捧腹的对话，扣人心弦，让人着迷。菲利普擅长各种风格的科幻小说，他曾自称是"变色龙"的人格，常从自己喜欢的作家作品中汲取营养，如托马斯·品钦、弗拉迪米尔·纳博科夫、亨利·梭罗、瓦尔特·惠特曼、马克·吐温等，他模仿他们的写作风格。但不可否认的是，菲利普也很有自己的特色，"风趣、流畅、独具风格"。他的小说喜欢探讨当权者的低能、野心家的愚笨和生命中的缘分等。作为一个虔诚的佛教徒，他笃信追求智慧和怜悯万物。对于科幻小说，菲利普坚信它们对于人类的教育和启发作用。对于赛博朋克，菲利普认为它是科幻小说领域的一次革新，不仅改变了科幻小说的创作风格，也给当今社会的发展带来了新的想象。

菲利普的小说创作产量很高，但基本也保持着两个主要的创作特点：喜剧性的描述和后现代风格的幻想。从20世纪90年代开始，他的创作总是坚信着"每部作品都有其独特的叙述手法"，使得每部作品都有着不同的特色。也正因为如此，他的读者总是怀着期待的心情。

### 二、菲利普的科技魔法世界

菲利普的科幻小说一直都有着后现代的风格，在一次采访中，他提到赛博朋克的影响时曾说："（其）视野重塑了文学和世界……"菲利普也深受赛博朋克的影响，同时正如他自己所说，他喜欢从四处汲取营养，而不是固定于某一种风格，他对蒸汽朋克、维基世界、诡异实境等都有浓厚的兴趣。相对而言，对于菲利普的后现代科幻小说的探讨，可以以他的蒸汽朋克为例，来展现他用后现代科幻小说写作手法创作的科技魔法世界。

在看菲利普的科技魔法世界之前，有必要先看看"蒸汽朋克"的背景。"蒸汽朋克"是"蒸汽"（steam）和"朋克"（punk）两个词的组合。蒸汽代表着以蒸汽为动力的大型机械，朋克代表着非主流的边缘文化。它起源于20世纪80年代末90年代初，融合了科幻小说、奇幻小说、异化历史、恐怖小说和奇异小说等元素。一般来说，"蒸汽朋克"都有一个同样的背景，即蒸汽动力被广泛使用，而且还和科幻小说或奇幻元素结合在一起。在有些蒸汽朋克小说中，有着异化历史的背景，如英国维多利亚女王时期或美国狂野西部时期，或后启示时代。蒸汽朋克作品通常都有超时代的技术或未来派的革新，譬如维多利亚时期的人会基于他们自己对时尚、文化、建筑风格和艺术的认识，来展现具有虚构和怀旧特色的异化历史的世界观。

蒸汽朋克一词最早是作为"赛博朋克"的玩笑之语，是科幻作家杰特尔对那些背景设在19世纪维多利亚时期，诸如提姆·鲍尔斯、詹姆斯·布雷洛克和杰特尔所写的奇异小说做的界定，"我个人认为，维多利亚奇异小说将会是下一个引人注目的方向，如果我们能想出一个合适的集体名词来描述一些建立在与那个时代相适应的技术基础上的事物，那么也许可以把它称作'蒸汽朋克'（steampunks）"。1991年，吉布森和布鲁斯·斯特林所著的《差分机》使得"蒸汽朋克"一词为大众所熟识。第一个将"蒸汽朋克"用于小说题目的就是保罗·菲利普1995年出版的《蒸汽朋克三部曲》：包括了《维多利亚》、《霍屯督人》和《瓦尔特和艾米莉》三个故事。《维多利亚》讲述了维多利亚女王被克隆体替代；《霍屯督人》则是由来自非洲的黑人所引发的一场种族讨论；而《瓦尔特和艾米莉》则展现了通灵的世界以及惠特曼和狄金森之间的瓜葛。菲利普的科技魔法世界也就此拉开了扣人心弦的一幕。

菲利普的蒸汽朋克是在一定的科学知识基础上来进行大胆的想象，他将故事建立在工业科技革命基础上，开辟了一个现实中不存在的空间，给予读者十分广阔的想象空间。维多利亚时期是英国历史上最为强大的时期，这个时期的文化领域也被誉为是古典主义的强盛期，其优雅与奢华迄今为止都为文化界人士所欣赏，并引发人们的怀旧情怀。另外，维多利亚时期人们对于科学的理解尚处在朦胧状态，这就给了菲利普等小说家很大的空间去发挥想象力，将很多超时代的科技融入到当时的社会背景中去，形成既有喜剧效果又有震撼效果的反差。未来与过去、现实与想象、科学与魔幻等各种元素在作家的笔下拼凑在一起，形成了别具一格的后现代美学。

在菲利普的科技魔法世界里，科学和魔幻共存，当有人乘着汽车、驾驭着机器人战斗时，有人却乘着马车、使用魔法生存着。现代都市已经初具雏形，飞艇等充满想象力的交通工具也随处可见，貌似 F1 赛车手的英雄人物横空出世时，英国绅士打扮的人物也同样贯穿在小说中。和吉布森与卡迪根的赛博朋克作品相比，菲利普的作品更加具有积极向上的氛围，和朋克所代表的颓废和反社会完全格格不入，有着精神上对乌托邦的追求。菲利普的《蒸汽朋克三部曲》结合了远古的超自然元素，提倡科技超出人们的理解范围，从而导致科技无论从哪个角度来看都是魔法的瞬间。

菲利普的主人公处在维多利亚时期的英国，工业革命和科技的发展改变了当时人们的生产模式，纷纷从小手工业作坊走向了大型工厂的大规模生产。菲利普的小说主人公和其他蒸汽朋克小说角色一样，都有着孤军奋战的发明家。如《维多利亚》中的科兹莫·考博斯维特，他沉迷于科技带来的天翻地覆的变化的同时，也感受到了科技失控的可能性。考博斯维特设计了第一台原子能列车引擎，却让自己的父母失去了生命。《霍屯督人》中的阿加西斯对于人种的态度也一样给自己的亲人带来了痛苦。《瓦尔特和艾米莉》中的克鲁克斯先生甚至还有通往永乐之地的帆船，却并没有让人们看到幸福与欢乐。事实上，在蒸汽朋克中，科技可以是魔法，魔法也可以是科技，二者的共存正是蒸汽朋克作品的最具魅力之处。在菲利普的魔法世界里，人们对现实的不满和对理想世界的期盼都通过这些科技魔法表现出来，蒸汽朋克的世界蕴藏着人们的一种呼喊，呼唤着内心的救赎，向往着精神的归宿。科技魔法世界展现的这个奇幻世界，有着主人公们期盼的生存理念和方式，后现代和朋克式的幻想都让人们就现实生活中的不满产生了大胆的想象，寄希望于虚幻与荒诞之上，菲利普也用独特的朋克文化方式拷问着人类生命与爱的意义。

菲利普描述了一个和传统的科幻小说不同的世界：雾蒙蒙的伦敦大街，各种巨大而笨重的蒸汽机械，热气腾腾的管道口等，这是一个读者在科幻世界里没有经历和想象过的世界。这种历史的背景和科技的反差使得蒸汽朋克的风格让人眼前一亮。如果说《差分机》是以维多利亚时期蒸汽动力下的机械计算机的幻想，开启了蒸汽朋克的探索和拓展的话，菲利普的《蒸汽朋克三部曲》就是以维多利亚时期的历史背景与人物掀开了蒸汽朋克创作的热潮。此后，那些以工业时代罗曼史、维多利亚式风格和异化历史为背景的小说开始盛行起来，不仅在美国，包括英国、意大利、法国、日本等国家也出现了许多具有蒸汽朋克特点的小说。虽然有些小说的背景不再是维多利亚历史时期，而是后启示时期或是各国古代历史时期，但它们在风格上基本还是一致的。

# 参考文献

［1］陈世丹．冯内古特的后现代主义小说艺术［M］．北京：外语教学与研究出版社，2010

［2］汪小玲．美国黑色幽默小说研究［M］．上海：上海外语教育出版社，2006

［3］张文红．伦理叙事与叙事伦理［M］．北京：社会科学文献出版社，2006

［4］尚晓进．走向艺术［M］．上海：上海大学出版社，2006

［5］陈世丹．虚构亦真实［M］．北京：外语教学与研究出版社，2005

［6］陈世丹．美国后现代主义小说艺术论［M］．沈阳：辽宁师范大学出版社，2002

［7］程锡麟，王晓路．当代美国小说理论［M］．北京：外语教学与研究出版社，2001

［8］王岳川．后殖灵主义与新历史主义文论［M］．济南：山东教育出版社，1999

［9］方凡．美国后现代科幻小说［M］．杭州：浙江大学出版社，2012

［10］陈许．美国西部小说研究［M］．北京：北京大学出版社，2004

［11］金莉．美国女性小说研究［M］．北京：北京大学出版社，2010

［12］芮渝萍，范谊．成长的风景——当代美国成长小说［M］．北京：商务印书馆，2012

［13］杨仁敬等．心理师主义与美国少数族裔小说［M］．上海：上海外语教育出版社，2013

［14］（美）哈里斯．学传统的背叛者［M］．仵从巨，高原译．西安：陕西人民出版社，1987

［15］万俊．"夕阳西下"的美国西部小说［J］．吕梁高等专科学校学报．2001（02）

［16］蒋天晨．从后现代主义看西部小说的叛逆［J］．文学教育（中）．2014（01）

［17］蔡燕华．论美国西部小说中的牛仔［J］．海外英语．2011（10）

［18］南方．从《孤独鸽》看美国西部小说的后现代转向［J］．当代外国文学．2006（02）

［19］杨永．西部小说——美国西部开发的产物［J］．沧桑．2006（04）

［20］陈许．试论当代美国西部小说的创作倾向［J］．当代外国文学．2004（01）

［21］单建国，张颖．20世纪60年代以来的美国青少年小说概述［J］．广西社会科学．2012（12）

［22］潘淑娟．论美国现实主义文学的产生与发展［J］．吉林省教育学院学报．2009（09）

［23］尚铁英．美国现实主义文学产生的过程及特点［J］．学术交流．2007（03）